순교자 **아들**

순교자 **아들**

이건숙 소설

문학나무

차례

토네이도가 덮쳐 좋은 날

남편은 교회 일도 다 집어치우고 오로지 애경에게 매달렸다. 세상에! 이 사람에게 이런 면도 있었던가. 나는 죽어야 하는데 이 사람이 자꾸 이러니 어쩌지. 그럼 그 긴 세월 표현을 하지 않았지 이 사람은 날 사랑하고 있었단 말인가!

토네이도가 덮쳐 좋은 날

　도시는 인간의 얼굴이고 깊은 산속은 인간의 영혼이라는 생각이 혼자 간 산행에서 퍼뜩 애경의 머리를 스쳤다. 그간 남편은 인간의 얼굴에 맞춰 치장하고 살아가느라고 그렇게 변한 것이 틀림없다. 밉살맞던 남편이 측은하다는 생각이 들었다. 맑은 공기와 산의 정기가 주는 마음의 고요함 탓일 게다.

　"당신 이게 반찬이라고 했어. 우리 강아지 포미에게 줘도 먹지 않겠다."

　남편 신호는 젓가락으로 애경이 이틀을 걸려 연구하여 요리한 특별메뉴인 이태리 음식 파스타를 께적거리다가 확 밀어버린다. 식탁 밑으로 떨어지지 않은 것이 다행이었다. 하긴 한식만을 고집하는 남편에게 서양음식 그것도 익숙한 것이 아닌 느끼한 치즈를 듬뿍 넣은 이태리 국수를 해놨으니 이런 수모를 당할 것이 뻔해서 애경은 시무룩한 얼굴을 애써 감추며 혹시나 해서 끓여놓은 김치찌개를 남편 신호 앞에 놓았다. 신호는 젓가락으로 김치찌개를 뒤적이더니 돼지고기는 밀어내고 김치줄기를 탁탁 터는 것도 성이 차지 않아 흔들어서 입에 넣는다. 어른들이 보면 복을 떨어내는 짓거리라고 혀를 찰 지경이다.

애경에게 밥을 먹었느냐는 말 한 마디 없이 그는 혼자 먹으면서 신문을 뒤적이다가 거실의 소파에 앉더니 텔레비전을 켠다. 저녁 8시니 이 시간대에 애경이 즐겨보는 드라마를 틀어주는 게 아니다. 언제나 그는 스포츠만 고집한다. 딸이 시집가기 전만해도 티브이 채널을 놓고 부녀간에 티격태격거렸는데 이제 그렇게라도 반항할 사람이 없으니 남편은 소파에 일자로 누워 실눈을 뜨고 화면을 응시한다.

애경은 식어버린 이태리 국수 파스타를 혼자 먹으면서 눈가로 눈물이 질척하게 흐른다. 처음으로 담백하고도 고소한 프로볼른(provolon) 치즈를 현대백화점까지 가서 사다가 정성을 들였는데 이런 꼴을 당하고 말았다. 이런 남편하고 정말 살아야 하는 것인가 하는 회의감에 심장이 아프다. 다정하게 저녁을 같이 들면서 담소한다면 얼마나 좋을까! 남편을 먹이겠다고 성심껏 연구하여 만든 특별음식을 맛보고 함께 깔깔거리면서 아내의 정성이 깃든 별식을 칭찬해주면 얼마나 좋을까! 살살 심장이 아파오더니 하필이면 재채기가 날 듯 목이 간지럽다. 만에 하나 재채기를 하는 날이면……. 남편의 찡그린 얼굴이 보인다. 송충이처럼 짙은 눈썹을 꿈틀하면서 오만상을 째푸리고 노려볼 것이 뻔하다. 너부죽한 얼굴에 먹물을 듬뿍 묻혀 갈겨 쓴 한일자처럼 생긴 눈썹이 또렷하게 눈앞에 와락 다가온다. 청청한 소나무 잎에 들러붙은 가운데 손가락만 한 크기의 살이 통통 오른 송충이로 둔갑한 남편의 눈썹에 애경은 몸을 도사리며 가만히 침을 삼킨다. 놀랍게도 남편의 송충이 눈썹이 그녀의 간지러운 목을 가라앉혀주었다.

'어떻게 저런 사람이 교인들과는 잘 어울리는지 그건 신비에 속한다니까. 교인들에게 하는 백 분지 일만 내게 해줘도 이렇게 가슴이 아프지는 않을 터인데.'

애경은 정말 죽고 싶었다. 지금 당장 이 자리에서 숨이 멎는다면 얼마나 복된 죽음일까. 늘 그렇게 생각한 탓인지 죽음이 자신의 일상처럼 아주 가깝게 느껴졌다. 죽음이 무섭다거나 이 생에 애착을 갖는다는 다른 친구들의 말을 이해할 수 없을 지경이었다. 죽어 땅에 묻혀 있는 것보다 개처럼 살아도 숨이 붙어 살아가는 이 땅 위의 삶이 좋다는 사람들의 말도 동의할 수 없다. 그만큼 애경은 죽음을 동경하고 그리워하고 있었다. 한국이 자살하는 나라로 세상에 널리 알려진 걸 보면 그녀도 그들 대열에 끼어 자살할 수도 있다. 아들, 딸이 결혼하기 전에는 장차 맺어질 사돈들과 자식들이 자살한 어미를 두었다고 기가 죽고 혹여나 결혼에 지장이 있을까봐 감히 자살을 단행하지 못했다. 그 애들이 결혼한 뒤에는 자살한 장모요, 시어머니가 집

안에 있다는 말로 그들의 가슴에 못을 박을 수는 없었다. 더구나 스스로 목숨을 끊으면 죽은 뒤에 영원히 꺼지지 않는 불구덩이에 떨어진다니 그것도 무서웠다. 그러니 그저 자연스럽게 목숨이 끊어지기를 기다릴 수밖에 없다. 애경은 조용히 천정을 올려다보면서 기도한다. 제발 죽게 해달라고. 잠을 자는 동안 순식간에 저생으로 가게 해달라고 말이다. 관상동맥이 막히면 갑자기 심장이 펌프질을 멈추고 숨이 끊어진다는데 그렇게 심장에 마비가 오기를 소원했다. 이 세상을 얼른 하직하고 싶다고 간절히 중얼거렸다.

텔레비전을 보다가 지쳤는지 남편은 침대에 고목처럼 쓰러져 이내 코를 골기 시작한다. 애경은 대강 부엌 정돈을 하고 남편 곁에 나란히 누웠다. 벌써 이런 생활이 30년이 되었다. 남편이 애경에게 자상하게 군 것은 첫 애를 낳기까지였다. 그 시절에는 다른 남편들만은 못했지만 그래도 관심을 가지고 서로 마주보고 누워서 잠을 청했다. 하지만 지금은 애경이 자신도 남편처럼 등을 돌리고 지구 한 바퀴를 돌아와야 만날 수 있는 자세로 누워 있다. 남편에게 가는 길은 그녀가 등을 돌려 남편의 등을 안는 길밖에 없었다. 신혼시절 느꼈던 가슴 가득 안겨오던 그의 등을 천천히 힘을 주어 껴안았다. 그녀의 숨결을 느꼈는지 끄응 하면서 남편이 잠에서 깨어나는 듯했다. 그녀에게 돌아누우면서 다정하게 안아주기를 기대하고는 애경은 살짝 흥분했다. 순간 그녀의 가슴에 전해지는 긴박한 통증으로 인해 숨이 멎는 듯했다. 얼마나 세차게 그가 팔꿈치로 가슴을 밀어냈는지 정통으로 숨통을 강타당한 그녀는 얼마간 정신을 차릴 수가 없을 정도로 숨을 쉴 수조차 없었다.

"이 여자가 미쳤어. 곤히 잠자는 남편을 이렇게 귀찮게 굴어. 집 안에서 편안하니까 그런 짓거리만 생각나는 모양이군."

남편의 저질적인 말에 민망해진 애경은 뒤로 물러서며 가슴을 쓰다듬었다. 너무 신경을 쓴 탓인지 명치끝이 자근자근 아파온다. 이런 증상은 큰아이를 낳은 다음부터 시작된 것이라 대수롭지 않게 여기면서 배를 시계방향으로 살살 마사지했다. 손바닥에 열이 오르면서 찬 배가 뜨거워지더니 슬며시 아픔이 가신다.

작년에 교통사고로 남편을 잃은 친구가 떠올랐다. 식물인간이 되더라도 남편이 울타리로 곁에 숨을 쉬고 살아 있는 것이 여자에겐 행복이라고 울먹이던 모습이 선명하게 다가왔다. 그래, 그래 이렇게라도 내 곁에 남편이 살아 있는 것이 바람막이요, 울타리이니 참자, 참자, 하면서 애경은 마음을 달랬다.

잡동사니를 넣어두는 방문을 열었다. 혼자 누워 겨우 발을 뻗을 수 있는 크기의 현관 옆에 달린 문간방이다. 거기에 그녀는 방 사면에 두 날개를 활짝 펴고 창공을 박차고 날아오르는 새의 사진들을 붙여놓았다. 그걸 보노라면 놀라 숨이 막히거나 벌렁거리는 가슴을 진정할 수 있었다. 제일 마음에 드는 새는 독수리였다. 태양을 향해 눈을 부릅뜨고 비상하는 독수리는 새들 중의 새였다. 언제나 둘이 붙어다니는 원앙새 부부나 청둥오리, 꿩들의 사진을 수집했으나 떼어내버렸다. 그녀의 마음에 드는 사진은 홀로 깊은 바다 같은 하늘을 뚫고 비상하는 한 마리의 독수리였다. 마치 그녀가 그런 새가 되어 하늘을 날아다닐 수 있는 꿈을 지니게 하는 그런 류의 새가 바로 독수리였다. 독수리가 되어 세상을 돌아다니면서 구경하자면 백 년도 더 걸릴 것이다. 세계테마여행에서 볼 수 있었던 모든 나라를 돌아다니자면 얼마나 오랜 세월이 걸릴까? 아마존강을 따라 쉬엄쉬엄 돌면서 보기도 하고 나일강 줄기를 타고 적도에서 이집트까지 가도 좋을 것이다. 그렇게 살고 싶었다. 한국의 50배가 넘는다는 미국을 샅샅이 보면서 날아다니자면 아마도 수십 년은 걸릴 것이다. 미국을 다 본 뒤에 캐나다를 거쳐 알라스카로 갈 것이고 그다음에 쿠바도 들르고 호주로 해서 유럽으로 가고 아시아를 전부 보고 러시아를 본 뒤에 마지막 일본을 거쳐 북한으로 갈 것이다.

새들 옆에 며칠 전부터 태풍사진을 붙이기 시작했다. 우연히 1931년 미국의 미네소타주에 불어닥친 토네이도가 83톤이나 되는 기차를 감아올리는 장면을 보게 되었다. 기차 안에 타고 있던 117명의 승객들도 모두 함께 갈때기 모양의 토네이도 속으로 마치 진공청소기에 들어가듯 빨려들어가는 장면이었다. 제트기가 날고 있을 때의 굉음 같은 소리를 내면서 밀려오는 토네이도는 한 마리의 거대한 용이 하늘과 땅 위를 오르는 것처럼 보였다. 토네이도는 해마다 봄과 여름에 미국 중남부 지역에 불어닥치는 맹렬한 회오리바람이다. 얼마나 강한 바람인지 깔때기 모양의 토네이도 안에 들어가면 집이나 자동차, 건물들도 모두 빨려들어가 하늘로 날아가 흩어진다. 우리나라에서는 동해안에서 매년 수차례 일어나는 이런 태풍을 용오름 현상이라고 하는데 그것도 사진을 구해 벽 한 면에 붙여놓았다.

애경의 마음을 너무 잘 나타낸 토네이도를 보면 이런 강한 바람으로 변신하여 남편을 집어삼키고 싶은 마음이 불끈 일어나서 몸을 부르르 떨기도 했다. 이따금 자신의 내부에서 강하게 소용돌이치는 깔때기 모양의 토네이도는 자신을 들어올려 멀리멀리 데리고 갈 것 같은 착각에 빠지기도 했다.

미국에서는 로키산맥에서 불어오는 차고 건조한 대륙성 한랭기단과 멕시코만에서 넘어오는 따뜻하고 습한 해양성 기단이 지형적 장벽이 없는 미국의 대평원에서 만나 토네이도가 된다고 한다. 그녀의 심정이 바로 이랬다. 남편의 차고 건조한 바람이 자신의 따뜻하고 습한 바람과 씨름을 하듯 맞붙으면 걷잡을 수 없는 토네이도가 되어 남편을 그냥 놔두고 언제나 그녀만을 깔때기 속으로 집어삼켰다.

잠자리에 누워서도 그녀는 하늘 높이 날아오르는 독수리가 되어 이곳저곳을 구경하다가 갑자기 토네이도에 휩싸여 깔때기의 한가운데 빨려 올라가기도 했다. 그냥 공중으로 떠올라 날아가는 것이 아니라 거기에도 아름다운 세상이 있어 그곳에 정착하는 상상을 하면서 하루 밤이 흘러갔다. 그곳에는 항상 아름다운 마음을 지닌 서너 살 먹은 아이들만 사는 곳으로 사자와 토끼도 친한 벗이 되고 나무들도 아이들과 대화를 나누고 꽃들도 즐겁게 종알대면서 까르르 웃어대는 아름다운 장소였다. 그곳에서 애경도 세 살 먹은 아이가 되어서 꽃무늬가 가득한 귀여운 옷을 입고 새들과 지절대면서 놀고는 냇물을 두 손에 담아 흠뻑 마셨다. 거긴 이리와 어린 양이 시냇가에서 한가롭게 함께 거닐고 있다. 송아지와 어린 사자가 서로 껴안고 뒹굴며 암소와 곰이 나란히 앉아 놀고 더욱 놀라운 광경은 사자가 소처럼 풀을 뜯어먹고 있다. 젖 먹는 아이가 독사의 구멍에 손을 넣고 꼼지락거리고 있고 젖 뗀 어린아이가 독사의 굴에 손을 넣고 휘저으며 차가운 독사의 등을 어루만지면서 깔깔 웃어댄다. 거긴 어딜 둘러봐도 해(害)됨이 없고 상함도 없는 평화로운 곳이다.

수탉이 우는 환청을 들으면서 일어난 애경은 남편이 먹을 아침을 차리기 시작했다. 이상할 정도로 머리도 아프고 몸이 개운하지 않았다. 그래도 30년이 넘도록 해온 음식이다. 남편이 좋아하는 된장찌개와 날김치를 놔야 한다. 아마도 시어머니가 시골에서 늘 해주었던 그런 음식이라고 생각된다. 그는 푹 익은 신김치를 먹질 못한다. 언제나 상 위에는 겉절이무침을 놔야 한다. 급하게 무쳐낼 배추나 열무가 없으면 그 대용으로 날시금치를 고춧가루와 된장을 넣어 식사 직전에 바로 싱싱하게 무쳐내야 식탁 언저리가 편안하다. 아침마다 밥과 국과 겉절이 세 가지는 필수 코스다. 어쩌다 김을 놔도 굽지 않은 날 김을 썰어 간장을 곁들여 놔야 한다. 처음 시집와서는 친정어머니에 게 배운 방식으로 참기름이나 들기름을 바르고 고운 소금을 뿌려 김을 정성스럽게 구워놓았다가 그런 김을 안 먹는다고 호통을 들은 터라 날 김을 놓는 일에 익숙하다. 거기에 달걀도 새우 젓을 넣고 중탕을 해야지 색깔과 맛을 내느라고 당근과 시금치를 넣은 달걀말이라도 하는 날이면 송충이 같은 눈썹이 꿈틀하기 때문에 남편이 원하는 식으로 음식을 하는 일에 길들여진 여자가 되었다. 애경이 자신은 멸치나 마른오징어채 볶음을 즐겨했다. 야채도 생으로 먹지를 않고 튀김가루를 입혀 튀겨낸 깻잎이나 호박, 고구마, 새우를 좋아하는 편이라 그런 것을 해서 상에 올리면 언제나 낭패였다. 그런 음식은 남편에겐 금물이었다. 고추나 마늘을 상추에 싸서 생된장을 넣어 볼이 터지게 먹는 것이 남편의 식성이었다. 이래저래 어려서부터 익숙한 먹을거리까지 남편에게 모두 빼앗겨버렸다.

아들과 딸이 결혼하여 떠났으니 이제 둘이 남았다. 부부가 다정하게 손을 잡고 산책도 하고 여름휴가에 해외여행이라도 다녀온다면 얼마나 좋으랴! 남편 신호는 그런 꿈은 눈곱자기만 큼도 없어 보였다.
애경은 늘 하는 일로 집 안 여기저기를 쓰다듬어 정돈하고 진공 청소기를 밀고 20개가 넘는 화초에 물을 주었다. 늘 살아서 자라 오르는 꽃이 시간이 흘러감을 알려준다. 만딸이 기르다가 시집갈 적에 두고 간 햄스터에게 싱싱한 상추 잎과 물을 갈아 넣어주었다. 한 달에 한 번 들리는 딸이 집에 오면 엄마를 찾는 것보다는 햄스터를 먼저 보기 때문에 여간 신경이 쓰이는 일이 아니다.

양말은 세탁기에 넣지 아니하고 손으로 비벼 빨았다. 뒤꿈치에 낀 때는 세탁기가 감당하지 못하기 때문이다. 남편의 발은 주로 뒤꿈치에 힘이 모아지는지 여간해서 시커멓게 낀 때가 지워지지를 않아서 손바닥이 빨개지도록 힘을 주어 비벼야 했다. 미운 남편의 얼굴이 떠오르자 애경은 더욱 힘을 주어서 실제로 남편의 발바닥을 쥐어박듯이 북북 이겨 빨아댔다. 이마 위로 진땀이 흐른다. 아내를 고생시키기로 작정했는지 그는 언제나 흰 양말을 고집했다.

육순을 바라보는 나이가 되니 이런 일에도 허리가 끊어질듯 아파온다. 약국으로 향했다. 파스라도 사서 부칠 마음으로 허름한 옷차림으로 나섰다. 문득 라디오 건강프로그램에서 산책을 하면 허리통증도 가신다는 말이 떠올라 두 정거장 거리에 있는 공원으로 향했다. 한낮의 햇살을 즐기면서 쌍쌍이 다정하게 걷고들 있다. 식모 같은 차림으로 나온 애경은 조금 부끄러웠지만 이 나이에 그런 일에 신경을 쓰는 것이 우습다는 생각이 들어 두 주먹을 불끈 쥐고 팔을 힘차게 군인처럼 휘두르면서 걷기 시작했다. 앞에 다정하게 손을 잡은 연인들이 걸어간다. 남자의 옷이 눈에 익다. 아침에 남편이 입고 나간 체크무늬 잠바였다. 백화점에서 파는 물건이니 남편만 그런 옷을 입으라는 법은 없지 아니한가 하는 마음에 구두로 눈이 갔다. 그 구두도 눈에 익었다. 아침에 애경이 윤을 내서 닦아놓은 것이라 금세 눈에 들어왔다. 구두끈에 이르자 애경은 기절할 것처럼 숨이 막혔다. 구두끈에 약을 무쳐서 남편의 송충이 눈썹이 꿈틀했기 때문이다. 아하! 어쩌자고 남편이 여기 나와 산책을 하고 있단 말인가. 그것도 구두까지 전신을 빨간색으로 치장한 젊은 여자를 데리고 말이다. 순간 질투심 비슷한 것이 가슴을 치밀고 올라온다. 아직도 남편을 사랑하고 있단 말인가. 웃음이 나온다. 꿀꺽 가슴을 치밀고 올라오는 것을 삼키고 길가에 놓인 벤치에 앉았다. 두 연인은 다정하게 손을 잡고 점점 그녀의 시야에서 멀어져간다.

이제 그녀가 할 일은 무엇인가? 갑자기 새처럼 훨훨 날아갈 듯 어깨가 가볍다. 무거운 봇짐처럼 어깨에 매달려 찍어 누르던 남편을 내려놓은 듯 상쾌한 기분이 들었다. 이제 할 일은 그녀가 죽어주는 일만 남았다. 죽어도 된다는 마음이 일자 어깨 밑이 근질거린다. 독수리처럼 강한 커다란 날개가 용을 쓰면서 활짝 날개를 펴는 듯했다.

저녁상에 앉은 남편의 얼굴은 언제나처럼 냉기가 흐른다. 그런 그를 향해 애경이 덤덤하게 아주 관심이 없다는 듯 말했다.

"오늘 공원산책을 함께 하던 여자 참 예쁘더라고요."

남편의 송충이를 닮은 눈썹이 찡그린 이마를 타고 꿈틀한다. 아주 못마땅한 얼굴이다. 기분 잡친다는 표정이다.

"이제 인생의 끝자락에 섰으니 즐겨도 돼요."

"이 여자가 무슨 소리를 하고 있어. 남편이 바람을 피운다고 울어대는 여 집사의 상담을 받아준 것뿐이야. 공무집행을 하고 있는 남편을 그렇게 몰아대는 몰상식한 여자하고 살자니 난 숨이 막힌다니까."

그런 모양새가 아니었다고 면박을 주려다가 애경은 입을 다물어버린다. 말을 할수록 수렁에 빨려들어갈 것이기 때문이다. 남편을 따라 이런 생활을 하다 보니 친구들도 모두 떠나고 없다. 주로 토요일과 일요일에 모이는 저들의 모임에 나갈 수가 없었다. 남편은 목사이니 토요일과 일요일은 그야말로 장날이다. 제일 바쁜 날에 친구들을 만난다고 나갈 수가 없었다. 그렇게 수십 년이 흘러가니 친구들은 모두 그녀의 곁을 떠나고 없다. 마음이 아프다고 하소연하고 울어대고 나뒹굴면서 떠벌리면 들어줄 친구가 단 한 명도 없다. 속에 앙금으로 갈아 앉아 응어리진 것들을 토해내야 할 터인데 그걸 들어줄 만한 상대가 단 한 사람도 없으니 숨이 턱턱 막혀온다.

주위를 둘러보면 사람들로 들끓는다. 늘 얼굴을 대하고 만나는 교인들은 정말 사랑이 넘치는 표정을 짓고 웃어가면서 인사하고 인사를 받는다. 그들과는 세상에서 제일 편안한 음성과 모습으로 서 있다가 헤어지면 된다. 그들에게 무슨 말을 쏟아 낸단 말인가. 구름처럼 밀려오는 저들을 향해 방긋 웃어주고 다정하게 손을 흔들거나 잡아주고 세상에서 제일 행복하고 멋진 여자라고 과시하면서 지내야 한다. 저들의 먼 산이 되어야 한다. 사모라고 불리는 그녀는 구름과 안개로 허리와 어깨를 감싸안은 봉우리가 되어 아득히 멀리 우람하게 우뚝 서 있는 신비스러운 먼 산이 되어야 한다.

그러나 남편에게 자신이 먼 산이 되기는 싫다. 적어도 두 사람은 인간적으로 가까워야 하는 것이 아닌가. 그런데 남편은 집에 들어오면 황제가 된다. 교인들 앞에서는 아주 다정하고 사랑이 넘치는 모습으로 웃어가면서 말도 잘하는데 집에 오면 입을 다물어버린다. 처음에는 얼마나 사람들에게 지쳐서 저럴까 하고 이해하려고 노력했다. 얼마나 입이 아팠으면 집에 와서 입을 닫아버릴까 하는 생각이 들어 남편이 가엾고 측은하다는 생각도 했다. 따지고 보면 목회라고 하는 특수 환경 때문에 길들여진 남편일 수 있다. 신혼 초에 서로 호기심을 가지고 사랑하고 좋아할 적에 아내의 자리를 고수할 수 있는 억지를 부리면서 남편 길들이기를 했다면 오늘의 이런 사태까지 가지 않았을 것이다. 그러나 어쩌랴. 남편은 공인으로 많은 사람들 앞에 서니 어쩔 수 없이 안팎으로 애경이 자신을 죽이다 보니 이 지경에 이른 셈이다. 다른 부부들처럼 머리를 맞대고 맞고함을 치면서 싸워야 할 사건이 부부생활에도 다반사로 일어났음을 솔직히 고백한다. 하지만 토요일엔 주일 설교하는 사람을 들볶을 수 없어 그냥 참고 지나가고 월요일은 오랜만에 쉬는 사람을 하루 봐주자, 다음 날인 화요일에 싸우자고 미루었는데 바로 그날 원로 장로의 장례식이 터졌으니 싸울 여유가 없다. 수요일엔 두 번이나 강단에 서서 성경을 가르치는 남편을 못살게 닦달할 수 없어 지나가고 목요일에는 결혼식 주례를 선다고 목욕하고 이발소에 가며 부산을 떠는 남편의 양복과 와이셔츠를 다림질하느라고 애경이 자신도 남편처럼 정신이 없다. 금요일에 다투리라 다짐을 하고 기다렸는데 금요일에는 교역자들 모임이 있고 금요철야가 있으니 말 붙일 시간이 없었다. 날마다 이런 식으로 인생의 황금기가 흘러가버렸다.

목사라는 특수 직업을 가진 남편을 이해 못하는 바는 아니다. 얼마나 사람들에게 밖에서 시달렸으면 집에 오면 벙어리가 될까 하는 연민의 정도 가져보았다. 얼마나 사람들 앞에서 의젓하고 거룩해 보이려고 노력을 했으면 집에 와서 개판이 되는가 하는 이해도 하려고 노력했으나 애경이 자신의 인생은 무엇이란 말인가? 그렇게 살다보니 애경 자신은 남편의 눈에 발샅에 때만큼도 여기지 않는 여자로 굳어져버렸다. 한 남자의 일생을 버팀목처럼 받쳐주다가 바닥에 깔려 그녀 자신의 인생이 가버렸으니 이제 멀리 멀리 혼자 날아가버리고 싶은 심정이었다.

하긴 신혼 초에 빅뱅으로 싸운 적이 있었다. 그게 아마도 처음이자 마지막이 되었지만 애경은 그 시절을 생각하면 늘 쓴웃음을 삼킨다. 지인의 소개로 서로 두어 번 만나고 결혼을 했다. 장차 목사가 될 사람이니 아주 거룩하여 가정도 교회처럼 찬송이 넘치고 웃음과 행복이 찰랑거릴 것이라고 믿었는데 그게 아니었다. 수없이 밖에서 예배를 인도한 남편은 집에 오면 아예 예배를 드리지 않으려고 했다. 아이들을 낳아서도 마찬가지로 집에 오면 누워버리든지 아니면 서재로 가서 책을 안고 앉아 있다. 화가 나면 참지를 못하고 불처럼 화를 내서 가랑잎에 불이 붙듯 자신과 주위를 활활 태워버릴 정도로 발끈했다. 그날도 별일이 아닌 일이 터졌다. 감자를 삶아서 소금에 찍어 먹으라고 가져다 놓았더니 누가 감자를 소금에 찍어 먹느냐고 버럭 화를 냈다.

"그럼 삶은 감자를 무엇에 찍어 먹어요?"

"당연히 고추장에 찍어 먹어야지."

"당신 집안은 이상해요. 감자를 고추장에 찍어 먹는 사람들을 전 본 적이 없어요."

순간 애경의 뺨에서 불이 났다. 남편의 손이 그녀의 뺨을 가차 없이 세차게 후려 쳤던 것이다. 몸집이 왜소하고 약했던 애경은 그대로 방바닥에 나동그라졌다. 남편의 발길질이 시작되기 전에 애경은 팔딱 일어나서 밖으로 튀어나갔다. 당시 남편은 전도사라 생활비는 고작 쌀과 연탄 값이 전부였다. 그러니 남의 집 문간방에 세 들어 살고 있던 때였다. 툇마루를 뛰어내려 맨발로 대문을 열고 나가니 마침 문앞에 장로님 부부가 서 있었다. 전도사인 남편과 상의할 일이 있어 온 모양이었다. 그 순간 남편이 문을 박차고 쫓아나오는 것이 아닌가. 애경은 장로님 부부의 뒤에 몸을 숨기고 애걸했다.

"남편이 저를 구타했어요. 제 뺨을 세차게 때렸어요. 저를 살려주세요. 저 그냥 있다가는 맞아 죽어요. 절 살려주세요."

시집오기 전에 친정에서 단 한 번도 이런 일을 당한 적이 없는 애경에게는 죽음 앞에 선 절박한 순간으로 생각되었다. 장로님이고 권사님이니 애경은 친정부모라도 만난 듯해서 마구 울어가면서 어린아이처럼 매달렸다. 너무나 황당한 사건에 접한 장로님과 권사님 부부는 그날로 목사님께 연락을 했고 어쩔 수 없이 전도사였던 남편은 해고되어 교회에서 쫓겨나는 사건까지 가고 말았다. 그 일 후로 남편은 애경을 더욱 바짝 조였다. 그 정도로 다뤄서는 안 되겠다고 생각했는지 폭군이 되어서 숨을 크게 쉴 수조차 없었다.

"교역자는 명예가 생명이야. 다시는 그런 일을 하면 너 죽고 나 죽자. 장로나 권사는 목사나 전도사를 잡아먹기 위해 호시탐탐 기회를 엿보면서 살피는 정보부원인 걸 몰랐어. 그들 앞에서는 모든 걸 감추고 수십 겹의 베일을 쓰고 있어야 겨우 목회라는 걸 할 수 있는 거야. 사모라는 여자는 남편의 옆에 바짝 붙어서 몸으로 방탄막이 되어 보호하고 감싸주고 불어오는 미풍이라도 막아주는 바람막이가 되는 직분이야. 입을 다물고 그저 웃기만 하고…… 알았어."

그 사건 이후로 죽은 듯이 남편의 뒤에 숨어서 입에 재갈을 물고 살아가는 동안 아이들은 자라서 결혼하여 모두 훌훌 둥지를 떠났다. 교회도 자리를 잡았고 이제 둘이 남았으나 여전히 남편의 독재성은 가시지를 않았다. 물론 교인들 앞에선 언제나 자상한 남편이었다. 교회가 야유예배를 가는 날이면 버스 안에서 아내의 어깨에 팔을 얹어놓고 세상에서 제일 사랑하는 부부처럼 사람들 앞에서 쇼를 한다. 애경의 운동화 끈이 풀어진 걸 보고는 소스라치게 놀라는 시늉을 하면서 엎드려 손수 묶어주어서 그걸 본 교인들이 박수를 치고 부러워 죽겠다고 떠들어대기도 했다. 애경은 너무 놀라서 그저 쓴웃음만 삼키면서 차창을 스치는 밖을 외롭고 아픈 마음으로 응시하고만 있었다.

철저하게 남편은 이중생활을 했다. 밖에서는 잘 웃고 자상하고 평화와 자애가 넘치는 목사였으나 일단 집에 들어오면 화가 충천하여 보이는 대로 잡아 뜯고 물어버릴 기세를 몰고 왔다. 그런 남편을 대할 적마다 애경은 마치 독사 앞에 꼼짝도 못하고 붙잡힌 한 마리의 가녀린 개구리가 되었다. 독사의 눈에서 뿜어 나오는 독기로 인해 눈빛이 희미하게 허물어진 가여운 개구리가 되어 몸도 마음도 얼어붙은 상태였다.

애경은 부엌과 시장을 오가는 솥뚜껑 운전사가 되었다. 항상 그가 좋아하는 시래깃국을 끓이고 겉절이에 서리태 콩밥을 하고 계절을 따라 깻잎장아찌나 제철 나물들을 맛있게 무쳐놔야 한다. 봄이 오면 제일 바쁘다. 냉이, 방풍, 새발, 봄동, 쑥, 섬초, 달래, 두릅, 원추리, 곰취……. 이런 걸 부지런히 사다 시골식으로 요리해서 상 위에 올려야 한다. 마치 집 안에 붙박이로 세워놓은 장식품처럼 항상 불을 밝혀놓은 알전구가 되어 죽어라고 빛을 발하고 서 있어야 한다.

희미하게 창문이 밝아오면 새벽기도회에 나가야 한다. 늘 한자리에 앉아 있어야지 자리를 옮기는 날이면 교인들의 입방아에 오르내리기 때문에 그 자리를 지켜야 한다. 그런데 일어날 수가 없다. 남편은 벌써 강단 뒤에 엎드려 있을 터이고 어서 일어나 가야 하는데 몸을 움직일 수가 없다. 형광등 가장자리가 거뭇하니 껌벅거린다. 오늘 낮엔 그걸 갈아 끼워야 한다. 옆에 걸린 사진도 삐까닥하다. 그것도 반듯하게 자리를 잡아줘야 하는데 몸이 말을 듣지 않는다. 못질이나 심지어 기계가 고장이 나도 그건 모두 그녀 몫이다. 남편은 이 집에서 잠자고 뒹굴다가 나가는 사람이지 조금도 집 안을 쓰다듬는 사람이 아니다. 그건 모두 그녀의 몫이다. 남자 부재의 가정인 셈이다.

갑자기 통증이 심하게 배창자를 강타했다. 몸부림을 칠 정도로 아파오기 시작했다. 아무리 일어나려 해도 몸이 말을 듣지 않는다. 벽시계를 보니 새벽기도회가 거의 끝날 시간이 다가왔다. 그러고 보니 한 시간 이상을 이렇게 몸부림치고 있었다.

"또 꾀병이야. 새벽기도회에 빠지면 교인들의 입방아에 오르내리는 걸 몰라서 이러고 있어. 어이 참! 누가 새벽기도제도를 만들어서 목사들을 매일 신 새벽에 죽이는지 모르겠어."

어디가 아프냐고 묻지도 않고 남편은 머리가 베개에 닿자마자 코를 골기 시작한다. 아침식사 시간까지 그렇게 힘차게 코를 골면서 자고 나면 아침을 먹고 휭하니 나가버릴 것이다. 그런데 그녀의 배는 독사가 휘감고 있듯이 숨이 막힐 정도로 아파온다. 힘차게 창공을 향해 비상하는 독수리 그림도 그녀에게 큰 도움이 되질 않았다.

기다시피 일어나서 남편의 아침 밥상을 차려주고 누워버렸다. 시간이 흐를수록 점점 배가 뒤틀리고 아파와서 이젠 악악 소리를 내지를 지경이었다. 간신히 몸을 가누면서 늘 다니는 병원으로 향했다. 이런 때 남편이 차를 태워주면 좋으련만……. 교인에게 부탁해도 좋으련만……. 그건 금기사항이다. 목사의 아내가 아프다면 그건 기도를 잘하지 않고 숨은 죄가 넘쳐서 병마가 덮쳤다고 비난할 것이니 무엇이나 숨기고 혼자 처리해야 한다. 짙은 검은 고독이 밀려오면서 혼자 버려졌다는 생각으로 눈물이 찔끔 나왔다.

의사는 애경을 뉘어놓고 배를 만지더니 머리를 갸웃거렸다. 무엇인가 심각하다는 표정이다.

"대학병원으로 가서 특수촬영을 해야 할 것 같습니다. 제가 치료할 병이 아닙니다. 제가 잘 아는 의사에게 소견서를 써 줄 터이니 지금 빨리 가보세요."

의사가 써준 종이쪽을 가지고 애경은 휘둘리는 몸을 간신히 세우면서 대학병원으로 갔다. 교수인 의사를 보기는 쉽지 않다는데 어떻게 소견서를 써주었는지 빨리 일이 진행되었다.

"내일 아침에 식사를 드시지 말고 오세요. 오늘 저녁부터 물도 마시지 말고요."

의사는 냉담하게 말하고는 애경의 얼굴표정을 살폈다.

"꼭 와야 되나요?"

"꼭 와야 합니다. 보호자랑 함께 오면 좋겠습니다."

보호자를 데리고 오라니……. 무슨 병이기에 그렇게 요상한 눈으로 쳐다보는 것일까. 애경은 시무룩해지는 마음을 다잡아 먹고 슈퍼에 들려 저녁 찬거리로 요즘 지천으로 한참 쏟아져 나오는 냉이와 구멍이 숭숭 뚫린 곰피라는 생 다시마를 샀다. 매생이가 나온 것을 보고는 얼른 그것도 한 죽 샀다. 굴을 넣으면 남편이 좋아하는 매생이국을 끓일 수 있다. 감태도 눈에 들어온다. 아주 귀한 것이라 그것도 샀다. 된장을 넣어 냉잇국을 끓이고 곰피를 삶아서 초고추장과 오이를 곁들여 놓고……. 이런 날은 검은 콩을 듬뿍 넣은 흰 밥을 지으면 근사한 저녁상이 될 것이다. 머릿속은 식사준비로 이렇게 치밀하게 돌아가고 있건만 여전히 배에 밀려오는 통증을 참을 수가 없다. 작년에 미국으로 이민을 간 친구가 보내준 에드빌(Advil) 두 알을 입에 넣었다. 조금 아픔이 가시는 듯해서 눈을 감았다. 몸살기가 있는지 아니면 약 탓인지 땀으로 온몸이 흠씬 젖었다.

여러 가지 촬영을 한 다음 날 결과를 보러 갔더니 의사는 애경의 뒤를 자꾸 살핀다.

"보호자랑 함께 오라고 했지요?"

"전 보호자가 없어요. 무슨 병인지 제게 말해주세요."

"남편이 없단 말인가요? 아니면 부모님이나 형제자매라도 함께 오시면 좋겠는데……."

"저에게 말씀해주세요. 제가 제 인생을 책임지고 있으니 무슨 말씀을 해도 좋아요."

"그럼 말씀드리겠습니다. 대장암 말기가 되어 손을 쓸 수 없이 전신으로 퍼졌어요. 임파선까지 침입해서 방사선 치료나 수술도 할 수 없을 정도예요. 어떻게 이렇게 되도록 참고 살았어요. 이렇게 심하게 암이 퍼져나간 경우는 저도 의사지만 처음 봅니다. 대단한 인내심을 가지셨는데 이건 지나치군요. 스스로 병을 키웠군요."

"그럼 제가 얼마나 살 수 있을까요?"

"길게 잡아 한두 달일 것으로 압니다."

애경은 의사 앞에서 박수를 치면서 함빡 웃었다.

"감사합니다. 정말 감사합니다. 전 이제 정말 죽는 것이지요. 자연사하는 것이지요. 그걸 얼마나 바랐는지 몰라요."

의사는 정신병 환자를 대하는 듯 물끄러미 그녀를 보더니 머리를 갸웃거리면서 차트를 덮는다. 병원 문을 나서면서 애경은 실실 행복한 웃음이 터져 나왔다. 얼마나 바라던 일인가! 이제 자살하지 않고 자연사할 수가 있으니! 주님! 정말 감사합니다.

제 소원에 응답하시는 주님께 큰 박수를 치면서 감사, 감사합니다. 애경은 너무나 좋아서 무섭게 밀려오는 통증도 문제가 되질 않았다. 이렇게 아프다가 죽으면 되는 것이니 얼마나 좋은가!

저녁을 먹으러 들어온 남편의 저녁상을 차릴 수가 없을 정도로 아파서 허리를 펼 수가 없었다. 남편의 송충이 눈썹이 꿈틀한다. 그래도 일어설 수가 없는 애경은 그냥 허리를 새우처럼 휘고 누워버렸다.

"새벽기도회에 자꾸 빠지니까 그렇지. 점점 게을러지는 거라고. 어서 벌떡 일어나지 못해."

남편에게 등을 돌리고 벽을 향해 애경은 씩씩하게 말했다.

"저 대장암 말기래요. 의사 말로는 한두 달 살 수 있다더군요. 얼마나 좋아요. 이렇게 빨리 죽게 되었으니. 제가 얼마나 소원하고 바라던 일인데 하나님이 들어주셨어요."

"뭐라고? 당신 지금 뭐라고 했어."

남편의 눈에 서린 독기어린 강함을 보기 싫어 애경은 눈을 감아버렸다. 갑자기 남편의 강한 손이 그녀의 몸을 잡아 일으켰다.

"지금 당신 뭐라고 말했어. 대장암이라고? 농담하는 거지?"

"농담이 아니라고요. 진짜라고요."

"어떤 의사가 그랬어."

남편은 시계를 올려다보고는 휑하니 나가버린다. 몸을 뒤틀면서 아픔을 참지 못해 애경은 벽을 손톱으로 긁었다. 꼭 아기를 낳을 때처럼 아파서 전신에 진땀이 흘렀다. 이렇게 아프지 말고 어서 죽어야 할 터인데 계속 이렇게 아프면 어쩌나 싶어 몸을 뒤틀었다. 진통은 그래도 잠깐씩 쉬었다가 오는데 암으로 인한 고통은 계속되어서 숨이 막혔다.

나간 지 두 시간 만에 돌아온 남편의 눈이 벌겋다. 눈물이 그렁해서 곧 울 것 같은 얼굴이다. 결혼하여 여직 이런 눈을 본 적이 없었다. 털썩 애경의 옆에 앉더니 꺼이꺼이 울어댄다. 송충이 같은 눈썹 밑으로 눈물이 줄줄 흘러 뺨을 적시고 애경의 얼굴 위로 뚝뚝 떨어졌다. 당황한 쪽은 오히려 애경이었다. 왜 이 사람이 이렇게 울지? 아무리 생각해도 남편의 마음을 알 수가 없었다. 죽기를 바라는 그녀의 간절한 소원기도를 하나님이 응답해줘서 행복한 자리에 있는데 왜 이러지.

"당신 죽으면 난 어떡해. 난 못 살아. 당신 없이는 혼자 못 살아. 내가 당신을 얼마나 의지하고 살았다고. 이 목회도 고만이야. 당신 죽으면 이 교회도 나 혼자 못한다고. 엉엉……."

남편이 목을 놓아 꺼이꺼이 울어댄다. 애경은 아픈 배를 움켜잡고 머리를 들어 이렇게 억장이 무너지듯 울어대는 남편을 물끄러미 바라본다. 거짓말이 아닌 진짜로 얼마나 섧게 울어대는지 불쌍하다는 생각이 들 정도였다.

"당신은 씩씩하니까 나 없어도 혼자 잘 살 수 있잖아요. 음식은 파출부를 데려다 쓰고요, 더 젊고 발랄하고 애교가 넘치는 빨간색을 좋아하는 여자랑 결혼하여 새 삶을 살라고요. 당신 마음에 드는 여자가 아니어서 미안했어요."

"내 마음에 들지 않았다고? 당신 무슨 말을 하는 거야. 파출부를 쓰라고? 당신 그걸 말이라고 해. 재혼을 하라고? 난 당신이 필요하다고. 당신을 얼마나 의지하고 믿고 기대 살았는데 당신 가면 나도 갈 거야. 우리 함께 죽어야 한다고."

이건 연극이 아니었다. 진짜로 남편은 밤새워 울어댔다. 눈이 퉁퉁 붓도록 너무 울어서 애경은 아픈 배를 껴안고 뒹굴었다. 멋지게 불어 닥친 토네이도를 너무 좋아했는데 남편은 그게 아닌 모양이다. 병원에 입원하고 통증치료를 받으면서 남편은 수척해지도록 병상을 지켰다.

"여보! 요즘은 좋은 약이 나와서 암으로 죽는 사람은 드물다고 하더군. 당신을 살려낼 수 있어. 난 당신을 이렇게 보낼 수 없다고. 미역에서 추출해낸 엑기스가 암에는 아주 좋다더군. 그걸 신청해놨으니까 그걸 먹으면 3개월 만에 벌떡 일어난다고 하더군. 그러니 우리 기도하면서 하나님께 매달립시다."

남편은 교회 일도 다 집어치우고 오로지 애경에게 매달렸다. 세상에! 이 사람에게 이런 면도 있었던가. 나는 죽어야 하는데 이 사람이 자꾸 이러니 어쩌지. 그럼 그 긴 세월 표현을 하지 않았지 이 사람은 날 사랑하고 있었단 말인가! 애경은 진통제를 맞고 스멀스멀 밀려오는 잠속에서 참으로 기이하게도 슬그머니 살고 싶다는 마음이 일기 시작했다. 깔때기 모양의 토네이도 속에 빨려들어가서 멀리멀리 하늘로 올라가야 하는데 자꾸 남편이 잡아당기니 어쩌지. 아하! 토네이도가 불어서 좋기도 하구나. 죽으려고 했는데 살려고 하니…… 깔때기 속으로 빨려들어갈까 아니면 땅으로 다시 내려가야 하나 어쩌지…… 애경은 스멀스멀 밀려오는 아득함에 잠겨 바짝 탄 입술을 침으로 적시고 뿌옇게 밀려오는 안개 속에서 허우적거렸다. ✈

— 2014년 『한국크리스천문학』 봄호

귀신 들린 사람

그가 앉아 있는 너럭바위를 마음이 아픈 사람들에게 내주고 자신은 바위기둥 틈으로 사라졌다. 사람들 말로는 돌기둥을 열 개쯤 비집고 들어간 안에는 샘물이 솟아나는 아늑한 방이 있어 살기에 아주 좋은 곳이라고 한다. 거기에서 그는 말린 나무 열매와 솔잎, 풀뿌리를 먹고 산다고 한다.

귀신 들린 사람

　가을 무처럼 쭉쭉 힘차게 치솟은 돌기둥들이 울창한 나무숲처럼 서 있는 산봉우리를 향해 세 사람이 힘겹게 톺아 오르고 있다. 둘이서도 걷기 힘든 좁은 길 왼쪽, 직각으로 깎아지른 계곡을 끼고 시퍼런 물이 산의 속살을 깊게 파고 흘러가는 소리로 인해 산과 하늘이 흔들리는 듯하다. 흰 옷을 입은 두 명의 남정네와 검은 치마에 하얀 저고리를 받쳐 입고 쪽을 찐 여인, 이렇게 세 사람이 씩씩거리면서 얼굴에 철철 흘러내리는 땀을 손등으로 쓱쓱 밀어낸다. 모두가 입이 무겁다. 만첩돌기둥들이 병풍처럼 늘어선 장엄함이 그들을 찍어 눌러 감히 입을 열 용기도 없는 듯 그저 멍멍한 표정을 지으면서 숨만을 헐떡거린다.
　심곡에 옥계수가 창창히 흘러가는 소리에 눌려 있던 사람들

중 제일 앞장 서 있던 머리가 흰 노인이 먼저 입을 열었다.

"이런 험한 산속에 정말 사람이 살고 있단 말이요?"

"제가 노루를 쫓아 열흘 전에 여기 왔었는데 중년을 넘긴 남자가 가부좌를 틀고 앉아 먼 산야를 향해 멍하니 앉아 무어라 중얼대고 있더라고요. 처음에는 산신령인가 했고 나중에는 여우가 재주를 부려 사람의 모습으로 둔갑해서 날 홀리나 해서 줄행랑을 쳤지요."

"아무리 둘러봐도 사람이 살 곳이 아니야. 송죽이 울울창창한 산도 아니고 온통 바위와 돌투성이니 먹을 것도 없을 터이고……. 여긴 산짐승도 살기 어려운 곳이야. 당신 혹시 깊은 산중에서 이상한 소리를 듣고 헛것을 본 것이 아닐까. 아니면 자네 눈이나 머리에 이상이 왔던지."

그러자 목숨을 걸고 그들 뒤를 바짝 따라붙던 여인이 손사래를 치면서 갈 길을 재촉한다.

"어젯밤 꿈에 산신령이 바로 요 산봉우리 근처에 나타나서 날 손짓해 불렀으니 가봅시다. 지금 제 목숨이나 다름없는 아들이 죽어가고 있으니 마지막 내 소원을 풀어 주시요."

훌쩍이는 여인의 앞장에 선 남자는 바로 뒤를 붙좇는 아내의 말에 머리를 주억거리면서 발걸음을 재촉했다. 산자락의 한 모퉁이를 돌자 촘촘히 서 있는 돌기둥들이 늘씬늘씬 긴 몸을 자랑하며 병풍처럼 접혀 있다. 돌기둥들 앞 너부죽한 너럭바위 위에 머리가 희끗한 남자가 눈을 꼭 감고 앉아 있다. 아이의 목숨을 살리기 위해 목숨을 걸고 기어 올라온 산행이라 아이의 어미인 여인이 두 손을 합장하고 경건하게 그를 향해 절을 수 없이 하다가 눈을 살짝 떠서 그의 동태를 살폈다. 해는 중천을 지나고 있건만 눈을 감고 앉아 있는 남자는 돌부처처럼 꼼짝도 하지 않는다. 우뚝우뚝 서 있는 돌기둥의 일부인양 숨을 쉬는 것 같지도 않았다. 아무리 둘러봐도 만화방초 우거져 뭇새들이 날아들어 고운 목청으로 노래하며 나풀대며 춤추는 절이 있는 명산도 아니다. 인적이 드문 암자에 어지러운 인간세상을 피해 은거한 도사가 울적한 심사를 위안 받으며 지내는 풍경도 아니다. 이상한 남자는 앞에 탁 트인 들판이 이고 있는 푸른 하늘과 산천경개에 함빡 취한 모습이다.

점심때가 지나면서 목도 마르고 슬슬 배가 고파지기 시작한 일행은 이대로 마냥 서 있을 수만은 없었다. 제일 연장자인 노인이 가만히 다가가서 그의 등을 두드렸다. 여전히 그는 응답이 없다. 답답하고 다급한 아이의 어미가 그의 코앞에 얼굴을 바짝 들이대고 소릴 질렀다.

"제 아들이 죽어가고 있어요. 제발 불쌍히 여겨 살려주셔요. 아이가 죽으면 저도 죽습니다."

여전히 꼼짝 않고 돌부처처럼 앉아 있던 남자가 세 사람이 목청껏 그를 깨우려고 합창하듯 소리치는 바람에 아주 귀찮은 듯 눈을 감은 채 얼굴을 찡그렸다.

"조금만 더 있으면 한 자 거리로 다가온 하늘을 만질 수 있는데 왜 이리 소란한지!"

남자는 겨울잠에서 깨어난 개구리처럼 눈을 부스스 뜨고 사방을 둘러본다.

한시가 급하게 목숨이 경각에 달린 아이의 어미가 손바닥을 파리처럼 싹싹 빌면서 애걸했다.

"하나뿐인 제 아들이 지금 죽어가고 있습니다. 살려주세요. 어젯밤 제 꿈에 오셔서 살려준다고 했잖아요. 살려주세요. 제발 살려주세요. 제 생명과 연결된 하나뿐인 아들입니다."

여인은 그의 앞에 무릎을 꿇고 앉아 연신 굽실거리면서 아이의 아픈 상태를 주어섬기느라고 입가에 거품이 고였다. 이런 그녀를 한참 말없이 바라보던 그가 천천히 일어서더니 첩첩이 겹쳐진 돌기둥 사이로 들어갔다. 몸이 젓가락처럼 비쩍 마른 남자는 비좁은 돌기둥 사이를 용케 비비고 미끄러져 사라졌다. 그 뒤를 쫓던 사람들은 돌기둥 사이의 공간이 너무 좁아서 그를 뒤따라갈 수 없었다. 이런 곳이니 곰과 범, 멧돼지가 지천인 이 산에서 죽지 않고 살아 있는 모양이다. 하지만 무얼 먹고 산단 말인가. 물 한 방울 나오지 않고 샘도 없는 곳이니 물을 마시려면 계곡 밑 골짜기로 가야 할 판이다. 아무리 사방을 둘러봐도 바위와 돌뿐인 기막히게 삭막한 곳이다.

얼마 만에 그는 너부죽한 잎사귀에 싼 가루를 여인 앞에 내밀었다.

"이걸 어떻게 먹이나요?"

"하루 세 번 먹이시요. 물을 많이 마실수록 빨리 회복할 것이요."

황공해서 머리를 조아리며 약을 받아든 일행은 어서 하산해서 죽어가는 아이를 구할 생각에 정신없이 산길을 더듬기 시작했다. 일행과 멀찍이 떨어져 걷고 있던 노인이 되돌아왔다.

"여기서 어떻게 살아갑니까? 물과 양식이 없잖소."

그러자 그는 아득하니 먼 앞 산봉우리를 가리키면서 중얼거렸다.

"여기서 저기 저 산봉우리까지 큰 길이 뻥 뚫려 있어요. 거기까지 휙 날아가서 먹을 것도 가져오고 그곳 친구들과 놀다가 오면 돼요. 보셔요. 여기서부터 뻥 뚫린 대로가 보이지요?"

노인은 아무리 눈을 씻고 봐도 이 산봉우리에서 저 산봉우리까지 아득한 들판을 가로 질러 연결된 길이 보이질 않았다.

"저 산봉우리에도 도사님처럼 사는 사람들이 많은 모양이지요?"

"사람이 아니고 나무들이 많아요. 거긴 흙이 좋아 아름드리 나무들이 울울창창하지요."

"사람도 아닌 나무들이 도사님에게 무얼 해준단 말이요?"

"나무들이 저를 보면 아주 말이 많아요."

"나무들이 말을 한다고요?"

노인은 이 남자가 산에서 혼자 살다보니 몸속에 귀신이 여러 마리 자릴 잡고 있다는 생각에 이르자 오싹 소름이 전신을 감쌌다. 뒤로 물러서면서 도망칠 자세로 얼어붙은 마음을 가다듬었다.

"나무들이 저를 보고 기다렸다면서 안아달라고 해요. 사랑해달라고 매달리지요. 그러면 저는 나무들을 하나씩 차례차례 두 팔을 쫙 펴고 푸근하게 안아주지요. 나무들은 좋아서 나뭇잎을 흔들면서 얼마나 애교를 떠는지 저도 참으로 기쁩니다."

"나무들이 사랑해달라고 인간의 말을 할 수 있단 말이지요?"

"몇 백 년 된 고목은 기운이 없어 낮은 목소리로 소곤거리고 장년의 나무는 우렁찬 괴성을 내지르지요. 어린 나무는 귀여운 아기 목소리로 말하고요."

기가 막혀 돌아선 노인은 중얼거렸다. 귀신 들린 사람이로구나! 참 불쌍하다. 이러니 사람들 사이에서 살지 못하고 돌기둥 사이에 끼어 살고 있지. 그도 앞서간 사람들 뒤를 붙따라 악산 골짜기와 들판 사이에 판자로 기다랗게 이어놓은 휘청대는 나무다리를 건너갔다.

가루를 얻어간 여인이 죽어가는 아들의 입에 열심히 물과 함께 정성껏 먹였더니 아이는 사흘이 지나자 눈을 뜨고 의식이 돌아왔다. 그 일로 사람들 사이에 소문이 나돌기 시작했다. 악산이지만 지령(地靈) 중 제일가는 영맥(靈脈)이 고인 곳에 자리 잡고 앉아 있는 이 남자는 신령한 사람이라는 소문에 영육 간에 병들거나 큰일을 당해 마음이 상한 사람들이 악산 산벼랑을 기어오르기 시작했다. 이상한 일은 그곳을 다녀온 사람들이 모두 효험을 보는 바람에 멀리멀리 그의 소문은 바람을 타고 길을 따라 흘러가서 수없이 많은 사람들이 악산을 찾아오기 시작했다. 나중에는 부귀영화를 누리는 부자나 건강한 사람들까지 그를 찾아왔다. 이 사람을 놓고 사람들은 악산 귀신이니 처사나 도사, 거사, 의원 혹은 귀신 들린 사람이라고 제각각 나름대로 명칭을 붙여 불렀다.

악산 깊은 계곡을 따라 그의 청아한 기풍이 바람을 타고 산 밑 마을까지 스며 들어와서 마을사람들은 가는 비에 옷이 젖듯이 잦아들었다. 산마을 사람들은 처음에는 바위틈을 비집고 지나가는 바람소리나 산새들의 울음소리로 알았으나 그게 그의 기도와 피리소리인 걸 이제 식별할 수 있을 정도가 되었다. 그러잖아도 병을 고치고 우뚝 일어선 사람들은 그를 천신처럼 모시면서 새벽이면 그쪽을 향해 수없이 허리를 굽히고 빌기도 했다.

부모를 따라 호기심에 들뜬 아이들이 기를 쓰고 산을 기어올라 악산 귀신을 만난 뒤에는 십여 명씩 무리를 지어 그가 앉아 있는 너럭바위를 찾았다. 촘촘히 앉으면 20여 명이 족히 앉을 수 있는 너럭바위에 둘러앉은 아이들은 그를 서당의 훈장보다 더 좋아했다. 아이들은 비온 끝에 물 고인 말발굽자리의 올챙이들처럼 와글거렸다. 집에서는 서당에 간다고 나가서는 모두 산벼랑을 기어올라 악산 귀신 앞에 머리를 뒤로 꺾고 앉아 그의 얼굴을 우러러보았다.

아이들이 이렇게 모이면 그는 재미있는 이야기보따리를 풀어놨다. 바위와 돌뿐인 악산의 강한 정기를 흠뻑 끌어안은 명혈(名穴)에 자리를 잡은 탓일까. 그의 이야기는 아이들을 모두 한 마음, 한 몸으로 묶어놓았고 산의 소리와 그의 목소리만 너럭바위 언저리를 즐거운 풍악처럼 맴돌았다. 그의 거늑한 마음에서 흘러나오는 이야기는 황당하지만 아이들의 마음밭에는 하늘을 찌르는 상상의 날개를 펴기에 족했다.

"산꼭대기에 있는 돌덩이 하나가 잘못해서 밑으로 굴러 떨어지는 데 100년이나 걸리는 높고 높은 산봉우리에 잘생긴 남자가 살고 있었습니다. 그는 대낮에도 그림자 없이 걸어 다니고 사람의 혼을 넣었다 뺐다 하는 능력을 지닌 분이었지요. 그의 눈은 사람을 한 번 척 보면 앞날이 환하게 펼쳐지고 몇 백 리, 몇 천 리 밖의 일도 투시하여 보는 아주 영이 맑은 분이었답니다. 그는 정직하지 못하고 거짓말을 하며 남의 물건을 앗아가는 사람에게 역병을 주고 그 집 아이들에게 마마를 주어 앓아 죽게도 만들었어요. 그는 얼마나 힘이 센지 바위를 진흙처럼 주물러 반죽을 해서 만들고 싶은 형상을 빚어 여기저기 멋들어지게 세워놓기도 했습니다. 우리가 추석 보름달 아래서 송편을 빚 듯 그분도 그렇게 돌을 주물러 원하는 것을 만들어 산의 이곳저곳에 세워놓았지요. 내 뒤에 병풍처럼 첩첩이 서 있는 돌기둥들도 그가 직접 손으로 빚은 것들이랍니다."

눈이 화등잔만 하게 커진 아이들은 침을 꿀깍 삼키면서 숨을 죽이고 경청하고는 질문이 많았다.

"그 남자는 여우나 고양이로 둔갑도 하나요?"

"그럼. 무엇이나 그가 되고 싶은 형상으로 변하기도 하지요."

그러자 아이들은 모두 웅성거렸다. 그래서 무당이나 박수가 산령의 지혜를 빌리려고 그 사람을 부르는 푸닥거리를 하는 모양이라고 머리를 주억거렸다. 이런 아이들을 향해 엄숙한 어조로 그가 명했다.

"여러분! 모두 머리를 뒤로 한껏 꺾고 하늘을 올려다보세요."

아이들은 일제히 고개를 뒤로 젖히고 깊은 하늘에 눈길을 던졌다. 깊고 파란 하늘에 갑자기 뭉게구름이 용의 형상을 하고 밀려오기 시작했다. 뭉클뭉클 치솟는 구름 사이로 새파란 하늘이 언뜻언뜻 보였다. 그들의 눈길을 쫓던 악산 남자가 엄숙한 음성으로 아이들을 향해 말했다.

"구름 사이로 파랗게 보이는 깊은 하늘, 높고 높은 산봉우리에 살고 있는 영기가 넘치는 분의 모습을 봐야 합니다. 그분의 얼굴을 희미하게라도 볼 수 있는 사람은 손을 들어보셔요."

아이들은 처음에는 꺼리면서 어쩔 줄 몰라 서로 눈치를 보다가 하나, 둘 손을 들기 시작했다. 그러자 모두 우우 손을 높이 들어 흔들었다. 이번에는 아이들을 향해 그가 다시 요청했다.

"돌이 굴러 떨어지는데 100년이 걸리는 아주 높은 곳에 살고 있는 그분의 냄새를 맡을 시간입니다. 모두 눈을 감고 깊은 숨을 들이켜고 내쉬어 보세요. 열 번을 그렇게 숨을 쉬어 보세요."

아이들은 일제히 숨을 깊이 마시고 내쉬기를 반복했다.

"은은한 향기를 맡을 수 있지요. 여러분들이 살고 있는 마을이나 집에서 나는 냄새가 아니라 바람과 산만이 품을 수 있는 기막힌 향내입니다. 이게 바로 그분의 숨결입니다."

그는 다시 아이들에게 눈을 감고 산의 소리에 귀를 기울이게 했다. 산바람이 악산 귀신의 등뒤에 줄지어 서 있는 돌기둥을 만지면서 지나가는 소리, 그것들을 스치고 날아가는 뭇새 소리, 악산 바위 틈바구니에 묘기를 부리면서 매달려 자라고 있는 작은 나무들이 주고받는 나뭇잎 소리, 깊은 계곡을 힘차게 흘러가는 산골 속살의 주절거림 등이 아이들의 귀를 채웠다.

"여러분, 많은 소리를 듣고 있지요. 이게 바로 높은 산에 홀로 살아가는 높은 분의 노래 소리입니다. 그 소리와 더불어 여러분은 그분의 자취를 육신의 눈으로 보고 있어요."

아이들은 알 듯 모를 듯 오묘한 그의 말에 몽롱해져서 안개 속을 헤매는 듯했다. 희미하게 바늘구멍만 한 틈새로 다른 세상을 엿보는 기분이 들어 모두의 얼굴이 엄숙해졌다. 아이들은 연신 멀리 아득하게 구름을 목걸이로 두르고 희미한 갈맷빛 등성이를 도드라지게 내밀며 자랑하는 산봉우리에 눈길을 던졌다. 그의 재미있는 이야기를 듣다보니 아이들은 산과 바람과 물이 살아서 꿈틀대는 생명체로 다가왔다. 집에서 할머니나 어머니가 식상하게 항상 들려주던 심청전이나 놀부와 흥부전, 춘향전만 듣던 아이들에게 악산 귀신이 들려주는 이야기는 두고두고 아이들의 심금을 울렸고 자식들을 통해서 전해들은 어른들도 차츰 거기에 빠져들어갔다.

너무 막연하여 손에 잡힐 듯 말 듯 아득한 이야기보다 더 구체적인 재미있는 이야기를 그는 들려주기 시작했다. 하루는 앞에 펼쳐진 들판의 한가운데 널찍하게 자리 잡은 호수 속을 들고 나왔다.

"호수 맨 밑바닥 아주 깊은 곳에 자리 잡은 대궐에 왕이 살았습니다. 물고기와 뱀과 물속에서 살아가는 모든 것들이 그의 백성들이었지요. 여러 종류의 물고기들은 호수 속의 왕을 무척 좋아했습니다. 왕은 서로 사랑하고 사이좋게 지내도록 물속을 잘 다스리고 이따금 헤살을 부리는 뱀은 그 자리에서 벌을 주는 바람에 모두 평화롭게 살고 있었지요. 싸우지 않고 공평하게 나누어먹고 아프면 서로 위해주고 힘을 다해 서로 괴 주고 사랑해서 모두가 한 집안 식구처럼 살았지요. 거긴 부자가 없고 모두 평등해서 배고픈 사람이 없는 곳이었습니다."

자신들이 살고 있는 마을에 새로 부임해온 군수가 탐관오리 중의 괴수라 모두 골치를 앓고 있던 터라 아이들은 그의 이야기에 빨려들어갔다.

"호수왕국의 왕과 왕비 사이에 아들도 없이 딱 딸 하나가 있었어요. 여러분들 또래의 딸의 이름은 토실공주였지요. 그녀가 하필이면 인간들 사이로 나가기를 원했어요. 큰 문제지요."

자기들 또래의 공주가 등장하는 바람에 아이들은 너무 재미있어 이야기에 빨려들어갔다. 토실공주가 얼마나 예쁘냐고 질문을 던지기 시작했다.

그때 아이들이 사는 마을에서 제일 돈이 많은 강 부자가 헐떡거리면서 악산 귀신 앞에 섰다. 아이들을 싹 무시하는 그의 태도에 오만이 넘쳤다. 얼마나 다급한 일이 생겼으면 여기까지 하인을 보내지 않고 몸소 기어올라 왔을까! 명 끊어진 자식의 저승길을 빌어달라고 온 것일까. 솟을 대문 안 깊숙이 살고 있는 그는 지금 악산 귀신 앞에서 끈 떨어진 연처럼 가련해 보였다.

"어제부터 하나뿐인 아들이 실성해서 헛소리를 하고 머리가 아프다고 두 손으로 머리를 감싸안고 뒹굴고 울고 서가의 책들을 모두 찢어버리고 난리를 칩니다."

아이들에게 재미있는 이야기를 들려주고 있던 악산 사내는 상대방의 입장을 무시하고 나대는 그를 못마땅해서 상을 찌푸리고 흘겨보다가 천천히 입을 열었다.

"요 몇 년 내에 집안에 사람이 죽어나갔군요?"

"삼년 전에 아버님이 돌아가셨고 작년에 어머님마저 가셔서 나란히 묻었지요. 천하의 대명당자리라고 명 풍수가 잡아주었

습니다. 목마른 말이 물을 마신다는 갈마음수혈(渴馬飮水穴)이라
고 했습니다. 상당한 돈을 지불하고 산 명당이라 이게 문제가
될 수 없습니다. 함께 가보실까요?"

"거기까지 저는 가고 싶지 않습니다. 하지만 여기서도 보이
는 묘입니까?"

강 부자는 오른손의 검지로 귀신 들린 남자가 늘 다녀온다는
들판 건너편 앞산 밑을 가리켰다.

"산의 왼쪽 밑입니까 아니면 오른쪽 밑입니까?"

"왼쪽 후미진 곳으로 아늑하여 자손이 번성하고 삼정승이 나
온다는 명당자리입니다. 최고명품인 무주산의 패철을 지닌 명
풍수가 산서(山書)에서 찾아낸 자리지요."

눈을 가늘게 뜨고 한참 강 부자가 가리킨 곳을 응시하던 귀
신 들린 사람이 한숨을 푹 쉬면서 안타까운 표정을 지었다.

"충렴(蟲廉)에 묘를 잡아주었다니! 거긴 골짜기 전체가 저습
한 사혈(巳穴)이 분명한데."

강 부자는 묘 자리에 문제가 있다는 뜻으로 알아듣고 몸 둘
바를 몰라서 부들부들 떨었다.

"적당한 날을 택해 면례하시오. 시신을 뱀과 벌레들이 먹고
있으니 얼마나 괴롭겠어요."

"네! 뱀과 벌레들이 먹고 있다고요?"

강 부자는 못 믿겠다는 듯 머리를 흔들면서 하산했다. 며칠
을 두고 고민하던 중 마음을 다잡아먹고 산역꾼들을 데리고 우

선 아버지의 봉분을 파헤쳤다. 관을 여니 떼 뱀들이 관 속에 우글우글했다. 너무 놀라 엉덩방아를 찧으면서 뒤로 나자빠진 강 부자를 산역꾼들이 안아다 평평한 풀밭 위에 뉘었다. 얼마 뒤 정신이 돌아온 강 부자는 옆에 나란히 묻힌 어머니의 묘를 파게 했다. 관 두껑을 열자 토할 것처럼 역한 비린내가 확 풍겼다. 관 속에 큰 뱀 한 마리가 관머리에 똬리를 틀고 앉아 머리를 곧추들고 혀를 날름거렸다. 시신의 머리끝부터 발끝까지 우글우글 자잘한 까만 벌레들이 햇빛을 보자 순식간에 사라져버렸다. 땅속을 볼 수 있는 일은 풍수쟁이들 중에서도 고수만 할 수 있는 일이다. 악산 귀신은 겉으로 보기에는 몸이 왜소하고 볼품없는 치졸한 품새였지만 눈빛에 서린 도안(道眼)은 신안(神眼)이 분명했다. 땅속의 생기를 볼 수 있는 신통력을 지닌 악산의 귀신 앞에 강 부자는 너부죽 절을 하고 무릎을 꿇고 앉아 명당자리를 부탁하며 머리를 수없이 조아리고 절절 맸다.

"탯줄에 걸고 나온 가난도 명당을 찾으면 해결된다고 알고 있습니다. 인걸도 지령(地靈)이지요."

"아무리 명당을 써도 개개인의 삶에 달려 있어요. 가난한 이웃을 돌보며 바르게 살아가시오."

악산 귀신 들린 남자는 엄숙한 얼굴로 날 벼린 일침을 놓았다.

"제 기억으로는 대대로 선조들이 가난한 사람들을 돌보고 살아왔습니다. 저도 춘궁기에는 곡식을 풀어 기아에 시달리는 이웃들을 돕고 있지요."

그는 머리를 조아리며 애걸하는 강 부자의 흰 창뿐인 옴팍한 눈을 흘겨보았다.

"면례를 하면 아들이 곧 정상이 될 것이요. 그 이상 뭘 더 바라시요."

"그래도 자손이 번성하고 가문에 삼정승이 나오는 명당자리를 부탁합니다."

"풍수가 잡아준 곳이 명당이나 습한 곳이라 뱀과 벌레가 우글거리니 위쪽으로 올라가시요."

"거기서 위로 가란 말이지요?"

그는 강 부자의 생급스러운 질문을 빗겨가면서 머리를 주억거리고 결가부좌하고는 깊은 무심의 경지에 빠져들었다.

강 부자의 면례사건은 인근마을은 물론 멀리멀리 소문이 나서 악산의 귀신 들린 사람은 이제 너무 유명하여 무당들이 모신 신당의 자리까지 올라갈 정도가 되었다. 이 사람을 놓고 사람들 사이에는 말이 많았다. 삼십 년 전 당파를 지으며 싸워대는 혼란한 정치판을 피해 피난 온 양반부부가 아들 하나를 낳아 깊은 산속에서 숨어 살았는데 어느 날 괴질로 부부가 함께 죽었다. 열 살 난 아들이 생급스럽게 죽어간 부모의 무덤가를 몇 달간 징징 울면서 맴돌다가 사라졌는데 아마도 그 아들이 장성하여 부모와 살았던 산을 잊지 못하고 돌아와서 악산 귀신이 된 것 같다는 후문이 절대적이었다.

마을 아이들은 날씨가 좋고 바람이 잔잔한 날이면 십여 명씩 때를 지어 악산 귀신이 앉아 있는 너럭바위에 모여들었다. 그는 아이들을 너무 좋아해서 언제나 거늑한 웃음을 흘리면서 그들에게 재미있는 이야기를 들려주었다.

"여기 이 산은 악산이라 나무들이 드물고 바위투성이지만 저 앞, 멀리멀리 보이는 들판을 가로질러 우뚝 선 산에는 무성한 나무와 꽃들이 지천입니다. 거기 가서 숨소리를 죽이고 조용히 있으면 나뭇잎사귀에 붙어살고 있는 요정들이 우글우글 네 곁으로 모여듭니다. 그들은 나무와 꽃들을 보호하는 군졸들입니다. 거기에도 아주 사악한 요정들이 있어요. 독화살을 가지고 평화롭게 살아가는 나뭇잎이나 나무줄기, 꽃잎이나 꽃을 명중하여 죽여 산을 폐허로 만들려고 합니다. 그들에 맞서서 나뭇잎에 살고 있는 초록 옷을 입은 많은 요정들이 용감하게 창검을 휘둘러서 독화살을 든 나쁜 요정들을 죽이려고 야단입니다. 특히 비가 오지 않아 건조한 날씨거나 아주 무더운 날씨에는 독화살을 어깨에 메고 나온 늦가을의 갈맷빛 옷을 입은 사악한 요정들이 우글우글 산속에 깔립니다. 저들을 대항하여 초록 옷을 입은 숲속의 요정들이 아주 치열하게 전쟁을 합니다. 제가 숨을 죽이고 조용히 지켜보면 다행히도 독화살을 든 갈색 옷의 사악한 요정들이 죽어나가고 초록 옷을 입은 나무의 요정들이 승리를 하지요. 거기에도 왕과 왕비가 있어 초록 옷의 요정들은 산을 다스리는 왕궁을 보호하려고 아주 격렬하게 싸웁니다.

우리나라도 왕궁을 지키려고 용맹스러운 군사들이 있지요. 백성을 잘 다스리는 왕이 있어야 나라가 평안한 법입니다. 그러기 위해 입을 열어 무엇이 문제인지 이구동성으로 말을 해야 합니다. 그래야 잘못된 것이 고쳐집니다. 입을 다물고 무조건 순종하면 산속의 나라처럼 초록 옷을 입은 요정들이 죽어버리고 독화살을 든 갈색 옷의 사기꾼들이 차지하면 산의 나무와 꽃들은 죽어 사라질 것입니다."

눈에 보이지 않는 산속의 나라를 볼 수 있는 악산 귀신의 이야기는 아이들의 입을 통해 이 마을에서 저 마을로 멀리멀리 퍼져나갔다. 특히 이런 이야기는 포악한 탐관오리에게 재물과 양식을 빼앗기고 애옥살이에 지쳐 있는 가난한 사람들의 마음을 사로잡았다.

그가 앉아 있는 너럭바위를 마음이 아픈 사람들에게 내주고 자신은 바위기둥 틈으로 사라졌다. 사람들 말로는 돌기둥을 열 개쯤 비집고 들어간 안에는 샘물이 솟아나는 아늑한 방이 있어 살기에 아주 좋은 곳이라고 한다. 거기에서 그는 말린 나무 열매와 솔잎, 풀뿌리를 먹고 산다고 한다. 그는 자신의 기도터인 너럭바위를 몸과 마음에 병이 깊은 사람들에게 내주고 바위기둥들 맨 뒤 작은 공간에 가부좌를 틀고 앉았다. 바위벽 간짓대에는 무명수건과 나들이옷이 한 벌 걸려 있다. 무명 심지를 꼬아 비스듬하게 뉘인 종짓불이 흙으로 빚은 종지 안에서 은은한 빛을 뿜어 올린다. 그는 괴로운 심정을 감추지 못하고 몸을 앞

뒤로 흔들면서 신음을 토해냈다. 사람들이 너무 많이 찾아와서 이곳을 떠나야 하는데 몸과 마음에 병든 사람들을 버려두고 떠날 자신이 없었다.

악산 귀신이 내어준 너럭바위 위에 앉은 여인들은 남편의 비행이나 시어머니의 구박을 또 앙칼스러운 시누이의 시집살이의 괴로움을 목이 터지도록 골짜기와 멀리 쫙 펼쳐진 들판을 향해 마음껏 소리를 질렀고 욕을 했고 울었고 주절대다가 해거름녘에 돌아갔다.

개판인 사또나 폭정을 일삼는 마을의 군수나부랭이나 그 밑에서 일하는 놈들의 비행에 시달리면서 당하고 사는 가엾은 농투성이들이 살살 너럭바위를 찾아들었다. 슬픈 환경의 아낙들보다 나중에는 탐관오리에 시달리는 남정네들이 더 많이 모여들었다. 악정에 시달리다가 마음의 병을 얻은 사람들은 여기 와서 속에 든 말을 다 토해내고 숨통이 트여 돌아가고 있었다. 너럭바위에서 외치는 소리를 들으려고 높은 분들은 바람결을 거슬러 손바닥으로 귓바퀴를 만들고 귀를 기울였다.

모여드는 사람들에게 그는 차례를 정하여 주고 자리를 떴다.

"제가 안에 들어가 도를 닦는 동안 마음껏 너럭바위 위에 앉아 저들의 비행을 고하시오. 하늘에 고하는 것이라 어쩌면 바람을 타고 왕의 귀에 들릴 것이고 산천이 들으며 나무들과 꽃들 심지어 풀들도 들을 것입니다. 나중에는 위의 천신이 들어주어 마음이 편해질 것이요."

귀신 들린 남자가 바위기둥 안으로 사라지면 마음이 곪은 사람은 혼자 앉아 욕을 실컷 해대고 그들이 저지르는 나쁜 짓을 조목조목 나열하고 그 상대를 향해 노발대발 고함을 치면서 가슴을 치다가 돌아가곤 했다. 날마다 수를 더해서 너럭바위를 찾아드는 사람들이 긴 행렬을 이루었다. 악산 귀신을 만나지 않고 너럭바위에 퍼질러 앉아 속에 감추고 있던 사연을 털어놓으려고 오는 사람들도 많아졌다. 이 소문이 원근각처의 사또나 관찰사나 군졸들 귀에 들어가자 모두 상을 찌푸렸다. 감히 들어주는 사람이 없다지만 산야를 향해 외쳐대는 자신들을 향한 욕지거리는 처벌의 대상이 되었다. 더구나 귀신 들린 사람은 모두를 향해 양반과 상놈이 어디 있으며 인간은 모두 평등하다고 하니 이건 사회질서를 무너뜨리는 나쁜 소행이었다. 관에서 나와 너럭바위로 향하는 길을 차단하고 나중에는 악산 귀신 들린 사람을 관아에 잡아가둘거라는 소문이 나돌았다.

하루는 마을 아이들이 서른 명쯤 모여들었다. 그의 재미있는 이야기를 듣기 위해서였다. 그중에는 탐관오리들의 정탐꾼들도 끼어 있는 걸 알고 있었지만 그는 힘차게 입을 열었다.

"어느 마을에 새로 부임해온 사또가 있었습니다. 동헌을 새로 단장하고 처음 있는 재판이라 구경꾼들이 구름처럼 모여들어 시장터처럼 북적거렸습니다. 그 자리에 불려나온 사람은 포승줄에 묶여 새로 부임한 사또 앞에 꿇어앉았습니다. 애옥살림에 찌든 노인의 눈가에 주름이 깊었습니다.

'열흘을 굶은 가족들은 모두 즐비하게 방에 누워 일어나지도 못했습니다. 너무 배가 고파 죽을 지경이라 이 동네에서 제일 잘 사는 강 부자 집의 곳간을 뚫고 들어가 쌀을 한 되 훔쳤습니다.'

신임 사또는 이렇게 말하는 굶주림으로 쪼그라든 노인의 얼굴을 한참동안 쳐다보고 말을 하지 않은 채 묵묵히 한참동안 앉아 있었습니다. 드디어 오랜 침묵을 깨고 엄한 목소리로 판결을 내렸습니다.

'남의 물건을 훔치는 것은 곤장을 서른 대 맞을 큰 죄입니다. 그 나이에 곤장을 그렇게 맞고 살아남지 못할 터이니 쌀값 한 냥을 내는 것으로 판결합니다.'

그러자 좌중은 죄 죽은 듯이 조용해졌지요. 쌀 한 톨 없이 바닥인생을 살아가는 민초가 어떻게 그 많은 돈을 낼 수 있단 말입니까! 이번엔 세상물정을 전혀 모르고 마을이 처한 사정과 백성들의 아픔을 짐작도 못하는 탐관오리 괴수가 사또로 왔다고 모두 숨어서 한숨을 삼켰습니다.

그러자 신임 사또는 엄숙한 목소리로 선포했어요.

'배고픈 백성을 돌보지 못한 책임이 나 자신과 여기 모인 모든 사람들에게 있습니다. 우리 모두가 함께 죄를 지은 셈입니다. 내가 노인이 내야 할 한 냥을 벌금으로 낼 터이니 여러분들도 십시일반으로 조금씩 벌금을 내시기 바랍니다.'

순간 동헌마당에 모인 사람들이 술렁거리기 시작했어요. 맨 앞줄에 앉은 사람이 괴춤에서 동전을 내어 사졸이 돌리는 주머니에 넣자 여기저기서 모두가 가지고 있는 것을 꺼내놓기 시작했습니다. 어떤 여인은 끼고 있던 은반지를 빼서 넣기도 했지요. 순간 주머니는 이런저런 것으로 가득차서 제법 묵직해졌어요. 신임 사또는 그걸 앞에 앉아 있는 노인에게 주고 자애로운 목소리로 말했습니다.

'이것으로 가족들 끼니를 해먹이면서 열심히 사시기 바랍니다. 또 배가 고프면 남의 것을 도둑질하지 말고 내게 오시오.'

그가 판결을 내리고 일어서 안으로 사라지자 모인 백성들이 손뼉을 치고 만세를 불렀습니다."

귀신 들린 남자의 흥미로운 이야기는 눌변에 투박한 어투였지만 내용에 반한 사람들은 이런 재미있는 이야기가 뇌리에 박혀 잊을 수가 없었다. 백성들을 착취하는 일이 보통이었던 세상에 이런 이야기가 사람들의 입을 타고 전국으로 흘러 퍼져나갔다. 울력으로 모를 심으려고 모여든 많은 사람들은 아이들이 악산 귀신에게서 물어온 이야기를 소곤거렸다. 이런 사또를 만나야 한다고 꿈을 꾸기 시작했다. 홍길동전에 나오는 주인공인 홍길동을 기리듯이 그 사또 같은 사람을 백성들이 단비를 기다리듯 하늘에 대고 빌기도 하고 그리워하기 시작했다.

이런 소문이 파다하게 퍼지자 위험을 느낀 위정자들은 말의

근원지인 귀신 들린 사람을 잡아가두게 되었다. 사지가 묶여 주리를 틀리면서 귀신 들린 남자는 죽을힘을 다해 외쳤다.

"의원이 실수하면 환자 하나만 잡게 되지요. 풍수가 잘못하면 집안을 망칩니다. 그보다 더한 것은 위정자가 잘못하면 백성을 다 죽이고 나중에는 나라가 망하는 법입니다."

"귀신 들린 놈이 입만 살아서 사람들을 현혹하고 사악한 행위를 일삼고 있으니 쳐서 죽여라."

"저는 이렇게 죽지만 나 같은 사람이 대를 이어 이 나라에 태어날 것입니다."

"저런! 주리를 틀어도 입만 살아 말이 많구나. 심히 쳐라. 사람들이 욕 바위에 가는 걸 금하라."

사또의 고함에 모두 몸을 도사리고 숨을 죽였다. 귀신 들린 사람은 몸이 갈기갈기 찢겨서 형체를 알아볼 수 없을 지경이었다. 그의 잘린 머리는 장대 위에 달려 장마당에 매달아 놓았다.

아무리 위에서 핍박이 심해도 이상한 일은 대를 물리며 악산의 너럭바위 위에 사람들이 올라가서 가슴에 고인 속마음을 털어놓는 일이 연이어졌다. 지금도 악산 욕 바위에는 몸과 마음이 아픈 사연을 퍼내면서 울어대는 많은 사람들의 목소리가 바람을 타고 마을을 떠돌다가 나중에는 하늘 높이 올라가 구름을 타고 세계방방곡곡에 는개가 되어 내리고 있다고 한다. ✱

— 2017년 『펜문학』 11.12월호

소리의 가면

일찍 집으로 가야 할 터인데 채련은 가고 싶지 않았다. 집에 가면 지겨운 새소리가 무서웠고 요즘 곁들여 들려오는 이상한 소리들로 인해 겁이 났다. 여기 카지노에서 귀 따갑게 들리는 소음들은 마음을 안정시키는 신경안정제나 마약보다 더 강력한 즐거운 소리였다. 마음과 몸과 영혼을 다해 싸워서 이겨야만 하는 현장이기 때문이다.

소리의 가면

    오늘도 채련은 아들이 다녀간 뒤 어김없이 카키색의 허름한 옷을 걸치고 카지노로 향했다. 집에서 고속도로를 타고 한 시간 반 달려 도착하는 인디안 보호구역에 세워진 샌 매뉴엘(San Manuel) 카지노는 그녀의 마음을 다스려주는 유일한 숨통이기 때문이다. 210번으로 접어들면 마운틴 아베뉴를 지나 광활한 평야가 펼쳐진다. 어둠이 짙게 내려앉은 평야 위에 이따금 군락을 이룬 마을의 불빛이 차창을 스치고 명멸한다. 애로우해드 (Arrowhead)를 지나 하이 랜드에서 내려 왼쪽으로 꺾었다. 소문난 맛집의 밥상을 앞에 둔 듯 마음이 들뜨기 시작했다. 이렇게 즐거운 마음은 항상 카지노 입구에 이르면 샘물처럼 솟아오른다. 이런 매력을 잊지 못해 여길 오지만 또한 치열한 전쟁터에라도 임하는 듯 그녀는 조금 긴장했다.

동서로 연결하는 빅토리아에서 왼쪽으로 꺾으면 야트막한 산 밑에 자리잡은 카지노가 어서 오라고 행복한 기운을 듬뿍 뿜어내면서 채련을 기다리고 있다. 다행히 저녁 10시가 지난 시간이라 고속도로의 교통체증은 없었다. 제한속도 70마일로 달렸더니 한 시간 안에 카지노에 도착했다. 빈자리가 없을 정도로 차들이 꽉 찬 파킹장을 돌아나와 발렛파킹을 했다.

카지노 안은 귀청이 찢어질 듯 굉음의 바다였다. 번쩍이는 섬광 속에서 이 끝에서 저 끝 아득한 공간이 전쟁터를 방불케 했다. 끊임없이 돌아가는 슬롯머신들의 소리가 마치 기관총에서 불을 뿜으며 적을 향해 쏟아지는 총알소리 같았다. 긴장하여 목을 늘인 사람들은 목숨 바쳐서 돌진하는 영락없는 용사들이다. 생명의 직접적인 위험이 없는 휘황찬란한 전쟁터이다. 이건 공포감을 자아내는 소리도 아니고 세상적인 소리도 아니다. 이런 굉음이 그녀를 세상만사 내려놓고 편안하게 만드는 지독한 마력을 지니고 강하게 잡아끌었다. 채련도 용감하게 용사들 틈에 끼어 전쟁을 하려고 비어 있는 의자를 찾아 두리번거렸다.

집단 속에 파고들자 외롭지 않다는 푸근한 마음이 그녀를 행복하게 했다. 미국 땅에서 말이 통하지 않아 언제나 혼자였는데 여기 오니 사람들 사이에 끼어들어 함께 숨을 쉴 수 있다는 자신감이 넘쳐흘렀다. 슬롯머신마다 제 나름대로 사람을 유혹하고 귀를 즐겁게 하는 특이한 소리를 뿜어내고 있다. 참으로 기이한 일은 자신이 택한 슬롯머신에 앉으면 다른 소리는 사라지고 자신의 기계 소리에만 사로잡히게 된다는 점이다.

카지노가 아닌 데서는 마음이 안정되질 않고 세상이 만들어내는 온갖 잡소리에 지쳐 언제나 축 늘어지는데 희한하게 여기오면 세상의 잡소리가 사라지고 카지노 특유의 소리에 취해 아늑함에 그녀는 푹 빠져든다. 마치 아픔을 견디지 못하고 뒹굴적에 진통제를 맞은 것보다 더 강력한 효력을 이곳이 지니고 있다고 할까.

저녁 11시부터 새벽 4시까지가 카지노의 황금기다. 적군을 향해 총을 겨누듯 그녀는 살짝 긴장한다. 하루 종일 잔뜩 퍼먹은 돈을 슬롯머신들이 이 시간대에 조금씩 뱉어내기 때문에 운이 좋으면 대박을 터뜨릴 수 있다. 새벽 4시면 직원들이 나와 돈을 전부 꺼내가기 때문에 아침엔 멋모르는 초보자들이 와서 돈을 잔뜩 집어넣어 놨으니 이제부터는 쏟아질 것이다.

바로 옆에 앉아 정신없이 단추를 눌러대는 할머니는 코에 플라스틱 밥줄을 꽂고 머리도 가누지 못하면서 비스듬히 누워 정신없이 좌판을 두드리고 있다. 그 옆에 따라온 간병인이 기계마다 내지르는 소리에 지친 표정을 감추지 못하고 머리를 외로 꼬고 앉아 있다. 양로병원에 있으면서 죽기 전에 여기에 가고 싶다고 너무 졸라대서 어쩔 수 없이 산소통을 달고 오는 환자들도 많았다.

채련은 일터에서 밤늦게 찾아온 아들, 기영이 한 달 치 생활비를 주고 나가자마자 그걸 봉투째 주머니에 찔러 넣고 이곳으로 차를 몰았다. 남편 없는 집에 혼자 밤을 지새우는 일이 끔찍했다. 백인들 동네에 달걀노른자처럼 콱 틀어박힌 주택은 언제나 그녀의 숨통을 조였다.

게다가 두 달 전부터는 천정에 새가 둥지를 튼 모양이다. 밤마다 이상한 소리를 내면서 천정을 가로질러 이 끝에서 저 끝까지 동동거리면서 돌아다닌다. 둘이 사랑을 나누는 소린지 괴상한 신음까지 뱉어내니 견뎌낼 재간이 없다. 그것도 시간을 맞춰 3분 간격으로 생난리를 친다. 낮에 가만히 지붕 밑을 살펴보니 처마 끝에 통풍을 위해 뚫어놓은 공기통의 비좁은 틈새로 새들이 들어가 가정을 이룬 모양이다. 혼자 해결해야 할 터인데 지붕 밑에 기어들어가자면 마루 한가운데 설치한 구멍으로 사다리를 타고 올라가야하니 그녀의 힘으로는 도저히 불가능한 일이다. 오십이 가까운 아들도 귀가시간이 깜깜한 밤이라 천정 밑에까지 올라가 새들을 잡으라고 말하기 어려웠다. 어쩔 수 없이 나무를 갉아먹는 흰개미를 죽이는 독한 스프레이를 사다가 한 병 몽땅 의자 위에 올라가 지붕 밑 틈새로 뿜었으나 그 밤에도 여전히 새들은 통통거리면서 천정을 쏘다녔다. 알에서 나온 새끼들까지 여러 마리로 늘어난 모양이다. 다른 새들과 달리 아주 요상한 울음소리를 뱉어내서 그녀는 진짜로 더 이상 버틸 수가 없었다. 이런 소리로 우는 새들도 있나 해서 집 주위에 재재거리는 새들을 관찰했으나 천정에 사는 새들처럼 우는 놈은 단 한 마리도 없었다. 아무튼 그녀가 고희를 넘기도록 살아도 단 한 번도 들어본 적이 없는 새 울음소리였다.

　이러니 채련은 새들에게 집을 내주고 이렇게 밤을 카지노에서 보내고 있는 셈이다. 그녀가 즐겨 앉는 슬롯머신은 핑크색을 지닌 불사조다. 커다란 날개를 활짝 펴고 날갯짓을 하면서 찌익 괴상한 울음소리를 내다가 어느 정도 동전을 잡아먹으면 심한 날갯짓을 하면서 앉아 있는 의자와 슬롯머신이 둥둥 흔들린다. 마음을 자극하는 우렁찬 울음소리를 내면서 앉아 있는 사람을 잔뜩 흥분시킨다. 이건 돈이 곧 쏟아진다는 신호이다. 희열이 그녀의 전신을 감쌌다. 모니터의 위아래 구석에 용이 꿈틀거리는 붉은 카드가 나오면서 불사조의 극에 달한 환성이 터지더니 109달러가 와그르르 쏟아졌다. 전신에 충족한 기쁨이 등줄기를 타고 흘러내린다. 50센트를 베팅으로 걸었는데 109달러라니! 횡재를 한 셈이다. 그걸 다 넣고 그녀는 다시 정신없이 좌판을 두드렸더니 이내 딴 돈이랑 걸은 100달러까지 다 잡아먹혔다. 우울한 기분을 누르면서 용이 꿈틀거리는 슬롯머신으로 자리를 옮겨 앉았다. 이것도 50달러을 잡아먹고 이따금 사람을 잡아놓느라고 감질나게 조금씩 돈을 뱉어낸다. 벌써 4시간이 흘렀으나 모니터에 엄청 집중하고 무아의 상태에 빠져들어 그녀는 시간 가는 줄 몰랐다. 대담하게 많은 베팅을 걸기로 하고 스핑크스가 그려진 슬롯머신 앞으로 갔다. Sphinx 3D는 최근 설치한 것으로 야자수가 드문드문 서 있는 사막을 이집트인들이 걸어 다니고 환상적인 피라미드 안으로 앉아 있는 의자가 덜덜 떨리면서 몸이 빨려들어간다. 3D용 특수 안경을 쓰지 않았는데도 피라미드 안의 보물과 미라가 누워 있는 관이 입체적으로 나타난다. 으스스한 무덤 안에서 서서히 관 두껑이 열리더니 다이아몬드가 줄을 이어 화면에 좍 깔린다. 이런 놀라운 광경을 보려면 의자가 흔들릴 때까지 건 돈이 삼십 분 이상 때로는 두 시간 이상 마구 없어져야 한다. 스핑크스 얼굴 세 개가 나란히 나타나야 환상의 세계로 들어가기 때문에 포기할 수가 없다. 곧 나올 듯 나올 듯 조금만 더 해보자 하면서 마구 돈을 잡아먹히게 된다. 이건 마약과도 같아서 절대로 포기할 수가 없다. 무려 3시간을 네가 이기나 내가 이기나 해보자 하면서 슬롯머신과 싸운 채련은 새벽 5시가 되자 아들이 한 달 치 생활비로 준 돈을 몽땅 날리고 말았다. 지갑에는 1달러짜리 다섯 장이 남았다. 이번에는 베팅이 10센트인 저렴한 기계로 갔더니 거기서도 딸 듯 유혹을 하다가 반 시간 만에 다 날려버렸다. 배도 고프지만 사먹을 돈이 없다. 밤새 슬롯머신을 눌렀더니 손가락이 시커멓게 되었다.

한 달 치 생활비를 몽땅 잃었지만 하룻밤 온몸과 마음을 징그러운 새소리에서 벗어나게 한 병원비로 치부하고 어깨를 으쓱이며 채련은 카지노를 빠져나왔다. 이슬이 내리는 새벽길을 뚫고 집으로 향했다. 카지노에 갈 적에 부풀었던 마음은 기가 팍 꺾여 풀이 죽었다. 한 달은 무엇을 먹고 살지 하는 걱정도

앞섰고 바보처럼 한 기계 앞에 너무 오래 앉아서 그것 하고 싸운 자신이 미웠다. 다음번에 오면 일단 한번 돈을 번 뒤에는 바로 일어나서 다른 슬롯머신으로 가야겠다고 다짐하면서 집에 도착하니 아들의 차가 집 앞에 서 있다. 가슴이 철렁했다.

"오늘 아침이 어머니 생신이라 집사람하고 미역국 끓여가지고 왔더니 어딜 가셨댔어요?"

며느리도 불만이 뚝뚝 떨어지는 얼굴로 음식을 트렁크에서 꺼내며 차문을 으깨져라 닫는다.

"언제 너희들이 내 생일을 기억했니? 마음이 울적해서 새벽 일찍 일어나서 드라이브하고 왔다. 미리 전화도 없이 이렇게 오면 내가 집 지키는 개냐? 집 안에 늘 붙어있게."

"집사람이 수없이 전화를 걸어도 받지를 않아서 깊이 잠드셨나 하고 왔지요."

하긴 카지노 안에서는 전화를 받을 수도 할 수도 없다는 것을 어찌 아들에게 설명할 수 있단 말인가. 서둘러 집 안으로 들어간 채련은 아들의 관심을 다른 데로 돌렸다.

"천정에 새들이 들어가서 밤새 난리를 치니 잠을 잘 수가 없다."

"그게 무슨 소리에요. 새가 어떻게 지붕 밑엘 들어가요."

"네가 올라가서 한번 보려무나. 새똥이 얼마나 쌓여있고 새털이 어느 정도 떨어졌나 봐라. 새 새끼가 몇 마리 있을 수도 있다. 그놈들을 몽땅 잡아내야 한다."

다음 날 아들은 일부러 시간을 내서 낮에 천정 밑으로 기어들어가 손전등을 켜들고 조사했다.

"새 그림자도 없어요. 엄마는 언제나 엉뚱한 망상이 많아요."

"낮에는 모두 밖에 나가 먹이를 잡아먹다가 밤에만 들어오는 모양이다. 밤이 깊어 세상소리가 잠들면 새들이 우는 소리가 똑똑히 내 귀에 들린다."

아들 기영은 못마땅한 표정을 감추지 않고 툴툴거리면서 일터로 돌아갔다.

잠을 이루지 못하고 뒤척이는 채련의 귀에 어머니의 다듬이질 소리가 들렸다. 집 옆으로 기찻길이 지나가는 시골집 대청마루에서 어머니는 할머니의 무명옷을 풀 먹여 두드리고 있었다. 그 소리가 리듬이 되어 기차가 지나갈 적에는 채련도 '기찻길 옆 오막살이'란 노래를 불러댔다. 밤늦도록 어머니가 돌리는 재봉틀소리도 자장가처럼 그녀의 귓가를 맴돌았다. 같은 마을에 사는 고모가 와서 잠든 채련의 머리를 쓰다듬으면서 소리를 낮춰 어머니와 소곤거리는 대화를 깊이 잠든 척 하면서 들었다.

"이 아이 사주를 보니 아주 좋아요. 나중에 멀리 외국으로 나가 살 팔자가 보이네요."

"외국에 나간다면 딸자식 팔자가 드세다는 뜻이지. 시집가서 조용히 남편 뒷전에서 살면 되는 거야. 아랫목에 등 따습게 누어 뒹구는 팔자가 되어야지."

일찍 혼자가 된 어머니가 내쉬는 한숨이 그녀의 뺨을 스친다. 채련이 실눈을 뜨고 훔쳐보니 고모는 손가락을 집어가면서 점쟁이처럼 점을 치고 있다. 고모의 점괘가 그렇게 기분 나쁘지 않고 마음을 은근히 즐겁게 해줘 아련하게 잠속으로 빠져들었다. 세상물정 모르는 어린 나이지만 채련은 행복했다. 앞날이 질펀하니 앞에 펼쳐져서 아른거렸다.

지나온 날들을 떠올리고 불면증에 시달리면서 시계를 보니 새벽 2시. 아직도 날이 밝으려면 한참 있어야 한다. 생활비도 없고 무엇보다 두려운 것이 혼자라는 점이다. 그녀가 아들을 데리고 이민 왔을 적에는 외롭다는 생각은 없었다. 먹고살기 위해 자바시장의 옷공장에 취직하여 재봉틀을 하루 종일 돌리는 생활이라 집에 와서도 귀에는 재봉틀소리뿐이었다. 전기재봉틀의 달달거리는 소리는 어린 시절 어머니 곁에서 듣던 재봉틀 소리보다 몇 십 배는 더 요란했다. 잡념을 없앨 정도로 엄청난 수십 대의 재봉틀 소리가 공장 안을 꽉 채워서 정신을 차릴 수 없을 지경이었다. 서로 대화나누기도 힘들 정도의 소음이었다. 남의 땅에서 살아남으려면 억척스럽게 돈을 벌어야 했다. 다행한 일은 이 소리에 젖어 그녀는 다른 소릴 듣지 못했고 외로운 줄 모르고 아들이 독립할 때까지 힘을 다해 달려왔다.

아직도 천정에서는 새들이 3분 간격으로 울면서 뛰어다닌다. 갑자기 자신의 심장이 퉁퉁 울리는 소리가 들려온다. 가만히 귀를 기울여 들어보니 심장은 엄청나게 큰 소리를 내면서 쉬지 않고 뛰고 있다. 엄청난 큰 소리를 내면서 뛰는 심장이 그녀가 태어나서부터 지금까지 잠들지 않고 쉬지 않고 뛰었다면 이젠 지쳐 닳아빠져 당장 멎을 수도 있다는 공포심이 밀려왔다. 이게 이렇게 뛰다가 멈추면 어쩌지 하고 벌떡 일어나 앉았다. 심장의 쿵쿵거림이 우레 치는 소리로 귓가를 스치면서 몸 둘 바를 몰라 그녀는 머리를 감싸 안았다. 자신의 심장이 이렇게 큰 소릴 내면서 뛸 줄은 몰랐다. 그간 너무 바쁘게 살아서 단 한 번도 심장이 이렇게 뛰고 있다는 걸 알지 못했나 보다.

의사가 처방해준 신경안정을 겸하여 수면제 역할을 하는 자낙스를 한 알 삼켰다. 심장 소리가 차츰 멀리 사라지면서 몸이 깊은 땅 속으로 가라앉는다. 그때 갑자기 귀에서 윙윙거리는 소리가 들린다. 고속도로에서 차들이 달리면서 내는 소음이 분명했다. 그녀의 집은 고속도로에서 상당히 멀리 떨어져 있으니 차들이 내는 소리가 여기까지 들릴 리가 없는데 바로 옆에 고속도로가 지나가는 듯 귓속으로 차들의 소음이 마구 비집고 들어온다. 정신을 차리자며 머리를 흔드니 이번에는 시장바닥 상인들과 사람들이 지절대는 소리로 인해 귀가 아플 지경이다. 아무리 머리를 흔들어도 소리들은 제멋대로 자리를 잡고 난리를 친다. 세상은 온통 소리의 도가니였다.

새 소리, 고속도로의 차 소리, 심장 소리, 상인들이 떠드는 소리, 소리……. 이 모든 소리에서 벗어나자면 카지노에 가야 한다. 거기가 그녀의 안식처이다. 채련은 공장을 다니면서 알고 지낸 강릉아줌마에게 돈을 200달러 꿔가지고 다시 카지노로 향했다. 거기 가야 소리에서 벗어나 숨을 쉴 수가 있기 때문이다. 카지노에 온 사람들 틈에 끼면 어김없이 아직도 삶의 현장에 속했다는 안도감과 이유를 알 수 없는 펄펄 뛰는 기운이 용솟음친다. 게다가 카지노의 음식 값은 아주 싸다. 호텔과 먹을 것을 저렴하게 해서 사람들을 끌어 모으기 위한 술책이다. 마침 그간 적립한 크레디트가 쌓여 점심 뷔페가 무료였다. 그녀는 카지노 회원 카드를 키오스크(kiosk)에 긁어 뷔페 무료 표를 받았다. 더구나 매주 화요일엔 모두에게 무료로 상품을 줘서 부지런히 뛰어가 줄을 섰더니 국수 끓여먹는 큰 냄비를 하나 선물로 받았다. 그걸 가지고 뷔페식당으로 가서 퍼질러 앉았다. 세상의 모든 음식 종류가 다 차려진 곳이지만 그녀는 어서 가서 슬롯머신을 돌려야 한다는 다급함에 스테이크와 새우만 가져다 먹고 빠져나왔다. 앞에 야채와 다양한 과일이 펼쳐져 있지만 어서 돈을 따야 한다는 조바심에 그냥 스쳤다. 그녀가 좋아하는 애플파이와 블루베리 파이도 있건만 그녀는 그냥 지나쳤다. 오늘은 특별히 해산물요리가 나오는 날이라 시뻘건 어른 손바닥 크기의 게와 새우가 푸짐해서 너도나도 모두 접시 가득 담아 날랐다. 테이블마다 커다란 양동이를 한가운데 놓고 게 껍질을 집어던질 정도로 모두 게걸스럽게 먹고 있었으나 채련은 어서 돈을 따서 잃어버린 생활비를 보충해야 한다는 생각에 그냥 스쳐지나갔다. 아직도 옷 공장의 재봉틀을 돌리고 있다는 젊음의 팽팽함에 젖어 그녀는 제비처럼 빠르게 움직였다.

집을 나오면서 속으로 단단히 다짐을 했다. 절대로 한 슬롯 머신 앞에 오래 앉아 있질 말고 마음과 기계를 다스릴 거다. 돈을 따면 무조건 일어나리라. 슬롯머신인 적을 알아야 이길 수 있다. 요즘은 중국관광객들이 떼거리로 몰려와서 슬롯머신도 중국인을 위한 것들이 많이 나왔다. 붉은색을 좋아하는 저들을 위해 온통 붉은색으로 카지노 안을 치장하고 주로 용이나 호랑이가 등장했다. 채련은 호랑이를 무의식적으로 피했다. 고양이처럼 보이는 호랑이는 무조건 싫었다.

최근 카지노 안에 요상한 소문이 나돌았다. 하도 멋진 소문이라 모두 귀를 쫑긋거리면서 입맛을 다셨다. 어떤 중국여인이 매일 카지노에 와서 돈을 따서 카지노 옆에 큰 집을 샀다는 것이다. 카지노에서 벌어 산 집에 살면서 카지노까지 매일 걸어와 돈을 따면 무조건 일어나 가버린다고 한다. 그 여인처럼 매일 카지노도 즐기고 집도 사고 돈도 벌 수 있다. 그뿐인가. 음식이 지천이라 배를 두드리며 먹을 수 있고 외롭지 않으며 행복하니 여기가 바로 천국이라는 소문은 많은 사람들의 발길을 잡아 묶었다. 채련도 돈을 많이 따서 복덩어리 중국여인처럼 카지노 근처로 이사해서 매일 여기서 시간을 보내야 한다는 꿈을 가졌다.

입구 쪽에 복(福)이라고 한문으로 쓴 주머니가 주렁주렁 화면에 늘어진 슬롯머신이 채련을 잡아끌었다. 어서 와서 해보라고 불러주는 슬롯머신에 앉으면 틀림없이 대박이었다. 돈이 적으니 5달러을 넣었다. 단추를 딱 누르니 화면에 와르르 수십 개의 복주머니가 출렁출렁 위에서 내려오고 신나는 음악이 귀청을 찢는다. 이게 뭐지? 이상한 기계도 있다. 단추 하나 눌렀는데 왜 이렇게 야단이야. 채련은 정신이 혼란해서 화면을 응시하니 300달러가 상금으로 쏟아진 것이다. 가슴이 덜레덜레하고 얼굴이 확 달아올랐다. 기계에서 나오는 환성이 그녀를 하늘 높이 추켜올려 새처럼 공중을 부유하는 듯했다. 일어나야 한다. 이것이라도 가지고 가면 생활비로 열흘을 살 수 있다. 더 이상 앉아있다가는 다 잃을 수 있다. 일어나야 한다. 마음은 이렇게 말했으나 몸은 그 기계에 들러붙어 부지런히 단추를 누르고 있었다. 앞에 앉았던 사람이 베팅을 5달러로 해서 그만큼 큰돈이 나왔던 걸 모르고 계속 누르고 있으니 돈이 순식간에 뭉떵뭉떵 빠져나갔다. 단 백 달러이라도 건지자 하고 채련은 일어섰다. 하지만 자신도 모르게 그녀가 자주 가는 원더우먼 앞에 앉아 있었다. 이건 적당히 먹고 적당히 내놓는 기계로 한 번씩 요란한 소리를 내면서 원더우먼이 나와 돈을 주겠다고 멋지게 춤을 추는 통에 여기에 반해 덤비는 사람들이 돈을 잃는다. 조금만 더 누르면 원더우먼이 나올 것이란 기대로 채련은 100달러을 다 잃고 말았다. 더 이상 카지노에 머무를 수가 없어서 천천히 돌아다니면서 사람들이 돌리는 슬롯머신 구경을 했다. 중동에서 온 여자인지 머리까지 천으로 뒤집어쓰고 얼굴만 내놓고 10달러을 베팅하면서 돌려댄다. 사람들이 그 주위에 빙 둘러서서 구경하고 있었다. 집어넣은 돈이 2천 달러이 넘어가도 나오는 것은 없었다.

바로 옆에 앉아 있던 노인이 갑자기 옆으로 피식 쓸어졌다. 옆의 여자가 돈을 너무 많이 잃으니 마음을 졸이다가 기절한 것일까. 이내 구조대원들이 5분 안에 왔고 바로 구급차에 실려 나가버렸다. 카지노 안 곳곳에 CCTV가 설치되어 있어 환자가 발생해도 아주 신속히 처리했다. 카지노는 세상에서 가장 안전한 곳이다. 돈을 훔치는 사람도 없고 물건을 가져가는 사람도 없다. 환자에게는 긴급조치가 취해지는 곳이라 아픈 사람도 마음을 놓을 수 있다. 그만큼 고객관리와 경비가 철저하다는 뜻이다. 채련은 너무 정신을 집중하여 슬롯머신과 싸웠더니 머리가 띵하다. 그래도 이곳이 집이나 어느 다른 장소보다 더 안전하다는 안도감이 든다. 앰뷸런스가 대기하고 있는 곳이 아닌가.

일찍 집으로 가야 할 터인데 채련은 가고 싶지 않았다. 집에 가면 지겨운 새소리가 무서웠고 요즘 곁들여 들려오는 이상한 소리들로 인해 겁이 났다. 여기 카지노에서 귀 따갑게 들리는 소음들은 마음을 안정시키는 신경안정제나 마약보다 더 강력한 즐거운 소리였다. 마음과 몸과 영혼을 다해 싸워서 이겨야만 하는 현장이기 때문이다. 돈을 다 잃어도 재미있게 놀고 있는 사람들 곁에 앉아 훔쳐보면서 슬롯머신이 내지르는 소리를 듣는 것이 좋았다. 그녀에겐 여기가 보호를 받을 곳이고 마음이 평안한 곳이다. 특히 돈을 제일 많이 잡아먹어도 멋진 구경을 할 수 있는 이집트 배경을 둔 Sphinx 3D를 보는 재미가 쏠쏠했다. 이 카지노에 이런 기계는 두 대가 설치되어 있는데 자리를 크게 잡고 있어 옆에 슬쩍 앉아 구경하기 좋았다. 뚱뚱한 흑인남자가 앉자마자 기계에 스핑크스 얼굴 3개가 나란히 나타났다. 연이어 화면엔 거대한 피라미드가 나오고 몸은 그 안으로 빨려들어갔다. 흑인이 앉아 있는 의자가 곁으로 보기에도 요란하게 앞뒤로 좌우로 움직여서 당사자의 쾌감을 극도로 자극하고 있었다. 피라미드 안 깊숙한 곳에 보물상자가 놓여 있었다. 뚜껑을 열자 보물들이 줄줄이 화면으로 튀어나와 수십 개가 원을 그리고 그걸 건드리면 하나씩 돈 액수에 들러붙는다. 보물이 500달러짜리에 붙으면 좋으련만 대개 5달러짜리에 달라붙는다. 안타까움에 한숨을 삼키는 소리가 신음처럼 들린다. 그래서 몇 푼 뱉어낸 기계는 수십 배로 잡아먹어서 결국 앉아 있던 흑인은 지갑을 뒤져 1달러짜리까지 다 소모하고 기운 없는 얼굴로 풀이 죽어 일어선다.

　따지고 보면 돈을 다 잃게 되어 있는데 왜 여기에 많은 사람들이 오고 있지? 채련은 이렇게 자신에게 질문을 던졌으나 천정의 새소리를 참는 비법으로 여길 오는 길밖에 없었다. 어떻게든지 다른 데로 가서 시간을 보내자. 산타 모니카의 바닷가에 나가 모래사장을 거닐기도 하고 파도소리에 귀를 기울여보

자. 태평양을 끼고 남북으로 달리는 일번 고속도로는 세계적으로 알려진 아름다운 드라이브 길이니 거길 달려도 된다. 그런 방법으로 자신을 위로하고 여길 오지 말아야겠다고 다짐하지만 손에 돈이 들어오면 의지와는 달리 몸이 카지노로 향하고 있고 마음이 그걸 누르지 못했다.

빈털터리가 된 채련은 자동차 기름이 바닥나는 걸 지켜보면서 마음을 졸였다. 집에까지 이 기름으로 갈 수 있을까? 차를 몰면서 돈을 몽땅 잃은 자괴심과 밀려오는 짙은 외로움이 죽고 싶다는 마음으로 가득 차올랐다. 죽는 것은 쉬웠다. 옆에 달리고 있는 차에 핸들을 조금 꺾을 수도 있다. 마주 오는 차와 부딪힐 수도 있다. 하지만 이 넓은 남의 땅에 혼자 남아 있을 아들을 생각하니 가슴이 아프다. 이대로 죽을 수는 없다. 하지만 집에 가면 새소리, 고속도로 소리, 잡다한 소리로 시달려야 하는 자신을 견딜 수가 없다.

채련이 카지노에 다니는 것은 병원에 치료받으러 가는 것과 같다고 스스로를 위로했다. 깊은 병 치료를 위해 돈을 지불한 것으로 알고 잃은 돈을 잊어버리자. 일생 너무 고생했으니 이렇게라도 자신을 위로해 주는 것이 마땅하다 하면서 채련은 스스로 다독이고 마음을 가다듬었다.

집에 와서 누우니 여전히 천정에서 3분 간격으로 새들이 울어댄다. 아들, 기영을 불렀다. 툴툴대면서 아들은 새벽에 그녀를 찾아왔다. 늦게야 낳은 여섯 살짜리 손자가 따라붙어 와서 할머니를 향해 반갑게 소릴 지른다.

"할머니! 나 제이콥이 왔어."

채련은 하나뿐인 손자를 안으려고 두 팔을 벌렸다가 얼굴이 하얗게 질려서 뒤로 물러섰다. 심장이 무섭게 뛰고 숨이 가빠 온다.

"고양이, 고양이를 안고 오다니. 난, 난 고양이가 싫어. 아이 쿠! 무서워."

채련이 안겨오는 손자도 뿌리치고 얼굴이 파랗게 질려 비틀 하고 땅바닥에 털썩 주저앉는다. 덜덜 떨면서 무엇이라 중얼대 면서 헛소리를 한다.

"어머니! 왜 이러세요. 고양이를 싫어하는 건 알았지만 이 정도인지는 몰랐네. 어린애도 아니고 고양이를 보고 이렇게 기 절할 지경까지 가다니 우리 어머니 너무 이상해."

고양이를 안고 서 있는 제이콥이 놀라서 앙앙 울어댄다.

"너까지 왜 이러냐. 어서 차 안에 들어가 있어."

기영은 아이에게 고함을 치면서 어머니를 안고 등을 쓰다듬 고 가슴을 쳐주기도 했다. 식은땀이 그녀의 이마 위에 질편하 다. 아무튼 어머니의 고양이 기피증은 어린 시절부터 그를 괴 롭혔다. 어머니는 고양이 문제로 어려서부터 아들과 다투어서 잊지 못할 아픈 추억을 많이 안겨주었다. 기영이 고양이를 좋 아하는 이유는 형제자매 없이 달랑 혼자 집 안에서 어머니와 둘이 살자니 동물이라도 있었으면 하는 바람이 컸기 때문이다.

강아지와 달리 고양이는 목욕을 스스로 했고 배설물 처리도 깔끔했다. 이런 고양이를 왜 그토록 어머니는 싫어하는지 모를 일이었다. 한번은 길을 잃은 여린 갈색의 아기 고양이가 학교에서부터 집까지 졸졸 따라와서 안고 집 안으로 들어갔다. 방 안에 들어가 이불 속에 함께 누워 한참 새끼고양이의 재롱을 보면서 어머니가 시장에서 돌아온 걸 알지 못했다.

"에쿠쿠! 고양이가 방 안에……."

어머니는 얼굴이 파랗게 질려 두 손바닥으로 얼굴을 가리고 어서 내보내라고 소리를 질렀다. 그냥 싫어서 내쫓는 정도가 아니라 공포에 질려 벌벌 떨면서 악을 썼다. 그 밤에 어쩔 수 없이 그는 고양이를 방문 밖에 내놓았다. 그러나 문제는 바로 일어났다. 저녁을 먹고 있을 적에 그 고양이가 바로 방문 앞에 와서 야옹야옹 울었다. 어머니는 악을 쓰다가 방구석에 몸을 도사리고 얼굴을 두 손으로 가렸다. 어쩔 수 없이 그는 고양이를 데리고 나와 대문 밖에 두고 들어왔다. 설마 대문을 타고 넘어 오지 않을 걸 확신하고 어머니와 둘이 잠자리에 들었다. 자정이 가까운 시간 다시 고양이가 다가와서 문을 박박 긁었다. 어머니는 뒷벽 모서리에 몸을 앙당그리고 울기까지 해서 그는 다시 고양이를 들고 밖으로 나왔다. 영리한 고양이가 집을 기억해서 어디에 버려도 찾아올 것이란 생각에 이르자 초등학교 오학년짜리 머리로 이런 경우에 어찌할까 곰곰이 생각했다. 아무리 생각해도 어머니를 보호해야지 고양이는 아니었다. 혼자

된 어머니가 극도의 공포에 질려 우는 것을 보니 더욱 아들로서 보호본능이 솟구쳤다. 어느 잡지에서 읽은 기억을 떠올려 고양이가 집을 찾아오지 못하도록 시멘트 부대에 넣어 휘휘 돌리면서 옆 마을 부잣집 울안에 휙 던졌다. 가난한 집 말고 부잣집에 가서 잘 먹고 살기를 바라는 마음에서였다. 진짜로 그 밤부터 고양이는 다시 나타나지 않았다.

한번은 기영이 어머니에게 진지하게 물었다.

"왜 엄마는 고양이를 그렇게 싫어하고 무서워해요?"

"나도 왜 그러는지 몰라. 무조건 고양이가 싫고 징그러워. 그게 곁에만 와도 무서워 몸이 떨려. 심장이 멎을 듯이 두근거리고 죽을 듯이 숨이 가쁘고 식은땀이 난다고."

어째서 고양이가 마음속 깊이 유리조각처럼 박혀서 공포심을 일으키는지 아무리 기억을 더듬어도 채련은 알 수가 없었다. 어린 시절의 추억을 떠올리면서 이제 머리가 백발인 어머니가 아직도 고양이를 무서워하는 걸 기영은 도대체 이해할 수 없었다.

찬물 한 그릇을 마시고 정신이 들자 아들을 불러 조용히 말했다.

"저 소리 들리니?"

아들은 피곤에 절은 얼굴로 가만히 귀를 기우리더니 들린다고 머리를 끄덕인다. 채련은 안도의 숨을 내쉬었다. 아들도 천정에서 나는 소리를 들을 수 있으니 그녀가 치매에 걸린 것도

소리의 가면
—

079

아니고 귀에 이상이 온 것도 아니다. 귀신 들린 것은 더더욱 아니다. 어떨 때는 신이 내려 무당이 되어야 하는 것이 아닌가 할 정도로 혼돈이 오고 머리가 아팠다. 소리들이 귀속에서 꽹과리처럼 널름거렸기 때문이다.

"그런데 새소리는 아닌 것 같아요. 이렇게 우는 새는 없거든요."

"그러니까 천정으로 들어갔지. 보통 새 같으면 둥지를 나무에 틀지 여기 천정까지 기어들어왔겠니. 좀 특별한 새인 것 같다."

아들은 쉬는 날인 토요일 대낮에 와서 다시 꼼꼼히 살피겠다고 가버렸다.

다음 날 아들은 집을 보수하는 기술자를 데리고 집에 왔다. 집을 고치는 사람은 꼼꼼히 집 안을 휩쓸고 다니며 소리의 정체를 잡아내느라고 어지간히 시간을 끌었다. 그러더니 배를 붙잡고 어이없다고 웃어댔다. 소리의 정체는 바로 안방 천정 밑에 부착한 화재가 발생했을 적에 울리는 단독 경보 형 감지기였다. 배터리가 다 닳았으니 충전시키라고 울어대는 소리가 채련의 귀에 새소리로 둔갑한 셈이다. 화재감지기를 아예 떼어내버려 새소리는 사라졌다.

다행히 밤에 천정이 조용해서 채련은 가슴을 쓰다듬으며 안정을 취했다. 침대에 누워 오랜만에 평안을 누리고 있는 중에 뜬금없이 쥐들 수십 마리가 천정을 운동장 삼아 뛰어다니면서 찍찍거리기 시작했다. 갑자기 쥐들의 난동이 거대한 폭포수처럼 그녀의 귀청을 찢었다. 심장소리도 나이아가라폭포처럼 방안을 가득 채울 정도로 쿵쾅거리면서 뛴다. 무엇인가 갑자기 가슴에 뭉클하게 안겨왔다. 언뜻 보니 고양이였다. 고양이가 가슴에 안겨 야옹야옹 운다. 그녀가 제일 무서워하고 진저리를 치는 짐승이요, 울음소리다. 천정에서 쥐들이 아우성을 치고 가슴에 안긴 고양이가 울어댄다. 고양이의 파란 눈빛이 그녀의 전신을 감싸 안았다. 이 근처에 고양이를 본 적이 없는데 어디서 고양이가 와서 이 밤에 이렇게 시끄럽게 울면서 채련의 가슴팍으로 파고든단 말인가! 천정의 찢어진 구멍에서 점프한 쥐한 마리가 그녀의 무릎 위로 뚝 떨어졌다. 쥐들과 고양이의 출현에 공포심에 젖은 그녀는 몸부림치다가 침대 밑으로 뚝 떨어지면서 혼절했다.

갑자기 채련의 앞에 영화의 대형 스크린이 뿌연 안개 속에 갇혀 스멀스멀 부상한다. 함박눈이 채련의 키를 넘게 내리고 있었다. 피난민들은 꽁꽁 얼어붙은 한강을 걸어서 건넜다. 피난민 대열은 눈길 위에 길게 누운 구렁이처럼 꿈틀꿈틀거렸다. 하루 종일 걸었지만 오 리도 채 못 갔다. 점점 눈발은 거세지고 잘 곳도 없었다. 눈 위에 요를 깔고 어머니와 채련이 그리고 오빠 세 사람이 서로 부둥켜안고 밤을 고스란히 지새웠다. 얼어 죽지 않기 위해서는 서로의 몸과 입에서 나오는 훈기로 살아남아야 했다. 아침에 눈 위에 쏟아지는 햇살로 눈이 부셨다. 개울가를 찾아가서 냄비에 물을 떠다가 마시기도 하고 더러는 초가집의 이엉을 뜯어다가 불을 지펴 조금씩 지니고 온 양식을 끓이기도 했다. 열 살인 채련의 오빠는 냄비를 들고 멀리 흘러가는 냇가로 물을 뜨러 갔다. 갑자기 미군 쌕쌕이가 아래로 내리꽂히더니 피난민을 향해 빗발처럼 기관총을 퍼부었다. 오빠의 머리에 총알이 관통해서 선 채로 피식 쓰러졌다. 하얀 눈 위에 새빨갛게 흘러나온 오빠의 머리 피가 너무나 강렬해서 채련은 울지도 못하고 귀를 막았다. 쌕쌕이는 하늘 저쪽으로 사라졌지만 기관총 소리가 채련의 머리가 빠개질 정도로 살아남았다. 어머니는 그 자리에서 기절해 쓰러져버렸다.

모녀는 오빠를 언 눈 속에 묻고 남하를 계속했다. 자그마한 산골마을에 이르러 피난민들은 산속이나 친척을 찾아 사방으로 흩어졌다. 채련 모녀는 초가집 문간방 하나를 간신히 하룻밤 빌려 냉 온돌 위에 누웠다. 너무 추워서 숨을 쉬기도 힘들었다. 둘이는 꼭 껴안고 서로의 입김으로 몸과 이불 속을 녹이고 있을 적에 고양이 울음소리가 멀리서 들려왔다. 어머니는 채련을 꼭 껴안으면서 이렇게 속삭였다.

"꼭 갓난아기가 엄마를 찾는 것처럼 우는구나."

일곱 살 난 채련은 당돌하게 항의했다.

"어떻게 고양이가 아기처럼 울어요? 귀신인가 보지."

"요즘처럼 피난길에 나섰다가 얼어 죽은 갓난아이들이 고양이가 되어서 엄마를 찾아다닌다고들 하더라. 가만히 들어봐라. 아기가 울면서 엄마를 찾는 울음소리지? 죽은 네 오빠가 나를 부르는 울음소리 같기도 하구나."

　모녀가 묵고 있는 낡은 산골의 허름한 초가 문간방 천정에 수십 마리의 쥐들이 뛰어다니는 소리로 인해 모녀는 뒤숭숭했다. 어미쥐를 쫓아서 달리는 새끼쥐들의 소리와 서로 싸우면서 내지르는 찍찍 소리가 방 안을 가득 채웠다. 뻥 뚫린 천정구멍으로 쥐똥이 쏟아졌다. 그 구멍으로 아직 털이 나지 않은 살빛의 쥐새끼 두 마리가 떨어져서 이불 위에서 꼼지락거렸다. 어머니는 춥지만 억지로 일어나 쥐새끼를 들어 창호지 문을 열고 밖으로 내던졌다. 어머니가 여닫은 문을 향해 밖에서 이상한 소리가 다가오고 있었다. 채련은 어머니 가슴에 머리를 묻고 점점 다가오는 고양이 울음소리가 귀신의 웅얼거림처럼 이상하게 들려 숨을 죽였다. 고양이 귀신들이 찡얼거리며 이상한 소리로 옹알이하는 것처럼 들렸다. 전쟁 통에 얼어 죽은 아기나 아이들이 엄마를 찾아 돌아다닌다는 말이 맞을 거라고 채련은 생각했다. 너무 춥고 무서워 팔과 다리까지 앙당그려 어머니의 품에 몸을 파묻었다. 순간 방문이 살그머니 열렸다. 찬바람이 쏴하니 방문을 타고 들어왔다. 불빛이 번쩍했다. 어머니는 즉각적으로 일어나 비녀를 빼고 머리카락을 앞 이마 위로 늘어뜨리고 덜덜 떨면서 나는 할머니야, 늙은 할머니 하면서 두 손을 파리 손처럼 싹싹 빌기 시작했다. 열어놓은 문으로 한

겨울 찬바람이 거세게 밀려들어왔다.

두 사람의 건장한 사내들이 구두를 신은 채 방 안에 들어섰다.

"색시, 색시……."

어디서 배웠는지 색시란 말을 어눌한 발음으로 연신 내뱉는다.

"난 할머니야, 할머니라고 색시가 아니야. 잉잉……."

진짜 할머니 흉내를 내면서 어머니는 채련을 이불 속에 푹 파묻었다. 하지만 두 사람은 손전등을 비추면서 이불을 걷어냈다. 앙당그리고 있던 채련을 이불 밑에 감추면서 어머니는 아니라고 머리를 마구 흔들었다. 불빛에 언뜻 드러난 두 사람은 군복을 입은 검둥이로 얼굴이 새까맣고 이빨이 무서울 정도로 하얗게 돌출했다. 마치 총알에 머리를 맞고 죽은 오빠가 흘리는 핏물에 드러난 흰 눈처럼 이빨이 징그럽도록 희게 번뜩였다. 순간 어머니는 채련을 이불 속에 묻고 저들에게 매달렸다. 어머니가 미친 듯 오열하면서 외쳐대는 소리가 가물가물 그녀의 귓가에 어렸다. 어머니의 찢어지는 신음과 울음소리가 채련의 귀청을 찢었다. 솥뚜껑만한 손이 채련의 등을 만졌다.

얼마의 시간이 흐른 뒤 사위가 조용했다. 여전히 활짝 열린 창호지문으로 겨울바람이 횡횡 파고들었다. 머리를 들어 어머니를 찾았다. 어머니는 문지방에 손을 얹고 엎드려져 있었다. 보름 달빛이 유난히 밝았다. 어머니의 치마 밑으로 피가 흥건하게 흘러내려 얼어붙고 있었다. 엄마를 부르면서 채련이 이불 밑으로 다시 몸을 감추고 숨었다. 천정의 쥐들이 우는 소리랑 고양이 귀신들이 야옹거리는 소리가 귀청을 찢었다. 어둠이 장막처럼 그녀의 얼굴을 뒤집어씌우고 아득히 밑으로 몸이 가라앉으면서 희미하게 의식이 가물거렸다.

산골사람들이 모여들어 제각기 한 마디씩 했다.

"전쟁이 어미와 어린 자식까지 이렇게 다치게 하다니! 몹쓸 세상이야."

영화의 한 장면처럼 채련의 눈앞에 펼쳐진 산골마을의 정경이 또렷하게 그녀의 머리에서 살아났다.

채련이 오랜 혼절 끝에 병실에서 눈을 뜨니 하얀 천정과 흰 벽이 눈에 들어왔다. 아들 기영의 놀란 얼굴에 눈물이 그득하다.

"어머니가 하도 고양이를 싫어하니까 제이콥이 억지로 할머니 품에 고양이를 안겨주면서 아양을 떨었는데 그게 어머니를 그만……. 어머니가 이 정도로 고양이를 무서워하는지는 정말 몰랐어요. 미안해요. 정말 미안해요."

아들이 어머니의 가슴에 얼굴을 묻고 흐느낀다.

머리를 드니 가뿐하다. 그토록 머리와 어깨를 찍어 눌렀던 큰 바위덩이가 떨어져나가 날아갈 듯 시원했다. 눈을 들어 밖을 보았다. 야자수가 가늘게 이는 바람에 흔들리고 그녀가 숨을 쉬고 있는 병실이 인큐베이터 안처럼 조용하다. 새소리나 고양이의 울음소리, 쥐들이 우는 소리, 고속도로의 자동차 소리. 심장소리가 모두 가라앉아버렸다. 징그럽도록 그녀를 괴롭혔던 소리, 소리들이 어디론가 사라져버렸다. 공기도 투명하게 맑아서 멀리 시야가 광활하게 펼쳐진다. 생전 처음 느껴보는 싱그러운 공기가 귓가를 스친다. 평화롭다. 안락하다. 기쁘고 살맛이 났다. ✗

— 2018년 『한국소설』 3월호

이상한 사람

주일 강단에서 흘러나왔던 사랑이란 단어가 혜련을 사로잡았다. 서툴게 멈칫거리면서 외투를
벗어 툇마루 위에 놓고 할머니의 배설물을 치우기 시작했다. 청년이 말한 갓난아이 상태라는
할머니의 처지가 아기를 돌본다는 마음을 강하게 그녀에게 안겨주었다.

이상한 사람

광화문 촛불집회에 가자고 며칠 전부터 졸라대는 단짝 영미의 손길을 뿌리치고 혜련은 겨우 몸이 빠져나갈 수 있는 골목길을 오르면서 가쁜 숨을 내쉬었다. 산등성이를 타고 불어 내려오는 겨울바람에 코끝이 매웠으나 구름 사이를 비집고 나온 기운 없는 햇살이 밍밍한 따스함을 그녀의 가슴에 한껏 안겨준다. 스산한 바람만 불어대는 골목바닥 갈라진 틈새로 말냉이가 뿌리를 박고 납작 엎드려 있다. 이 추운 겨울에 요렇게 살아 있다니! 이 동네 사람들처럼 놀라운 생명력이다.

오늘만은 그냥 영미를 따라가서 목청껏 '대통령은 하야하라, 그녀를 구속하라'는 구호를 외칠 걸 그랬나 하는 생각이 스치면서 혼자 달동네 비탈길을 오르는 것이 찜찜했다. 그녀가 몇 번 촛불집회에 참석한 뒤의 기분은 솔직히 말해서 아주 황홀했다. 홍수처럼 밀려다니던 차들을 몰아내고 세종로의 널찍한 길을 당당하게 어깨를 쫙 펴고 걷는 기분이라니! 마치 공중에서 자유를 누리는 새라도 된 듯했다. 너도나도 촛불을 들고 외쳐대는 열기에 묻히니 그간 무지근하게 가슴과 머리를 찍어 누르던 젊음의 뿌연 서러움을 뽑아 내던진 듯 시원하고 가뿐하지 않았던가! 처음엔 혹시 서로 맞붙어 몸싸움을 하다가 다칠 위험을 생각해서 몸을 도사렸으나 나중엔 큰 축제에라도 나온 듯 신바람이 났다. 폭행당하거나 생명을 잃을 위험도 없다는 안도감이 느긋하게 쓰레기도 줍고 웃어가며 재잘거릴 수가 있었다.

꿈틀거리는 횃불 무리 속으로 지금 가도 된다는 강한 유혹이 밀려왔다. 그래도 자신과의 약속을 지키기 위해 손에 든 반찬 봉지와 노인용 기저귀가방을 내려다보면서 다시 마음을 다잡았다.

'이건 생명이 걸린 일이야. 만약 내가 여길 가지 않는다면 할머니는 죽을 수도 있어.'

순간 그물처럼 주름이 깔린 살갗 밑에 노리끼리함이 깃든 할머니의 얼굴이 혜련의 눈 안 가득 차오른다.

달포 전이다. 사회사업과 졸업반인 혜련은 논문에 쓸 설문 조사지를 들고 서울의 변두리 달동네를 돌다가 이상한 눈초리가 뒷머리에 꽂히는 걸 느꼈다. 찬 기운이 서린 오싹한 시선이었다. 천천히 뒤를 돌아보니 장대처럼 비쩍 마른 청년이 적의로 이글거리는 퀭한 눈으로 그녀를 노려보고 있었다. 왜 그녀에게 이 청년은 이런 눈길을 던지는 것일까? 순간 그녀가 살고 있는 집단 속에서는 결코 느낄 수 없었던 생경스러운 남자의 눈총을 뒤통수에 받자 두려움이 왈칵 밀려왔다. 천천히 뒤를 돌아보니 청년의 눈 속에는 측량할 수 없는 미움, 분노, 배고픔, 갈등 같은 것이 뒤엉켜 서려 있었다. 눈은 마음의 창문이라고 했는데 그의 속에 담긴 것들을 눌러 감추지 못하고 적나라하게 표출하고 있는 청년을 잠깐 바라보다가 그녀는 자신의 설문조사지에 답할 수 있는 노인들을 찾아 다시 발길을 돌렸다.

달동네의 제일 마지막 집 앞에 이르렀다. 눈곱이 녹두알처럼 눈가에 매달리고 눈언저리에 빈틈없이 깔린 지옥버섯으로 인해 얼굴이 검어 보이는 할머니가 찌그러진 플라스틱 의자에 앉아 있었다.

"할머니! 연세가 어떻게 되세요?"

듣지를 못하는지 노인은 흐린 시선으로 혜련을 멍하니 올려다보았다. 여러 말로 시도했으나 소통이 되질 않았다. 순간 자신이 속한 공동체와 이런 부류 사람들이 사용하는 언어가 다른 것이 아닐까 하는 이상한 생각으로 머리를 갸웃거리면서 머무적거렸다.

"여긴 이런 옷차림의 처녀가 올 곳이 아닌데⋯⋯. 그 할머니 치매라 말도 못해. 갓난아이 상태지. 이 동네 불쌍한 사람들 구경하러 왔어? 배가 부른 족속들이란 언제 봐도 별짓을⋯⋯."

이상한 사람

좀 전에 그녀의 뒤통수에 사나운 눈길을 던졌던 청년이 혜련의 바로 뒤에 서서 두 손을 바지 주머니에 찌르고 퉁명스럽게 이죽거렸다. 말투가 험악해서 어서 여기를 빠져나가야 한다는 조바심으로 그녀는 대꾸도 하지 않고 도망갈 방향을 모색했다. 그 찰나에 할머니가 똥을 싸기 시작해서 역한 냄새가 두 사람 사이를 비집고 들어왔다. 할머니는 연이어 오줌을 싸대서 의자 밑으로 오물이 줄줄 흘러내렸다. 청년은 어이! 시팔! 하더니 퉁퉁거리면서 돌아서 가버린다. 혜련도 이 자리를 빠져나갈까 하다가 잠시 생각했다. 어떤 여자는 35억짜리 말을 사서 딸에게 안겨줄 정도의 돈을 주무르고 있는 판에 이렇게 살아가는 사람도 있구나! 그 순간 하필이면 요즘 열기를 띄고 주일마다 혼신을 다해서 설교하는 목사님의 얼굴이 스쳤다. 다른 때와 달리 성경 중에서 가장 어렵다는 에스겔서를 열강하고 있는 그의 얼굴에 서린 애절한 표정이 그녀 앞에 클로즈업되었다.

'이 땅엔 지금 진리도 없고 인애도 없어요. 저주와 거짓과 살인과 도둑질과 간음만 있을 뿐입니다. 무기를 휘두르지 않지만 피차 영혼을 죽이는 폭력을 사용해 피가 피를 부르고 있습니다. 지도자들이 이 꼴이니 어린 백성들도 서서히 망하고 있습니다. 다른 나라들이 400년 걸려 이룩한 걸 우리는 40년에 해냈습니다. 참 장하지요. 하지만 우리는 우리의 전통적인 고귀한 선비정신을 잃었고 사랑과 협동정신을 잃었습니다. 빨리빨

리철학이 공격적이고 폭력적인 우리를 만들었습니다. 이젠 우리 촛불집회도 멈추고 모두 회개하고 제일 낮은 곳까지 내려가 비참하게 버려진 사람들을 껴안아야 이 나라가 삽니다. 모두 멈춰 서서 이젠 서로 사랑합시다. 우린 처음사랑을 잃었어요. 그걸 찾읍시다.'

주일 강단에서 흘러나왔던 사랑이란 단어가 혜련을 사로잡았다. 서툴게 멈칫거리면서 외투를 벗어 툇마루 위에 놓고 할머니의 배설물을 치우기 시작했다. 청년이 말한 갓난아이 상태라는 할머니의 처지가 아기를 돌본다는 마음을 강하게 그녀에게 안겨주었다. 그보다도 이런 일을 마다않고 해왔던 어머니의 영향 탓일 게다. 어머니는 일생 동안 노망난 할머니, 외할머니 심지어 시이모할머니까지 모두를 위해 똥오줌 시중드는 것을 익히 봐왔기 때문이다.
　노파의 분뇨를 치우는 동안 지난 한 달 들었던 목사님의 설교가 생생하게 살아났다. 이상한 일이다. 그저 웃으면서 재미있게 들었던 내용이 왜 이런 자리에서 또렷하게 재생되는 것일까.

기원 전 6세기 말 그러니까 지금부터 2600년 전 에스겔은 다니엘과 예레미아와 동시대에 살았던 선지자이다. 에스겔이 우리 시대에 살았다면 분명히 영화나 연극계에서 굉장히 유명한 감독이 되었을 것이다. 에스겔 선지자는 자신이 직접 연기를 해가며 다양한 상징행위를 모노드라마를 통해 연출한 인물이다. 그 연극 내용이 아주 강렬해서 마음이 깨어 있는 사람이라면 큰 충격을 받을 그런 메시지였다.

어째서 목사님은 이런 설교를 요즘 하고 있는 것일까? 아마도 우리나라 사정이 에스겔이 살았던 시대와 비슷해서 그럴 것이다. 최근에 새로 부임한 사십대의 젊은 목사가 패기 있는 이런 설교를 들고 나온 것을 보면 촛불집회로 혼란한 시대를 살아가는 교인들에게 강렬한 내용을 전달하려는 의도가 다분했다.

그의 에스겔서의 메시지는 이러했다.

에스겔은 사람들이 많이 지나다니는 성문 앞 길거리를 공연장으로 잡고 연극을 시작했다. 그 당시 사람들이 얼마나 고집스럽고 뻔뻔스러웠으면 선지자인 에스겔 스스로 배우가 되어 성문 앞에서 모노드라마를 연출하게 되었단 말인가! 에스겔은 커다란 흙판을 가져다가 그 위에 예루살렘 성읍을 그려놓고 성밖을 철벽울타리로 둘러 에워쌌다. 성벽 밖에는 적군들이 사용할 쇳덩이를 던지는 기계를 설치했다. 그 당시 제일 무서운 무기인 성벽을 부술 수 있는 쇳덩이무기는 아마도 지금의 핵무기에 가까운 공포를 자아내는 괴력을 지닌 무기였다. 목이 굳고 마음밭이 썩어문드러진 사람들의 양심이 극도로 마비되어 있어 말로는 통하지를 않으니 이런 방법으로 깨우치려고 에스겔은 이런 모노드라마를 연출하고 있었다. 단일민족인 이스라엘은 핏줄도 심지어 문화와 언어가 똑같았는데 남과 북으로 갈라졌다. 꼭 현재 우리나라 형편과 똑같았다. 지금 에스겔이 연출하는 흙판 모형의 내용은 남쪽의 유다라는 나라가 그 당시 최대 강대국인 바벨론에 포위당하여 망할 것이란 강한 메시지였다. 에스겔은 머리끝부터 발끝까지 요란하게 꾸미고 비단옷을 입고 배가 불러 희희낙락하고 있는 사람들에게 이런 식으로 강한 경고를 하고 있었다. 지나가는 백성들 모두가 아이들까지 그가 차려놓은 연극판을 보았다. 지도자들도 그의 모노드라마를 흘끔거리면서 스쳐지나갔으나 미친 사람이 길거리에서 어린 아이처럼 장난감을 가지고 낙서를 하고 끼적거린다고 생각하는지 콧방귀를 뀌면서 입을 삐죽거렸다. 어느 누구도 관심을 가지고 다가오지 않았다. 지금 배가 부르다. 옷도 장신구도 흔해서 얼마든지 살 수 있다. 편안한 날들이 앞에 새털처럼 놓여 있다. 지금은 먹고 놀고 사랑놀이하고 춤을 추며 마음껏 몸을 흔들며 무슨 짓을 해도 다 허락되는 세상이다. 사람들은 실실 웃어대며 천하태평이었다. 그가 홀로 외롭게 연출하는 모노드라마의 내용이 곧 강대국에 의해 나라가 망할 것이란 메시지를 주고 있건만 받아들일 태세가 아니었다.

흙판 그림으로 저들의 완악한 마음을 부술 수가 없었다. 에스겔은 허리가 끊어질 듯 슬피 울면서 남 유다가 당할 재앙이 너무 커서 피를 토할 정도로 통곡을 해도 모두 미친 남자가 발광한다고 웃고 지나갔다.

이렇게 사악한 남 유다의 화인 맞은 양심을 지닌 사람들을 보고 하나님은 다시 에스겔에게 강하게 지시했다.

"어쩔 수가 없구나. 이스라엘 족속이 그간 지은 죄를 에스겔 네가 뒤집어쓰고 사람들에게 보여주어라."

이번엔 이상한 모노드라마를 연출해야만 되었다. 다가오는 위기를 전하려고 마음이 다급해진 에스겔은 북쪽 나라인 이스라엘의 죄를 뒤집어쓰고 왼쪽으로 누워 그 죄악과 형벌을 감당해야 했다. 똑바로 누워서도 안 되고 오른쪽으로 누워서도 안 되는 자세였다. 그것도 북 이스라엘이 범한 죄와 형벌기간 390년을 일 년을 하루로 환산하여 390일을 누워 있어야 했다. 남쪽에 위치한 유다의 범죄와 형벌 40년을 40일로 측량하여 오른쪽으로 누워 있어야 했다.

그동안 에스겔이 먹어야 하는 빵이 문제였다. 밀, 보리, 콩과 팥, 조와 귀리로 빵을 만들어 사람의 똥으로 구워 먹으라고 하나님은 지시했다. 누워 있는 것도 힘이 든 판에 인분으로 떡을 구워 먹으라니 에스겔은 강하게 반발했다.

"저는 더럽혀진 적이 없어요. 어린 시절부터 지금까지 죽은 것이나 짐승의 시체나 짐승이 찢은 고기를 먹어본 적이 없다고요. 정결하지 못한 음식이 제 입에 들어간 적이 없는 판에 사람의 똥으로 빵을 구워먹으라니 이건 너무 한 것이 아닙니까. 전

레위기 11장에 나오는 음식의 규례를 철저히 지켜왔다고요."

그러자 그분은 인분 대신에 쇠똥으로 그의 빵을 굽도록 뜻을 바꾸었다.

"길고 긴 날들을 왼쪽으로 390일, 오른쪽으로 40일을 누워 있을 적에 음식은 제대로 잘 먹도록 만들어 주시면 안 됩니까?"

"목이 굳은 백성에게 너의 모노드라마가 혹시 통할까 해서 지시하는 것이다. 쇠똥으로 빵을 굽고 물도 제한하는 것은 앞으로 이 백성이 심히 적은 양의 물과 빵을 먹게 될 것을 상징해서 보여주는 것이니라. 혹시 이 간악한 사람들이 앞으로 닥칠 가난과 배고픔을 너의 모노드라마를 보고 두려워서 깨우쳐 회개할 수도 있지 않겠니."

에스겔 선지자가 먹은 하루의 양식은 228그램이니 성인의 양식으로는 영양실조에 걸릴 정도였다. 요즘 시판되고 있는 작은 햄 한 통이 200그램이고 새우깡이 한 봉지에 90그램이니 말이다. 더구나 하루에 먹을 수 있는 물이 작은 생수병 하나 정도였다. 이건 앞으로 다가오는 전쟁으로 인해 남쪽나라 유다 백성이 겪을 심각한 기근을 예고해주는 상징행위였으나 얼굴이 두껍고 마음판에 기름이 끼어 영혼이 무디어진 사람들은 에스겔의 모노드라마를 광대의 웃기는 짓거리로 치부했다.

에스겔 선지자는 430일을 오른쪽과 왼쪽으로 누워 남북으로 갈라진 두 나라의 죄를 뒤집어쓰고 행인들이 볼 수 있도록 시청각교육을 한 뒤에야 비틀거리면서 일어났다. 그가 자세를 바꾸지 못하고 누운 날들이 일 년 하고도 두 달이 되니 스스로 생각해도 아주 힘든 드라마를 연출한 셈이다.

이런 그에게 이번에는 다른 지시가 떨어졌다.

"이 백성에겐 아직도 너의 모노드라마가 더 필요하다."

"이제 고만할 것입니다. 쇠패한 죄악으로 인해 이 나라가 바벨론에게 망하고 배가 고플 정도로 가난해진다는 걸 제 몸으로 가르쳤으면 됐잖아요. 제 모노드라마를 보고 장차 그들이 인분이나 쇠똥으로 구운 조악한 음식을 먹을 것이고 가난이 임할 것이라고 깨달을 사람들도 있을 것입니다. 이제 고만해요. 제가 하루 이틀도 아니고 430일을……."

"아니다. 너의 연출로 모노드라마를 몇 개 더 해야 한다. 인격이 무너진 저들의 이마는 너무 딱딱하게 굳어서 더 보여주어야 한다."

"이젠 제 몸에 형벌을 가하는 모노드라마는 싫어요. 저 너무 힘들어요. 제 몸을 보셔요. 바짝 마르고 영양실조로 배에 복수도 찼어요. 북 이스라엘은 어쩐 죄를 그리 많이 지었는지 390일이라니 제겐 이거 너무 힘들었어요."

"이번에는 그렇게 힘든 일이 아니다. 너의 수염과 머리털을 깎아 바람에 날리고 불사르는 일이다. 하루 이틀이면 된다."

"그건, 그건 정말 하루 이틀에 다 할 수 있는 일이지요?"

"그렇단다."

"그럼 그렇게 하지요."

그분의 지시대로 날카로운 칼을 이발사의 면도칼로 삼아 머리와 수염을 깎아 한곳에 모았다. 그 수염과 머리털의 삼 분의 일을 성읍 안에서 불태웠다. 사람들이 무리를 지어 에스겔 뒤를 따라다니면서 그의 이상한 행동을 보고 웃긴다고 낄낄거렸다. 머리털과 수염의 삼 분지 일은 성읍 주위를 돌아가면서 칼로 쳤다. 나머지는 바람에 흩날려버리라고 해서 그대로 에스겔이 행하였다.

그분의 지시는 아주 상세하여 조목조목 일러주었다.

"머리털과 수염 몇 개를 남겨 옷자락에 감춰 보관해라. 그중 몇 개는 활활 타오르는 불속에 던져라."

그런 일을 하면서도 에스겔은 이번 모노드라마의 뜻이 무엇인지 어리둥절했다. 어떤 메시지를 이 난폭한 백성에 주려고 이러는지 감이 잡히지 않았다. 어쩔 수 없이 그를 향해 외쳤다.

"도대체 이게 무슨 뜻이지요?"

"남 유다 백성이 회개하고 서로 사랑하며 정의가 하수처럼 흐르게 하여 내게 돌아오지 않으면 장차 엄중한 심판으로 멸망할 것이란 뜻이다."

"좀 더 상세히 말해주세요. 제가 너무 어려서 그 뜻을 잘 모르겠네요."

그분은 한참 입을 다물고 침묵하다가 무겁게 입을 열었다.

"너희들이 제멋대로 행하는 것이 모두 배가 부른 탓이다. 고로 내가 많은 나라들이 보는 앞에서 남 유다를 심판할 것이다. 그들의 혐오스러운 행위 때문에 내가 지금까지 한 적이 없고 또다시 하지 않을 일을 행할 것이다."

"그게 뭡니까? 이 민족을 너무 심하게 심판하지 말아주세요. 하나님이 택하신 백성이잖아요."

"아버지들은 아들을 잡아먹을 것이고 아들들은 자기 아버지를 잡아먹게 될 것이다. 이런 무서운 심판을 내릴 것이다. 나는 저들을 긍휼히 여기지 않을 것이다. 하지만 나는 남은 사람들을 보존하고 흩어지게 할 것이다."

"더 구체적으로 설명해주세요. 잘 이해가 되질 않아요."

"백성 가운데 삼 분지 일은 전염병으로 죽거나 기근으로 굶주려 죽을 것이다. 그 삼 분의 일은 칼에 죽을 것이고 나머지는 바람에 흩어버리고 그들 뒤를 따라가서 칼을 뽑을 것이다. 주위의 모든 나라들이 이걸 보고 나, 하나님이 남 유다를 폐허로 만들고 모욕의 대상이 되게 한 것을 알 것이다. 너희 남쪽 유다 백성들은 모욕의 대상이 되고 조롱거리가 되고 훈계와 경악의 대상이 될 것이다. 아무튼 너희들의 완악함에 나는 분을 삭일 수가 없다. 저들을 멸망하되 끔찍한 기근의 화살, 재난의 화살, 멸망의 화살을 쏠 것이다."

"그럼 제가 옷자락에 감춘 머리털은 무슨 뜻입니까?"

"그건 심판의 와중에서도 살아남을 자들이다. 의로운 그 사람들을 내가 돌보고 인도할 것이다. 뿌리는 남기겠다. 남은 사람들이란 뜻이다."

"이제 제 모노드라마는 끝이 난 것이지요?"

"아니 몇 개 더 있단다."

너무 지친 에스겔은 머쓱한 표정으로 힘이 든다는 몸짓을 하면서 머무적거렸다. 그가 연출하는 모노드라마를 상징행위로 보고 주목하는 사람들이 없는 판에 또 더 하라니 아무래도 불평이 쏟아질 것 같았다.

"이번엔 어깨에 큰 짐을 메고 성벽을 뚫고 나와 이사를 해라. 이걸 수없이 반복해서 오가는 많은 사람들이 보게 하라."

길거리 공연에 지친 에스겔은 신경질적으로 말했다.

"이건 또 왜 그렇게 해야 하지요?"

"예루살렘이 무너지고 백성들이 포로로 끌려갈 때 여행 짐을 준비하는 단순한 모습을 상징적으로 깨우쳐주는 것이다."

이런 별스러운 모노드라마를 연출하는 기인(奇人) 에스겔에 관한 설교를 들으면서 혜련은 혹시 역사의 한 모퉁이를 장식한 남 유다처럼 우리나라가 망하게 되는 것이 아닐까 하는 걱정이 되었다. 성경엔 상상도 못할 많은 인생사가 담겨 있으니 그 일부일 뿐이야 하면서 그녀는 머리를 세차게 흔들었다.

산꼭대기 오줌 똥싸개 할머니를 도우려고 매일 몇 시간씩 요양보호사가 오지만 먹을 것과 기저귀는 혜련의 몫이었다. 그녀는 일주일에 꼭 한번 음식을 싸가지고 가서 먹여주고 다독였다. 집에서 음식을 가져올 수 없을 적에는 편의점에서 파는 4천 원짜리 도시락을 들고 가서 먹여주고 나름대로 치매 할머니와 노닥거리다가 귀가했다.

이런 그녀를 멀찍이서 지켜보는 눈길을 혜련은 놓치지 않았다. 이 동네의 이상한 사람인 백수건달 청년이었다. 이렇게 그녀가 매주 어김없이 나타나서 할머니를 돌보는 것을 숨어서 지켜본 청년이 하루는 불쑥 그녀 옆으로 다가왔다.

"영웅 심리에 사로잡혀 이러는 것이지요? 가엾은 처지에 처한 사람을 돌보는 일이 자랑스러워 자신을 위해 이렇게 오는 것이군요."

갑자기 그는 반말을 존경어로 바꾸고 펑퍼짐하게 퍼진 콧방울에서 끓는 주전자의 입처럼 김을 뿜어내면서 빈정거렸다. 대꾸를 하지 않고 혜련이 청년을 노려보자 조금 머쓱해진 그는 머리를 푹 숙였다가 재차 물었다.

"광화문으로 뛰어나가 촛불을 들고 신바람 나게 소리치지 않고 왜 이리로 옵니까?"

"그러는 당신은 왜 여기 그런 차림으로 나를 스토킹합니까?"

"스토킹한다니! 이거 별말을 다 듣네. 하도 당신이 한심스러워 보여서 한 마디 한 것이오. 직장을 구하지 못해 어슬렁거리니까 제가 병신으로 보이는 모양이지요. 이렇게 거지처럼 사는 우리 꼴을 보고 한두 번 관심을 가지고 사랑하는 척 오가지만 대부분 그냥 슬그머니 사라지는 판에 당신은 어쩌자고 여기 이렇게 오래 끊임없이 오느냔 말이오? 숨은 카메라가 이런 당신 모습을 찍어서 텔레비전 화면이나 아니면 유튜브에라도 내놓는 모양이지요."

이렇게 무례하게 주절대면서 청년은 CCTV라도 어디에 설치됐나 하는 의구심을 누르면서 사방을 살폈다. 이런 청년을 무시한 채 혜련이 큰 가방에 넣어 가져온 기저귀를 갈아채우고 옆에 수십 장을 쌓아놓았다. 누구나 오는 사람들이 젖은 기저귀를 갈아채워주도록 해놓고 방문을 닫고 나왔다. 그가 여전히 밖에 서 있다가 그녀가 나오는 걸 보자 말냉이 잎을 발로 툭툭 차면서 기어들어가는 목소리로 물었다.

"교회에 다녀요?"

혜련은 가만히 머리를 끄덕였다.

"거기 모인 사람들은 어떤 옷을 입어요?"

"제가 나가는 교회는 보수, 전통을 고수해서 꼭 조선시대를 사는 사람들 같아요. 해서 교회에 나올 적에는 그 날만을 위한 특별한 옷을 준비했다가 입고 옵니다."

"목사가 설교를 하겠지요?"

"물론이지요."

"어떤 내용으로 합니까?"

"요즘은 구약 성경에 나오는 에스겔 선지자의 모노드라마 내용을 하고 있어요."

"드라마요?"

청년은 벙벙한 시선으로 그녀를 보면서 머리를 갸웃거렸다.

혜련은 원룸에 돌아와 텔레비전을 켰다. 어둑해지는 광화문 거리는 삼각산을 축으로 해서 개미 떼처럼 촛불을 든 사람들로 꿈틀거렸다. 마치 바닷가의 잔물결이 바람에 일렁이듯 흔들렸다. 평상시에는 차들의 물결로 분주했던 거리가 인파로 채워져서 꿈틀댄다. 에스겔의 모노드라마 때문일까. 괜스레 마음이 울적해져서 혜련은 침대 위에 반듯하게 누웠다.

혜련이 출석하고 있는 교회는 독립투사였던 할아버지가 다녔던 교회라고 거길 꼭 출석해야 한다는 어머니의 애걸에 집에서 좀 멀지만 다니고 있었다. 이 교회는 얼마나 깡 보수인지 정치와 종교는 분리되어야 한다는 고집을 끝까지 고수하고 있었다. 정국이 이렇게 불안해도 단 한 사람도 촛불집회 이야기를 화제로 꺼내는 사람이 없었다. 모두 촛불집회에 고개를 돌리고 모르쇠 하는 자세였다. 원로로 물러난 목사 자리에 들어선 유학파 젊은 목사도 절대로 요즘 사회를 들썽거리게 만드는 촛불집회에 대하여는 언급을 피했다. 이 교회는 도시의 한 모퉁이를 차지하고 밖에서 무슨 일이 일어나든 심지어 태풍이 불어도 유일한 무풍지대로 고요하고 한적하고 평안하고 아늑했다.

에스겔서에는 암시적이고 묵시적이고 비유적인 이야기로 가득했다. 목이 굳었던 탓에 당하는 저들의 말로는 엄청난 비극이었다. 아주 작은 나라 이스라엘의 오래전 역사이야기라 에스겔서는 혜련이 처한 현재 삶과 접목이 되질 않았다. 특히 상징적 행동을 통해 전달하는 모노드라마의 메시지는 옛날 옛적 호랑이 담배 먹던 시절의 동화를 듣는 기분이었다. 그 시절의 역사가 조금도 현실과 맞닿지를 않아서 동화구연대회에라도 온 듯 어색하기도 했다. 단상에서 아무리 목사님이 수고해도 2600년 전 사건을 현실과 연결하는 고리가 아무래도 낯설었다. 단지 땀을 흘려가며 열변을 토하는 목사의 얼굴이 가여워서 그녀는 열심히 귀를 기울였다. 그녀에게 필요한 말이나 마음에 담으려고 애를 썼다.

이 교회에 올 적에는 절대로 립스틱을 진하게 칠해서도 아니되었다. 치마의 길이가 무릎을 덮어야 하고 팔뚝을 드러낸 옷도 금했다. 모두 정숙한 차림이었다. 붉은색을 입은 사람도 없었다. 남자들은 모두 정장차림으로 어둑한 색으로 입었고 넥타이를 매었으며 남자아이들은 나비넥타이에 정장을 고집해서 주일에 입을 옷을 따로 마련해야 했다. 이게 100년이 넘는 이 교회의 전통이었다. 한 마디로 청교도적이고 규율이 엄한 교회다. 이런 분위기를 견디지 못한 젊은이들이 모두 떠나버려 교회는 노인들로 가득했다. 특히 머리를 뒤로 젖히고 거드름을 피우면서 직분을 과시하는 날카로운 눈초리의 장로들 때문에 성전 안엔 찬바람이 횡횡 돌았다. 저들은 목사의 설교와 출석 교인들을 놓고 점수를 먹이고 있어 일단 교회 안에 발을 들여놓으면 찍어 누르는 분위기로 인해 숨이 턱턱 막혔다.

시골에서 농사를 지어 혜련을 서울에 있는 대학에 보내고 원룸까지 얻어주며 고생하는 어머니를 위해 그녀가 할 수 있는 유일한 방법은 어머니가 원하는 교회에 출석하는 일이라 오늘도 군말 없이 교회 뒷자리에 머리를 푹 숙이고 앉았다. 숨이 막힐 정도의 엄숙하고 거룩한 곡조의 성가가 끝나고 젊은 목사님이 강대상에 올라가 성가대석과 회중을 훑어보았다. 오늘로 에스겔의 모노드라마가 끝난다는 말을 들은 터라 혜련은 노트를 꺼내 메모하려고 부스럭거렸다. 시골에 있는 어머니에게 보내기 위해서다. 그녀는 어머니에게 일주일에 딱 한번 주일에 들은 설교 내용을 메모해서 보내야 하는 숙제를 안고 있어서였다.

갑자기 출입구 쪽이 술렁거렸다. 이 교회에 와서 혜련이 처음 당하는 일이었다. 모두의 눈이 일제히 뒤쪽으로 향해서 그녀도 뒤를 돌아보았다. 이상한 옷차림의 청년이 그녀의 곁을 막 스쳐 지나가고 있었다.

"어머머! 저건 사물놀이 할 적에 입는 민복이잖아! 어쩌자고 교회에 저런 옷을 입고 왔지!"

바로 앞에 앉은 할머니가 끔찍한 교통사고 현장이라도 목격한 것처럼 호들갑을 떨었다. 청년이 입은 건 풍물 옷이 분명했다. 안에는 하얀색 한복 바지저고리를 입고 검은색 더거리를 걸친 차림이었다. 이렇게 추운 날씨에 외투를 걸치지 아니 하다니! 청색과 황색의 띠를 어깨에 두르고 허리에는 빨간색의 너부죽한 띠를 질끈 동여매고 행전을 두르지는 않고 미투리 대신 운동화를 신은 차림이었다. 백여 명이 앉을 수 있는 교회는 늘 나오는 사람들이라 지정석이라도 정해놓은 듯 각자 자기 자리를 잡고 있어 청년이 앉을 자리가 없었다. 그는 앉을 자리를 찾느라고 강대상 앞으로 자꾸 걸어 나가고 있었다. 혜련은 강대상 앞에 선 목사님을 쳐다보았다. 그도 당황한 듯 어서 여전도사가 쫓아와서 이 상황을 진압하라는 듯 손짓을 다급하게 했다.

사람들 사이에서 서서히 의견이 분분했다.

"목사님이 이제 에스겔의 모노드라마에 실물을 등장시킨 거야."

"그런데 왜 자꾸 앞으로 나가지?"

"목사님과 함께 연극을 할 참인가 봐."

"요즘 설교가 선지자 에스겔의 모노드라마니 이렇게 연극을 해서 우릴 깨우치려는 목사님의 기발한 발상이구나! 역시 외국물을 먹은 목사답다."

"저런 옷을 어디서 샀지?"

"인터넷 들어가면 입다가 몇 천원 받고 파는 사람들이 있겠지. 옷이 더러운 걸 보니 그냥 얻어 입은 모양이야."

이런 요상한 분위기를 깨고 이 교회의 가장 왕통보수로 이름난 천둥장로님이 지팡이를 짚고 절뚝거리면서 청년의 뒤를 따라붙었다. 교회에 와서 설만한 말이나 행동을 하는 사람을 보면 지팡이를 휘두르며 호통을 치기 때문에 모두 무서워하는 천둥장로의 등장은 위기일발 분위기를 자아냈다. 드라마치고는 상상할 수 없는 극적인 장면이 벌어지나 해 모두 눈이 휘둥그레져서 두 사람의 연출을 지켜보았다.

이런 술렁거림 속에 몇몇 사람들이 천둥장로님이 에스겔서를 들으면서 은혜를 받아 변했다는 말도 했다. 그 말에 제일 반박하는 사람은 젊은 권사였다. 한번 지팡이로 등을 얻어맞고는 늘 그를 미워하여 지탄하고 있었다.

"그럴 리가 없어. 꼴통보수 천둥장로가 절대로 변하지 않을 거야. 에스겔의 모노드라마가 아무리 힘이 있다고 해도 이제 다 늙어 차돌처럼 굳어버린 사람을 어떻게 변화시켜."

참새처럼 언제나 말이 많은 젊은 집사가 끼어들었다.

"에스겔의 모노드라마 설교를 들을 적마다 천둥장로가 머리를 끄덕이고 눈물을 글썽거리는 걸 내 두 눈으로 직접 보았어요. 그는 성령의 불길로 완전히 변화되었다고요."

그러자 나이 지긋한 권사님이 거들었다.

"천둥장로님은 열 살에 어머니와 동생들을 북한에 두고 남한 분이라 이번 에스겔의 모노드라마가 전쟁의 비참함과 고생을 몸소 겪었던 그분에게 깨달음과 감동을 주었을 겁니다."

그러자 모두 이구동성으로 자신들의 의견을 모았다.

"생활이 변해야지 거죽만 그러면 뭘 해."

거무칙칙한 차림의 옷을 입은 사람들 한가운데 팥빵의 거죽처럼 오방색의 옷차림 청년은 눈에 튀어나오게 들어와서 모두가 설교할 목사님을 보는 것이 아니고 사물놀이 옷을 입은 청년에게 쏠렸다. 특히 지팡이를 휘두르는 천둥장로님의 특별출현에 별난 연극을 볼 것이란 설렘으로 잠시 성전엔 팽팽한 긴장감이 감돌았다. 혜련은 목사님을 흘끔 올려다보았다. 땀을비 오듯 흘리면서 술이라도 거나하게 마신 듯 얼굴이 불쾌했다. 몹시 불안하고 당황해보였다.

맨 앞자리까지 어릿거리면서 나간 청년은 앉을 자리가 없자뒤를 한번 돌아보았다. 빈자리를 찾는 몸짓이었다. 순간 혜련은 기함을 토할 지경이었다. 분명 그는 달동네에 사는 직장을구하지 못하고 돌아다니는 백수건달 청년이었다. 이 청년이 어쩌자고 이런 요상한 차림으로 이 교회에 타나났단 말인가. 목사님과 평소 알고 지내는 사이라 단역배우로 나온 것일까. 달동네와 이 교회의 거리는 상당히 먼 데 어떻게 여길 왔을까. 혜련의 놀람과 달리 교인들은 천둥장로가 벌릴 드라마 장면을 기대하면서 시선이 일제히 그에게 향했다. 이제 곧 그의 지팡이가 청년의 엉덩이와 어깨, 허리에 떨어지면서 천둥처럼 큰 호통이 일 것을 기대하고 있었다.

이런 이상한 분위기를 모르는지 풍물 옷을 입은 청년은 앉을자리를 찾느라고 두리번거리다가 강대상 바로 앞 찬 시멘트 바닥 위에 펄떡 주저앉았다. 청년의 뒤를 부지런히 아픈 다리를절뚝거리면서 따라온 천둥장로가 그와 나란히 펄떡 바닥에 앉는 것이 아닌가. 그다음엔 둘이 서로 마주 보고 빙긋 웃고 있었다. 그리고 두 사람의 시선이 앞 강단으로 향했다.

요상한 옷차림의 청년과 천둥장로가 목사를 올려다보며 차가운 성전 바닥에 나란히 앉아 있는 동안 혜련은 오만 가지 생각이 오갔다. 아무리 머리를 짜내도 그의 이상한 행동의 내막이 짐작도 가지 않았다. 청년이 에스겔서를 공부하는 걸 알고 일부러 연극을 하는 것일까. 이런저런 생각 속을 헤매다가 슬슬 혜련은 촛불집회에서 수많은 사람들의 초점이 되어 있는 한 여인의 얼굴을 떠올렸다. 그녀의 전신에는 사람들이 쏘아대서 꽂혀가는 바늘로 빈틈이 없었다. 가엾어라! 얼마나 아플까! 얼마나 힘들까! 피눈물을 흘린다는 뜻을 이제야 알았다고 눈물을 줄줄 흘리던 그녀의 모습이 클로즈업 되면서 참을 수 없을 정도로 혜련의 가슴이 저몄다. 지은 죄는 밉지만 인간 자체는 너무 불쌍했다. 이 나라가 처한 현실이 아프고 촛불을 든 모두랑 뒷자락에 숨어 앉아 있는 셀 수 없이 많은 민초들이 가여웠다. 이 나라 백성들 모두 가슴을 치면서 통곡하고 싶을 만큼 아픈 현실이었다.

혜련은 주위를 의식하지 않고 두 손을 맞잡고 흐느끼며 중얼거렸다.

"위기가 기회인 걸 잘 압니다. 이번에 더러운 건 다 휩쓸어버리고 참신한 의로운 사람들로 그 자리를 채워주실 걸 믿습니다. 전보다 더 좋은 나라가 될 줄로 믿습니다. 돌을 맞고 있는 불쌍한 여인은 물론 이 나라의 지도자들과 백성들을 어머니가 자식을 쓰다듬듯 위로해주세요. 우리 모두 가슴이 찢어지게 아픕니다. 남 유다처럼 망하지 않게 우리 모두 회개하게 해주셔요."

교역자는 물론 성도들까지 무서운 시집살이를 시키는 천둥장로님이 조용히 저러고 앉아 있으니 모두가 믿기지 않는다며 숨을 죽이고 귀엣말로 수군거렸다. 아마도 원로장로와 풍물 옷을 입은 청년의 연극은 설교가 끝난 뒤에 하려나보다 하고 다시 평상시의 엄숙함으로 성전 안은 되돌아갔다. 속으로는 천둥장로가 목사가 원했다 해도 절대로 배우로 나서서 연극을 할 정도는 아니라는 듯 모두 머리를 갸웃거렸다.

젊은 목사님은 어째서 에스겔이 이런 이상한 모노드라마를 연출하게 되었는지 그간 전한 내용을 간단히 요약하고 있었다. 그간 지도자는 물론 우리들도 지은 죄를 통회자복하고 정의가 큰 강물처럼 도도하게 흐르고 서로 사랑을 실천하는 사람이 되어야 나라가 살 것이라는 결론을 내렸다. 이래야 훗날 두 막대기가 합하여 하나의 막대기가 되는 다시 말해서 남과 북이 하나가 된다는 마지막 모노드라마를 끝으로 에스겔의 무언극 연극을 마무리 짓고 설교는 끝이 났다.

목사님은 밑바닥에 나란히 앉아 있는 풍물놀이 옷차림의 청년과 천둥장로님을 내려다보았다. 두 사람은 설교가 끝나자 서로 악수를 하고 활짝 웃는다. 천둥장로님이 자신의 외투를 벗어 청년의 어깨 위에 걸쳐주었다. 목사님의 기쁨이 충만한 미소가 성전의 성도들에게 전염이라도 된 듯 성전 안에 따스한 기운이 스며들기 시작했다.

청년은 연신 누구를 찾는지 사방을 둘러보면서 어릿거렸다. ✱

— 2017년 『크리스천문학나무』 봄호

어둠을 덮은 장막

일본 교토엔 세계에서 찾아보기 힘든 귀 무덤이 역사의 흔적으로 남아 있다고 한다. 주로 코를 묻어 놓고 자신들도 듣기에 끔찍하니까 귀 무덤이라고 했다나. 임진왜란에 저들이 마장동 일대 사람들의 코와 귀를 베어 소금에 절여 자기 나라에 가져간 일이 양심의 가책이 됐는지 임진왜란의 원흉 도요토미 히데요시를 받드는 풍국신사(豊國神社)에서 100여 미터 떨어진 건너편 공원에 묻어주어 그 봉분이 지금까지 한(恨)을 토해내고 있다.

어둠을 덮은 장막

    세밑의 하늘은 언제나 정석을 우울하게 한다. 쌀쌀한 날씨는 끔찍한 일이라도 터질듯 으스스하고 커다란 장막으로 눈발을 싸안은 하늘은 잔득 찌푸리고 칙칙하다. 이런 날 정석은 동네 볼링장에 가서 한바탕 몸을 풀어야 하는데 보름간 수리를 한다고 문을 닫아버렸으니 전신마비라도 올 듯 삭신이 쑤셔온다.

    원래 정석은 타고나길 아주 낙천적이었다. 특히 세밑이 되어 도시가 성탄절로 멋들어지게 치장을 하고 징글벨이 울려퍼지면서 찬란한 빛을 발하면 가만히 앉아 있질 못하는 성품이다. 게다가 밤하늘에서 눈송이가 떡고물처럼 하늘하늘 떨어지는 날이면 바람난 동네 강아지처럼 그는 이리저리 뛰면서 기쁨을 만끽했었다.

    지금처럼 그가 병적인 지경에 이른 것은 순전히 혜련 때문이었다. 그녀는 정석이 살아온 인생길에서 만난 가장 아름다운 여인이었다. 목이 머플러나 목 긴 스웨터를 입어 가려야 할 정도로 쭉 뻗어 우아한 백조의 목처럼 길었다. 얼굴은 희고 야들거려서 만져보고 싶을 정도로 투명했고 눈은 깊은 산속의 잔잔한 호수처럼 맑고 깊었다. 속눈썹이 너무 길어 서양 인형처럼 보이기도 했던 여자였다. 그의 대학시절은 온통 그녀를 만나는 재미로 살았다고 해도 과언이 아니었다. 친구들은 정석이 졸업하면 바로 그녀와 결혼할 것으로 소문이 날 정도라 다른 여자들은 접근도 하지 않았다.

문제는 대학졸업하고 터졌다. 졸업하고 좋은 직장을 잡은 뒤 결혼 승낙을 받으러 그녀의 집을 찾아갈 적에도 전신에 자신감이 넘쳐흘렀다. 정석은 그 나이에 이르도록 열등의식을 느낀 적이 없었다. 잘생긴 얼굴에 장신인데다 몸집도 좋아 외모로 주눅 든 적이 없었고 더구나 학급에서 공부도 상위권에 들었다. 이런 그가 그녀의 집에 들어설 적에 휘청거려야 했다. 상상 못할 정도로 고풍스러운 고가의 엄위로움이 그를 찍어 누르더니 전어구이 가시가 목에 걸린 듯 껄끄러워서 목젖이 뜨끔거릴 정도였다. 그녀 어머니의 날카로운 눈이 그를 정수리부터 발끝까지 훑고 지나갈 적엔 독사의 독이 전신에 퍼진 듯 꼼짝할 수조차 없었다. 결국 그 자리에서 사위감 자격미달로 쫓겨난 직후 그녀의 집을 뛰쳐나와 눈발이 날리는 세밑의 하늘을 이고 미친 듯 도심지를 쑤시고 돌아다녔다. 맛있는 음식을 먹기 직전 강제로 쫓겨난 강아지처럼 정석은 자신을 다스릴 방도를 찾을 수가 없어 옷이 풍 젖도록 눈을 맞으면서 눈물을 흘렸다. 밤이 깊어 등이 땀으로 푹 젖을 지경에 이르도록 큰길을 따라 뛰었다. 그때 앞에 나타난 큰 전광판이 그를 무조건 문을 밀치고 들어서게 했다. 볼링장이었다. 생전 처음 볼링공으로 삼각형으로 세워진 핀을 쓰러뜨리기 시작했다. 10개의 공은 혜련의 어머니로 변신해서 그의 앞에 독기어린 눈동자를 번뜩거렸다. 그 눈들을 콩가루나 팥고물처럼 뭉개려고 그는 힘차게 공을 굴렸다. 처음 해보는 경기라 공은 자꾸 빗나갔다. 비금속성의 공은 정석의 손에서 무기로 둔갑하여 파괴본능을 자극했다. 눈이 따가울 정도로 이마에서 땀이 쏟아져도 아랑곳하지 않고 마구 공을 집어던졌다. 어쩌다 스트라이크로 10개의 핀을 다 쓰러뜨릴 경우 전신에 넘쳐나는 희열은 아픈 마음에 마약처럼 작용했다.

　해마다 세밑에 햇살이 따스하고 밝으면 그냥저냥 넘어갔으나 그녀와 헤어질 때처럼 구질구질 눈발이 내릴 듯 으스름한 날씨가 문제였다. 그런 날이면 알레르기 반응이라도 일어나듯 마음이 버거워 먹기 싫은 비린 고등어라도 먹은 뒤처럼 메스껍다. 이런 날은 볼링장에 가서 끓어오르는 미움을 풀어야만 했다. 10년 전 일이건만 그녀의 얼굴은 대학시절의 사랑스러운 모습으로 다가오다가 갑자기 마귀할멈으로 변신하여 그의 앞에 10개의 핀으로 도사리고 있었다. 정석과 헤어진 직후 장안에 소문난 부잣집 며느리로 시집가버린 그녀에 대한 미움을 견디지 못하고 정석은 볼링장으로 가서 사악한 마귀를 죽이듯 스트라이크를 외치면서 공을 던졌다. 어쩌다 볼링공이 10개의 핀을 몽땅 쓰러트리는 순간 그녀의 아름다웠던 얼굴이 출렁이는 물결 위에서 희미하게 어른거리다가 으깨진다.

"너 나를 버리고 어디 잘 사나 봐라. 교통사고로 허리가 부러져 부부생활도 못하는 병신이 될 거다. 화재를 당해 얼굴이 오글오글 쭈그러들 것이다."

첫 방에 다 쓰러뜨리지 못하고 여분 처리를 할 때는 정석은 두 번째 투구를 하면서 속으로 힘껏 외쳤다.

"목이 부러져라. 전신이 마비되어서 일생 휠체어에 앉아 있어라. 너도 그렇고 네 어머니도 그렇다."

미움이 극도에 달하면 고풍스러운 그녀의 한옥 지붕 위에 볼링공을 던졌다. 스트라이크로 기와 지붕이 우장창! 내려앉을 적엔 쾌감으로 목욕을 하는 듯했다. 이렇게 미움과 분노를 볼링으로 해결하고 있는 정석의 마음속을 아는 사람은 없다. 이토록 끔찍하게 무서운 저주를 하고 있다는 걸 자신밖에는 아무도 모른다. 한 이불을 덮고 자는 그의 분신인 아내도 그의 숨겨진 새까만 마음을 큼직한 보자기로 꽁꽁 싸서 감추고 있어 눈치채지 못하고 있다. 그걸 굳이 말할 필요도 없지만 왠지 그런 말을 하면 데데하고 용기 없는 겁쟁이로 비겁하다고 여길 것이기 때문이다.

요즘은 주로 직장의 상사에 대한 미움으로 마음을 다스릴 수 없을 적에 정석은 볼링장을 찾고 있다. 부자 아버지를 둔 탓에 어린 나이에 사장자리에 오른 그의 직속상관은 정말로 꼴불견이다. 상식이 통하지 않을 정도로 고집을 부리면서 성깔을 부릴 적이 많다. 괜한 일로 화를 내면서 너무 거칠게 그를 꿇어 앉혀놓고 갑질하는 바람에 자존심이 상해서 견딜 수가 없다. 정석은 직장에서 받은 스트레스와 내면의 상처를 달래기 위해 볼링장에 가서 나름대로 숨어서 비겁하게 을질하면서 자신을 세워가고 있었다.

볼링은 참으로 역사가 깊은 운동으로 둥근 돌을 던지거나 굴려서 표적을 맞추려는 인간의 본능적 욕구로 발생한 스포츠가 분명하다. 지구상에 생겨난 최초의 볼링도구는 BC 5000년경으로 추정된다고 한다. 이집트의 고분인 어린이 무덤에서 볼링과 비슷한 돌로 만든 공과 핀이 발견되었기 때문이다. 중세 유럽 독일에서는 수녀들까지 이런 운동을 했다는 기록이 남아있다. 핀은 마귀의 상징으로 10개의 핀을 단방에 쓰러뜨린 경우 그 수녀는 신앙심이 깊어 마귀를 10마리나 죽였다고 칭송을 받기도 했다고 한다. 16세기 독일의 종교개혁가 루터가 현대와 같은 볼링 경기 규칙의 기초를 만들었다고 하니 분노와 미움의 해결책으로 수녀들이나 신부들까지 볼링장을 이용했던 모양이다.

10년이란 세월이 흘렀으니 이젠 혜련과 그녀의 어머니를 잊어버리고 용서할 때도 되었건만 언제나 그는 세밑의 음울한 계절이 오면 어김없이 앙금으로 갈아앉아 있던 미움이 살살 위로 올라와 발동을 건다. 엄청나게 튼튼하고 질긴 보자기에 싸인 그만의 아픔이 얼굴을 내미는 셈이다. 이런 날은 혼자 볼링장으로 가서 어깨가 빠질 정도로 힘에 부치는 무거운 볼링공을 굴려 핀을 쓰러뜨리면서 저들을 깔아뭉개며 흔쾌하게 마음을 반전시켜야 후련했다. 게다가 직장의 갑질하는 상사까지 때려 부수자면 시간이 많이 걸린다. 그런데 볼링장이 수리 중이니 어쩔 거냐. 똥을 누고 밑을 닦지 못하고 변기에 엉거주춤 앉아 있는 그런 기분이다.

낮게 내려앉은 하늘에서 흰 눈이 푸실푸실 내리기 시작했다. 정석은 두 손을 바지주머니에 찌르고 밖을 내다보았다. 멀리 있는 볼링장에 원정이라도 가야 할까 궁리를 하고 있었다.

갑자기 현관 쪽이 소란하다. 아내의 음성도 들리고 옆집 사는 여자의 신경질적인 날카로운 소프라노 음성이 집 안을 잡아 흔들었다.

"아들을 어떻게 가르쳐서 그 정도로 비겁하고 유치해요."

아내의 격앙된 음성도 들린다.

"그게 제 아들교육까지 들출 일이라도 되나요."

옆집 여자도 지지 않고 덤벼들어 소란해지자 동네사람들이 모여들었다. 도심지의 지근거리에 30여 호의 집들이 옹기종기 들어선 새로운 단지라 모두 젊은 주부들이었다. 특히 정석의 옆집 여자는 소문이 날 정도로 드세서 동네에서도 쉬쉬하면서 피하고 있는 기질이 괴팍한 성품의 여자였다. 시장에서 떡볶이 장사를 하다가 결혼하여 들어앉은 여자라고 하는데 아무튼 교양 있는 부모 밑에서 안존하게 교육받은 참한 주부는 아닌 모양이다. 밥상에서 아내는 이제 초등학교에 들어간 아들, 석진에게 그 집 아들하고 놀 적에 조심하라고 늘 주의를 주었던 기억이 났다.

"아무튼 특이한 아들을 두셨어요. 어떻게 그럴 수가 있어요. 이건 분명히 부모에게 문제가 많다는 뜻이에요."

아이들 문제를 놓고 부모까지 들추고 나오니 예삿일은 아닌 듯 싶었다. 현관으로 나갈까 하다가 남자가 동네아낙들 다툼에 끼어든다면 조잡스러워 보일 것이란 생각에 정석은 꾹 참았다. 한참 동안 아내의 항의하는 목소리와 옆집 여자의 앙칼진 음성이 뒤엉키다가 조용해지더니 아들의 울음소리가 집 안을 뒤흔든다.

"힘으로 이기지 못하면 그 애 팔뚝이라도 물어뜯어서 이겨야지. 숨어서 맹꽁이 같은 짓을 하면 비겁하잖아. 이 바보야! 경쟁사회에서 어떻게 살아남으려고 그러니. 강자만 살아남을 수 있는 세상인 걸 몰라서 이러니. 어쩌자고 그런 짓을 해서 엄마의 속을 이렇게 상하게 해주니. 너 때문에 내가 못 살겠다. 아이쿠! 속상해 미치겠어."

아들의 볼기짝을 때리는 소리와 아내의 울분에 넘쳐나는 푸념과 매를 맞고 목청껏 울어대는 울음소리로 집 안이 무너져 내릴 듯했다.

"아니 무슨 일로 이렇게 시끄러워? 또 옆집 여자가 문젠가?"

남편의 말에도 아내는 대답을 피하면서 눈물이 그렁한 눈을 애써 감추려고 등을 남편 쪽으로 돌렸다. 석진이 아빠를 보더니 와락 달려들어 가슴에 폭 안긴다. 아이의 따뜻한 가슴이 그의 품안에서 벌렁대는 게 꼭 둥지에서 떨어진 참새새끼를 주워 손안에 넣은 듯 여린 온기가 전신으로 파고들었다.

"무슨 일인데 어린 애를 이렇게 때려서 울려?"

정석이 우는 아들을 안고 아내를 노기어린 눈으로 노려보자 그녀는 대꾸도 않고 팽 토라져 부엌으로 들어가버린다.

어쩔 수 없이 아이에게 물었다.

"너 무슨 짓을 했기에 엄마하고 옆집 엄마가 이 야단이냐."

아이는 흐흑 흐느끼다가 어렵게 입을 열었다.

"그 앤 나보다 힘이 세다고. 몸도 나보다 얼마나 크고 뚱뚱한데. 학교에서도 아이들이 그 애한테는 모두 얻어터진다고. 나도 오늘 그 자식이 때려서 머리를 많이 맞았어."

아들은 지금도 맞은 머리가 아픈지 앞머리를 어루만진다.

"맞았는데 왜 그 애 엄마가 와서 난리냐?"

아들은 부엌 쪽을 힐끔 보면서 말을 아낀다.

"괜찮아. 말해 보라고. 아빠 귀에 대고 말해 보라니까."

아들은 못 이기는 척 아빠의 귀에 입을 바짝 대고 속삭인다.

"내가 힘으로 그 앨 이길 수 없으니까 그 애 집 대문 앞 한가운데 큰 돌을 놓고 그 밑에 '너 나쁜 놈아! 독감에 걸려서 내일 학교 나오지 못하든지 오늘 밤에 죽을지도 몰라' 라고 쓴 종이를 돌 밑에 넣어 놓았지. 그랬더니 저 야단이야."

요즘 한참 한글을 배워서 더듬거리면서 읽기도 하고 쓰기도 해서 이따금 아내의 기쁜 탄성을 들었던 터다. 그 글씨를 이용해서 힘으로 못 누르는 상대방을 그런 방식으로 해결한 모양이다. 아들의 말을 들으면서 정석은 마음이 뜨끔했다. 그의 갑질에 대한 을질이 아무래도 아들에게 유전된 것이 분명했다.

아이도 아내도 깊이 잠든 밤에 정석은 잠을 이룰 수가 없었다. 작년에 돌아가신 아버지 생각이 퍼뜩 머리를 스친다. 돌아가시기 전에 동네에서 일으킨 사건으로 정석이 나서서 용서를 빌면서까지 고역을 치른 적이 있었다. 문제의 발단은 아주 단순했다. 앞집 개가 하필이면 그의 집 대문 앞에 눈 똥을 아침 약수를 뜨려고 신새벽에 뒷산으로 가려는 아버지의 발길에 밟힌 것이다. 앞집 남자는 은행 대리인데 부인이 억척이라 널찍한 앞마당에 농사도 지어가면서 똥개인 토종 누렁이들을 여러 마리 길러 보신탕집에 팔아 돈을 벌고 있었다. 이웃들이 버리는 잡다한 음식쓰레기까지 수거해서 잔뜩 먹인 탓인지 똥 덩이도 굵고 묽었다. 그걸 밟은 아버지의 신발이 바닥뿐만 아니라 발등까지 올라와 양말을 더럽힌 것이 아버지의 화를 돋웠던 모양이다.

이른 아침을 먹고 막 나서는 정석을 향해 앞집 남자가 삿대질을 하면서 덤비는 것이 아닌가.

"개똥을 우리 대문 앞에 내가 발을 내딛는 순간 밟도록 의도적으로 놓다니 이런 더러운 심보가 어디 있어. 노인이 노망이 나도 곱게 나야지 이게 무슨 짓이야. 고약한 저질이라니까, 저질이야. 비겁하고 못 돼 먹었어."

은행 대리라는 남자는 얼굴이 살짝 곰보에다 너부죽한 것이 꼭 깡패처럼 우락부락하게 생긴 탓에 섣불리 대꾸하기도 겁이 났다.

"죄송하지만 우리 집엔 개가 없어요. 당신네 개가 눈 똥을 놓고 어쩌자고 우리에게 이 야단이십니까."

정석이 항의하자 남자 뒤에 숨어 있던 앞집 여자가 쑥 나섰다.

"우리 개가 그 집 대문 앞에 똥을 누었으면 그걸 치워서 쓰레기통에 버려야지 그걸 다시 떠다가 우리 대문 앞, 발을 내딛는 자리에 놓아 출근하는 사람의 기분을 잡치는 것이 바른 마음보냐 말이요. 새벽에 제일 먼저 일어나서 늘 약수터에 가는 분은 이 동네에서 그 집 할아버지뿐이 더 있어요. 우릴 골탕 먹이려고 이런 짓을 한 것이 아니요."

이런 소란을 치른 뒤 정석은 하루 종일 직장에서도 마음이 편하지 않았다. 아버지는 개똥을 치워서 바로 옆에 있는 쓰레기통에 버릴 것이지 그 집 대문 앞에 밟으라고 놓은 것은 좀 그렇다는 생각 때문이었다. 그 문제는 극성스러운 앞집 여자의 선동으로 반상회에서도 거론이 되면서 그의 아버지는 치매초기단계에 접어들었다느니 아니면 심보가 비틀어진 고약한 노인이란 공격이 난무했다. 어쩔 수 없이 동네 불을 끄는 심정으로 정석은 과일과 과자를 사다가 집집마다 돌리면서 양해를 구했다. 음울한 마음으로 선물을 돌리면서 아무래도 아버지의 이런 행동을 낳는 유전자가 그의 피에도 흐르고 있다는 사실이 어렴풋이 다가왔다.

아버지 생각에 이어 20년 전에 돌아가신 할아버지가 정석의 머리를 스쳤다. 할아버지는 장손자인 정석을 무척 아껴서 언제나 한식이나 추석에 증조부 묘에 성묘나 벌초할 적에 달고 다녔다. 회수를 엊그제 맞았으니 걸음걸이도 시원찮았으나 이상할 정도로 하나뿐인 손자를 귀찮을 정도로 데리고 나서는 분이었다. 증조부의 묘는 버스를 타고 종점에 내려서도 한참을 걷는 거리였다. 낫을 신문지에 꽁꽁 싸서 들쳐 메고 중학교에 갓 입학한 정석의 손을 잡고 버스에서 내려 밭 사이를 통과하여 한참 가면 개천이 나왔다. 거길 건너 논길을 가다가 산길로 접어들어 민가가 없는 산기슭을 기어올라 높은 고개를 두 개나 넘어간 곳에 산소들이 삼태기를 엎어놓은 듯이 늘어서 있었다. 증조부 묘에 도착할 즈음 할아버지는 정석을 마을을 훤히 내려다볼 수 있는 자리에 앉히고 싸온 물과 참기름과 볶은 깨를 듬뿍 넣은 주먹밥을 주었다.

"정석아! 할아버지가 어렸을 적엔 저 밑 마을이 모두 미나리 꽝이었단다. 마장동 쇠전이라면 아주 유명했다. 물이 풍부하고 교통이 편리하며 오물처리가 잘 된 곳이고 주거지역에서 멀리 떨어져 있어 좋은 곳이었다."

쇠전이라면 마장동 우시장이라고 소나 돼지를 도축도 하고 축산물 시장이 열려 육류를 공급하던 곳이다. 역사 시간에 그 당시 찍어놓은 사진들을 본 적이 있어 정석은 자신 있게 입을 열었다.

"마장동 옛날 사진을 본 적이 있어요."

손자의 입에서 마장동이란 단어가 튀어나오자 흐뭇해하면서 할아버지는 손자의 두 손을 와락 끌어다 가슴에 안았다.

"할아버지가 젊었던 시절, 그러니까 혈기왕성했던 나이에는 마장동 쇠전에 들려 수구레라는 소가죽과 살코기 중간부위인 소 껍데기를 즐겨 먹으러 다녔다. 유명한 피 다방도 있었지."

"피 다방이라면 피를 먹는 곳인가요?"

"맞다. 맞아. 너 참 똑똑하다. 갓 잡은 소의 피를 마시는 다방으로 매일 새벽 5시면 소의 울대에서 솟아나는 따끈한 피를 한 사발씩 사먹으려는 사람들로 문전성시를 이뤘단다."

소의 목에서 나오는 피를 마신다는 할아버지 말에 정석은 오만상을 찌푸리면서 괴성을 발했다.

"히유! 생피를 마셔요. 무식하긴 그렇게 피를 마시면 핏속에 있는 벌레나 균 때문에 병에 걸릴 수 있어요."

"갓 잡아 온기가 있는 소의 피는 병자나 허약한 사람에게 특효였단다."

"모두들 너무 무식했군요. 피를 먹다니……."

손자의 거센 거부반응에 할아버지는 잠시 숨을 고르면서 흘끔 손자의 옆얼굴을 훔쳐보았다. 싸가지고 온 점심을 다 먹은 뒤 할아버지는 등짐에서 하얀 분을 밀가루처럼 뒤집어쓴 속이 검은 곶감을 두 개 꺼내서 손자의 손에 쥐어주고 아주 어렵게 그러나 단호한 음성으로 입을 열었다.

"너에게 꼭 전해주고 싶은 말이 있다. 이건 대대로 우리 가문에 대물림을 하면서 내려온 이야기로 너도 꼭 기억하고 잊지 말고 네가 장가들어 태어날 자식들에게 머리에 각인되도록 들려줘야 하는 이야기다."

이제 중학교에 갓 입학한 손자에게 태어날 자식까지 들고 나오자 정석은 입을 꼭 다물고 할아버지의 입에 눈길을 돌렸다.

"지금부터 400여 년 전 임진왜란이 일어났을 적에 이곳 마장동엔 말을 기르던 양마장(養馬場)이 있었다. 그러니 자연스럽게 산기슭에 몇 십 호의 초가들이 있었지. 이곳 마장리 일대에는 왜장 소서행장이 진을 쳤는데 표독하기는 가등청정보다 훨씬 더 했다고 하더라. 그들이 전공을 세운 기준으로 사람의 목을 몇 개 베어 가져왔느냐에 따라 공의 크기가 결정되었는데 그걸 전부 일본으로 가지고 갈 수가 없었단다."

"우리 한국 사람들의 머리를 잘라갔겠군요."

"머리를 가져가기 힘드니까 귀를 잘라가더니 나중에는 코를 베어갔단다."

"피유! 일본까지 가는 동안 다 썩어버렸을 터인데요."

"소금에 절여서 새우젓처럼 만들어가지고 갔지."

너무 끔찍한 말이라 정석은 몸을 떨면서 불쌍한 조상들이란 말이 목젖까지 나오는 걸 꾹 참고 토끼눈을 하고 앉아 있었다.

"군인들 코를 자르다보니 숫자를 늘려 공을 더 높이기 위해 일본도를 가지고 성한 민간인들의 코도 베어갔단다. 해서 이쪽 마장리, 왕십리, 증포리 사람들은 코가 없거나 귀가 없는 사람들이 많았다는구나. 임진왜란이 끝난 뒤 동네사람들 거의가 코와 귀가 없는 사람들이었다고 하더라."

"세상에! 나쁜 놈들. 왜놈이 사람이에요. 짐승만도 못하지. 그런 심보를 지녔으니 엉뚱하게 독도를 자기네 땅이라고 억지를 부리지요. 못된 놈들! 그놈들을 그냥 두었어요. 원수를 갚아야지. 그냥 지나쳤나요."

"이제부터 내 말을 잘 들어라. 너에게 이 말을 전하기 위해 이 할아버지는 얼마나 별렀는지 아느냐. 내가 어렸을 적엔 한식이나, 추석 때만 되면 꼭 성묘를 하고 난 뒤에 집집마다 가마솥에 검은 콩을 두어 되씩 볶았단다. 가마솥에서 콩이 톡톡 튀면 나무 주걱으로 젓는 동안 식구들이 부뚜막 가에 둘러서서 모두 이렇게 외쳤단다."

"뭐라고요?"

"왜놈 볶자! 왜놈 볶자!"

정석은 침묵했다. 얼마나 가슴이 아팠으면 그렇게 했을까.

"그뿐인 줄 아니. 볶은 콩을 식구들이 둘러앉아 아드득아드득 씹어 먹으면서 왜놈 먹자! 왜놈 먹자! 라고 외쳤단다."

정석은 할아버지의 이야기를 들으면서 얼마나 큰 미움과 분노에다 한이 서렸으면 그랬을까 하는 마음에 눈물이 울컥 나왔다.

"볶은 콩을 반만 먹고 나머지를 가지고 식구들이 모두 산으로 갔단다. 아이들은 호미를 어른들은 괭이를 들고 성묘를 가서 무덤 옆에 구덩이를 파고는 콩을 땅에 묻고 모두 합창을 했단다. 왜놈 밟자! 왜놈 밟자!"

아아! 저들은 코와 귀가 잘려서 이상한 모습을 하고 그 분노와 미움을 콩을 볶고 씹어 먹고 그것으로 부족하니까 파묻고 밟기까지 했구나. 우리 조상들은 힘이 없어서 일본놈들에게 당했어. 원수를 갚아야지! 비굴하게 숨어서 볶아먹고 밟을 필요가 없이 저들을 무찌를 힘을 길러야지.정석은 두 주먹을 불끈 쥐었다.

"해마다 성묘를 가서 동네사람들이 그렇게 했단다. 네 증조부도 그렇게 했다고 자손에게 전하라고 하더라. 해서 나도 너에게 이 말을 전한다. 잊지 말고 자식들에게 말해주어라. 지금은 그런 풍습도 마을도 없어지고 아무 일도 없었던 것처럼 이렇게 평화롭구나. 그러나 내가 너의 왕할아버지에게 들은 부탁을 너에게도 전하고 있으니 잊지 말아라. 몇 백 년이 지나도 잊지 말고 기억하도록 후세에 전해야 한다. 잊는 날이면 또 당한다."

할아버지의 말을 듣고는 정석은 왜놈들에 대한 미움으로 며칠 밤을 설쳤다. 왜놈들의 갑질에 대응한 조상들의 을질이 과연 약소민족의 아픈 상처가 치유된 것일까 하는 의구심으로 마음이 무거웠다.

정석은 대학을 졸업하고 할아버지가 문득 그리워 마장동엘 들렀다. 1998년 도시개발로 아파트와 초등학교가 들어서면서 마장동의 도축장 역사도 막을 내렸다. 하지만 한번 형성된 시장이 쉽게 사라지질 못하고 여전히 거대한 축산물 도소매업소가 들어서 있었다. 서울 하루 육류 소비량의 60% 이상을 이곳 마장동 축산시장이 차지하고 있다니 우시장과 도축장이 사라진 도시에 먹을거리만 잔뜩 진열되어 쌓여 있었다. 증조부의 묘도 큰길이 뚫리는 바람에 화장을 해서 산야에 뿌려버려 산소들도 없어졌다.

일본 교토엔 세계에서 찾아보기 힘든 귀 무덤이 역사의 흔적으로 남아 있다고 한다. 주로 코를 묻어 놓고 자신들도 듣기에 끔찍하니까 귀 무덤이라고 했다나. 임진왜란에 저들이 마장동 일대 사람들의 코와 귀를 베어 소금에 절여 자기 나라에 가져간 일이 양심의 가책이 됐는지 임진왜란의 원흉 도요토미 히데요시를 받드는 풍국신사(豊國神社)에서 100여 미터 떨어진 건너편 공원에 묻어주어 그 봉분이 지금까지 한(限)을 토해내고 있다. 우리나라 군인과 양민들 12만 6천여 명의 코를 포상받으려고 가져다가 묻어 놓았다. 그래도 양심의 가책에 두려워 무덤 위에는 희생된 조선인의 원혼을 누르기 위해 오륜석탑을 세워놓은 모양이다.

야만인들이여! 너희가 사람이냐. 동물만도 못 하지. 코 무덤 앞에 서면 우리는 모두 분노로 몸을 떨게 된다. 친히 아는 분이 거길 다녀와서 팻말의 내용 일부를 정석에게 전해주었다.

'한국 사람들의 완강한 항쟁 때문에 패전하고 돌아왔다'

이 팻말은 1983년에 세웠다고 하는데 어떤 마음에서 저들이 이런 걸 세웠을까.

성탄절로 인해서 도시는 물론 전 세계가 화려한 빛과 치장으로 찬란하다. 정석은 외투 깃에 목을 옴츠려 파묻고 함박눈을 맞으면서 그의 젊은 시절 혜련과 거닐었던 명동과 광화문을 걸었다. 다행히 바람이 쌀쌀하게 불지 않아 쏟아져내리는 눈이 솜처럼 푸근하게 느껴졌다. 그의 을질이 왕왕 할아버지대로부터 내려온 DNA란 말인가. 이런 생각에 이르자 정석은 볼링장엘 가지 않고 혜련의 집을 향해 천천히 걸었다. 웅장했던 그녀의 집은 경복궁 돌담을 끼고 한참 돌아나오는 마을의 초입에 자릴 잡고 있었다. 자신도 모르게 정석은 그 집으로 향했다. 억 셀 만큼 떡 벌어진 처마가 웅장하게 치솟아 그를 찍어 눌렀던 기와집 앞에 섰다. 참으로 이상했다. 고가는 그의 눈에 너무나 작아보였고 초라했다. 그는 눈이 쌓여 머리가 하얀 채 그 집 앞 에 서서 그 안을 기웃거렸다. 10년 세월이 흘렀으나 정원수들 이 그대로 서 있었다. 대문 안의 분위기가 썰렁했다. 살림하는 집처럼 보이질 않았다. 술이 거나하게 취한 취객들이 교태를 부리는 여자들의 치마폭에 싸여 나오고 있다. 그러고 보니 홍 등가처럼 마루나 입구의 등불장식이 여염집의 분위기와 달랐 다.

그는 근처에 자리 잡은 마트로 들어갔다.

"저 골목 큰 기와 집에 살던 사람들이 그저 살고 있나요?"

마트 현금계산대에 서 있는 늙수그레한 남자가 이상한 표정 을 지으면서 정석의 위아래를 훑어본다. 물러설 수 없어진 정 석은 껌과 뜨거운 캔 커피를 사면서 다시 물었다.

"그 집을 제가 10년 전 방문한 적이 있어서요."

"그 사람들 폭삭 망해서 빚쟁이들에게 쫓겨났어요."

"아들도 없이 딸 하나가 있었는데요."

"아하! 미인으로 소문났던 그 집 외동딸 이야기군요."

마트 주인은 호기심 어린 눈으로 정석의 마음이라도 읽으려 는 듯 말을 아낀다.

"혜련이라고 저랑 한때 깊이 사귀었던 여자입니다."

정석은 용감하게 숨김없이 고백하고 돌진했다. 그녀와 헤어지고 10년 동안 타인 앞에서 입밖에 단 한 번도 내어본 적이 없는 이름이었다.

"결혼하고 일 년 뒤에 정신이상이 왔다고 하더군요. 부잣집으로 시집을 갔는데 시어머니 시집살이와 남편의 바람기에 견디질 못하고 친정으로 바로 돌아왔지요. 매일 미쳐서 밖으로 쏘다니는 걸 끌어들이느라고 동네가 무척 소란해서 저도 기억해요."

혜련이 미쳤다고? 매일 볼링공으로 그녀의 머리통과 집을 까부셨으면서 왜 이렇게 마음이 주체 못할 정도로 흔들리지. 정석은 갑자기 번개처럼 스치는 한 줄기 바람 같은 막막한 아픔에 눈발이 그친 하늘을 향해 머리를 뒤로 꺾고 서 버렸다.

깊어가는 밤의 어둠 속을 마냥 걸었다. 비겁하게 숨어서 을질하지 말고 돌진했어야 하는데……. 정말로 사랑했다면 그녀를 데리고 도망칠 수 있었다. 그만큼 그녀는 간절하게 그를 원했고 사랑하고 있었다. 등을 돌리고 돌아서는 그날, 그의 귓가에 격렬하게 울어대던 그녀의 울음소리가 천둥처럼 살아나서 밤하늘을 가득 채웠다.

그는 가까이에 있는 볼링장으로 들어갔다. 큼직한 볼링공을 들어서 열 개의 핀을 향해 힘껏 던졌다. 을질하는 대상이 바뀌어서 확연하게 나타났다. 염소털가죽인 게달의 새까만 장막처럼 찢을 수 없이 단단한 그 자신의 흑암을 향해 그는 마음과 몸을 쏟아 넣어 공을 내던졌다. 징그러운 염소가죽 장막이 쭉 찢어지기 시작했다. 그간 강렬한 햇빛을 받고 비를 맞으며 습기를 견디내서 더욱 음흉해진 빛깔을 지닌 가죽 안에 숨어 있던 캄캄한 어둠이 솔솔 새어나와 볼링장이 뿌옇게 흐려졌다. 그는 연신 흘러내리는 눈물을 닦으면서 눈을 껌뻑거렸다. ✗

— 2015년 『펜문학』 3.4월호

순교자 아들

눈물로 희미해진 눈으로 앞을 보니 혼자 외롭게 가고 있는 남자의 뒤꼭지 머리카락이 성이 나서 발딱 일어나 너풀거렸다. 사람들의 미움이 담긴 외침에 머리카락은 점점 더 힘을 받아 뻣뻣하게 살아났다. 나는 사람들 틈에서 이리저리 밀려 허우적거리면서 그를 향해 목이 터져라 외치고 있었다.

"아버지! 아버지!"

순교자 아들

"자네가 순교자의 아들이라는 소문이 나있더군. 참 대단한 집안 출신이야!"

이건 세상에서 내가 제일 듣기 싫어하는 말이다. 사람들이 그렇게 나를 앞에 놓고 칭송하면 나는 그 자리에서 얼굴이 붉어질 정도로 숨을 헐떡거리면서 화를 내기 때문에 나를 아는 사람들은 가능하면 이 말을 피한다. 물론 나는 교회에 다니지도 않는다. 아내도 아이들도 모두 내 뜻을 따라 아무도 교회에 가는 사람이 없다. 집 안엔 성경찬송은 물론 그에 관한 책자가단 한 권도 없다. 이건 내가 교회에 대하여 심한 알레르기 반응을 보이기 때문이다. 심지어 집 안에서는 누구도 예수나 하나님이란 말을 입에 올리지도 않는다. 이건 가정의 일원이 되는 기반이고 철두철미한 내 원칙이기 때문에 밥을 먹고 붙어살려면 꼭 지켜야 할 가훈이 되기도 했다.

지금 나는 일생 너무 과로해서 아직 펄펄 살아야 할 나이에 양로병원에 10년째 누워 있다. 고희를 몇 년 앞두고 나는 허방을 딛듯 맥없이 쓰러져버렸다. 이 모두가 아버지 때문이다. 순교자란 명패를 달고 신나게 죽어버린 아버지 말이다. 아직 열 살도 되지 않은 올망졸망 자식들 넷과 서른 초반의 아내를 험악한 이 땅에 내팽개치고 혼자 훌쩍 자기가 사랑한다는 예수를 따라 가버린 비정한 남자다. 아무튼 아버지는 예수에 벽(癖)이 들린 사람이다. 이런 아버지처럼 되지 않기 위해 나는 두 아들과 딸을 미국으로 데리고 가서 아주 훌륭하게 키웠다. 실컷 먹이고 대학원까지 내 두 손으로 수고하여 번 돈으로 완벽하게 공부를 시켰고 당당하게 사회의 일원으로 내놓았다. 자식들은 내 뜻을 따라 잘 자라서 남의 땅인 미국에서 모두 전문직을 가진 인물들로 성공했다. 큰아들은 심장전문의, 작은아들은 안과 의사, 하나뿐인 고명딸은 대학 강단에 서는 교수가 되었으니 이만하면 나란 사람은 이 세상에서 부끄럽지 않게 가장의 책임을 달성한 셈이다. 게다가 나는 아버지처럼 있으나 마나한 빈 껍데기가 되지 않기 위해 자식들이 결혼할 적에 모두 작지만 집을 한 채씩 장만해주었으니 내 할 도리는 다 한 상태이다.

아침식사가 끝나자 주치의가 인턴들을 데리고 들어왔다. 저들은 내 침대에 쭉 둘러섰고 나를 담당한 의사는 당당하게 나를 난도질했다.

"이 환자는 일 년 전부터 식물인간 상태입니다. 물도 못 삼키니 콧줄에 의지해서 살고 있어요. 깡통에 든 유동식음식량으로 변을 조절하고 있으니 매일 회진할 적에 혈압과 심장을 체크하고 링거 주사로 수분을 공급하지요."

그중 한 학생이 물었다.

"몸 전체가 매미가 허물을 벗듯이 살갗이 일어나네요."

"이 환자 벌써 세 번을 뱀처럼 허물을 벗고 있어요."

"사람도 늙으면 곤충처럼 되나 보지요."

저들이 나누는 대화가 선명하게 나의 귀에 똑똑하게 들리면서 귀청을 찢고 가슴과 머리를 스쳤다. 화가 났지만 슬픔이나 분노를 단 한마디도 표현할 수가 없다. 귀만 살아 있는 것일까. 게다가 총명탕을 먹었는지 머리는 멀쩡하다. 나보다 암에 걸려 먼저 가버린 아내의 젊고 발그레 핏기 도는 팽팽한 얼굴이 눈앞에 아른거린다. 나는 이렇게 늙어 저들이 말하는 것처럼 식물인간이 되어 누워 있는데 아내는 아직도 오십대의 싱싱한 모습으로 내 앞에서 알찐거린다.

하루 종일 누워서 내가 하는 일은 살아온 뒤안길을 돌아보는 것이다. 걸어온 평생이 눈앞에 커다란 총천연색 스크린으로 펼쳐지면 그걸 따라 인생길을 다시 걸으며 시간을 보낸다. 순간순간 시공간을 초월해서 나는 아버지를 향한 분노와 미움을 떠올리며 이를 갈면서 지낸다. 한 세상 살아가는 일이 예나 지금이나 쉽지는 않지만 다른 사람들과 달리 내 가슴속에는 마멸시킬 수 없는 엄청난 증오가 활화산처럼 끓고 있다. 심신이 건강하여 바쁜 삶을 살 적에는 시간에 쫓겨 묻어둔 그런 미움이 파편처럼 떠돌다가 이따금 비수처럼 불쑥 나를 찔렀으나 이제는 온전히 그 미움이 끓어올라 화산의 분출구를 찾아 몸부림치고 있다. 오랜 세월 가슴속에 고인 미움이 퇴적되어 광질(狂疾)이 된 탓일까.

일주일에 한 번씩 나를 목욕시키는 여자들이 재잘거린다. 흑인인 저들은 무례하게 내 몸을 고사한 통나무처럼 이리저리 굴리고 거칠게 다루어서 귓속에 물이 흥건히 고일 정도다. 때때로 샤워기로 머리를 감기면서 투덜거린다.

"이 할아버지는 말도 못하고 숨만 쉬는 식물인간이건만 얼굴에 분노와 찌증이 서리서리 더께로 앉아 있어. 마치 터뜨리기 전의 고무풍선처럼 고집과 미움이 가득한 얼굴이야. 그래서인지 몸도 이상할 정도로 힘이 들어가 있어서 마치 쇠심줄이 낀 단단한 고기덩이처럼 씻기기 힘들어."

"그래서 모두 이 환자 돌보기를 싫어한다니까. 죽어가는 노인들의 무덤덤하고 평안한 얼굴이 아니라 무섭게 일그러진 얼굴에 몸까지 힘이 잔뜩 들어 있을 정도로 이상해서 목욕시키기 정말 힘들어. 둘이서도 힘겨워 도우미를 한 명 더 요청해야겠어."

"동서양을 물론하고 이 나이에 이르면 다 내려놓고 평안한 얼굴이 되는 걸로 아는데 이 환자는 아마도 마음속에 고인 아픔이 많은 모양이야."

저들의 말에 의하면 나는 말도 한 마디 못하고 눈을 감고 이렇게 누워 있어도 내 몸뚱이가 나의 일생 가슴에 한으로 맺힌 고통을 드러내는 모양이다. 그들의 말대로 나란 사람은 이렇게 쓰러진 고목처럼 누워 있어도 참으로 용서할 수 없는 사람이 바로 내 아버지다. 그 미움 덩어리를 저들이 씻기기 힘들다는 뜻일 터이다. 따지고 보면 그런 쇠심줄처럼 질긴 미움으로 이렇게 끈질기게 내 목숨이 붙어 있는지도 모른다.

과거의 형해(形骸) 속에 빠져 허우적이는 나의 공간을 깨트리고 내 손을 거칠게 잡는 여자 손의 감촉으로 인해 나는 화들짝 놀래 몸을 움츠렸다. 잘못했다가는 뼈가 부러질 수도 있을 정도로 손가락뼈까지 버석거리니 말이다. 이미 지난번 목욕할 적에 가쁜 숨을 내쉬는 검둥이뚱보가 어찌나 거칠게 내 몸을 다루는지 팔뼈에 금이 가서 아픈데도 나는 말을 못하고 고목처럼 누워있으니 아무도 그걸 눈치채지 못했다. 다음 날 팔뚝이 퉁퉁 부어오른 걸 회진 의사가 보고 어깨달이를 해서 가슴 위에 올려놓고 있는 형편이다.

내가 좋아하는 라일락 향기가 콧가를 스친다. 이건 딸의 냄새다. 내가 제일 사랑하는 막내 외딸이다. 몸이 약해서 늘 내 가슴을 아프게 했던 녀석이다. 이 애를 보면 바로 밑의 가여운 내 여동생이 떠올라 더 연민의 정을 느꼈을 터이다. 시집가서 고생을 하는 딸의 손이 이렇게 거칠어진 것도 가여운 여동생을 생각나게 한다.

딸은 내 귀에 대고 속삭인다.

"아빠, 이제 고만 어머니 곁으로 가셔요. 한 마디 말도 못하고 통나무처럼 누워 있으면서 몸에 이렇게 많은 걸 주렁주렁 매달고 있으니 얼마나 힘들어. 그만 가세요. 음식도 코로 먹으니 맛을 보지도 못하고 의식이 없으니 대화도 못하고 아버지가 제일 좋아하는 재미있는 야구중계를 텔레비전으로 못 보잖아."

작년 의식을 잃기 전, 시월 말 어름에는 그래도 그때는 입으로 음식을 먹을 수 있었다. 그때도 척추협착증으로 잘 걷지도 움직이지도 못하니 소변 줄이 방광과 연결해서 꽂혔고 링거 주사기가 왼쪽 팔에 매달려 있었다. 커다란 산소탱크가 옆에 놓여 있어 병황(病況)에 따라 이따금 산소마스크를 쓰는 형편이었다. 게다가 골반뼈가 있는 엉덩이 언저리에 욕창이 생겨 도넛 모양의 링이 엉덩이를 받쳐주고 있다. 혈압과 맥박을 재는 기계가 옆에 있는 건 며칠 전부터 갑자기 폐에 병소(病巢)가 있어 호흡이 곤란해지자 가져다 놓은 것이다. 시간이 갈수록 몸에 매달리는 것들이 자꾸 더 늘어난다.

딸이 사랑한다는 말을 속삭일 걸 기대한 나는 기가 막혀 따귀라도 한 대 올려붙이고 싶었으나 꼼짝도 못하니 화가 부글부글 끓었다. 딸은 이리저리 내 몸을 들쳐보고 혀를 찼다. 그러더니 병실 안 다른 환자들을 둘러보고 발달된 의료장비로 사람을 뉘어놓고 동물적 호흡기능만 유지하는 것은 인간존엄성을 무시하는 짓이라고 강단에 선 교수처럼 일장 연설을 해댄다. 이미 죽은 인격을 몸뚱이만 살려놓고 치료라는 명분을 내세우고 있으니 이건 분명 인간생명에 대한 모독이라고 한바탕 떠들었다. 환자들이 반응을 보이지 아니하자 나에게 인사도 없이 딸은 휑하니 찬바람을 일으키며 가버렸다.

방문객이 오면 시끌시끌하다가 다시 병실은 정적으로 빠져든다.

딸 때문일까. 딸의 얼굴이 일곱 살짜리 단발머리 여동생으로 다가왔다. 배가 고파서 둘이는 산골개울을 뒤지다가 큰 돌 밑에 숨어 있는 가재를 발견하면 그걸 허리에 묶고 있는 보자기에 둘둘 말아 개울가에 놓았다. 들판을 휩쓸고 온 흙먼지 찬바람이 품안으로 파고들어 파랗게 질린 우리 오누이는 들판에 파릇하게 얼굴을 내민 어린잎들 몽땅 따냈다. 어린 명아주 잎도 있고 애기똥풀도 있었다. 쑥, 망초, 냉이, 꽃다지도 있고 아직 잠에서 덜 깨서 빌빌대는 개구리도 있었다. 이런 걸 모두 집으로 가져가면 그게 바로 우리 식구의 하루 한 끼 식사가 된다. 어머니는 이걸 모두 무쇠 솥에 넣고 푹푹 끓여 한 그릇씩 앞에 놔주고 기도하자고 모두 손을 모으란다. 여동생은 어머니를 따라 두 손을 모으고 입을 오물거렸으나 나는 소름끼칠 정도로 눈을 무섭게 치뜨고 이런 여동생과 어머니를 노려보았다. 감사의 식기도를 하는 동안 나는 가장인 아버지를 데려간 하나님이란 분을 향해 저주의 말을 속으로 중얼대며 퍼부었다. 처자식을 이렇게 굶게 놔두고 홀쩍 이 집안의 기둥을 빼간 하나님께 무엇이 감사하다고 어머니와 여동생은 감사감사 하면서 이런 초라한 음식을 앞에 놓고 기도를 한단 말인가! 어려서는 어쩔수 없이 어머니 손에 끌려 교회에 갔으나 꾸어다 놓은 보리자루처럼 아주 매서운 눈을 하고 주일학교 교사를 노려보고 절대로 저들이 가르치는 말에 귀를 기울이지 않았다. 결국 순교자의 아들이라는 나는 중학교에 들어가서는 아예 교회를 등지고 떠나 밖으로 나돌면서 이 나이에 이르도록 거기에는 한 발자국도 들여놓은 적이 없다.

내가 교회를 뛰쳐나간 걸 알고 어머니는 별별 수단을 다 썼다. 울기도 하고 빌기도 하고 달래기도 했으나 나는 돌부처처럼 입을 열지 않고 벙어리로 대항했다. 심지어 어머니가 내 등을 도끼로 통나무를 패듯 빗자루로 때려도 나는 꼼짝 않고 신음을 삼켰다. 이런 나를 두고 힘이 진한 어머니는 한숨을 쉬며 중얼거렸다.

"네 머리 뒤통수가 네 아버지를 꼭 닮아서 그런다. 고집이 세서 빳빳하게 일어서는 머리카락들이 그걸 말해주는구나. 하긴 그러니까 네 아버지도 힘든 죽음을 택하여 순교자가 되었지. 아무나 순교하지 못한다. 그 고집이 해낸 것이지. 너도 그런 아버지를 닮아서 이렇게 고집을 부리면서 반항하는 것이 아니냐."

　아버지는 죽기로 작심하고 그 길을 택했다. 내가 알기로는 살려주려고 일본 검사까지 노력했으나 이 모든 걸 거부하고 죽음의 길을 택한 사람이다. 그럼 성당의 신부처럼 장가나 들지 말고 자식을 낳지 말았어야지 어쩌자고 보통사람들처럼 결혼하여 새끼들을 넷이나 퍼질러놓고 책임을 지지 않고 가버렸단 말인가. 동물도 자신이 낳은 어린 새끼들을 돌보는 법인데 하물며 인간으로 태어나서 자신의 의무와 책임을 내던진 행위는 동물만도 못한 심보가 아니겠는가. 이 생각에 이르면 속이 부글부글 끓어올라 숨이 턱턱 막힌다. 세월이 이렇게 흘러 서른다섯에 죽은 아버지 나이의 배를 넘겨 살고도 나의 미움은 그대로 싱싱하게 꿈틀대며 살아나서 나를 사로잡는다.

　한겨울 교도소 골방에서 얼어 죽은 아버지를 가마니에 두르르 말아서 산에 묻고 난 뒤 우리 식구 다섯은 교회의 사택에서 쫓겨났다. 새 목사가 부임하여 집을 내주어야하기 때문이라나. 교회 건너편 개울가에 천막을 하나 쳐주고 거기서 살라고 말이다. 엄동설한에 개울을 낀 산비탈에서 동물도 아닌 사람이 어찌 살 수가 있단 말인가. 이대로 앉아 자식들과 얼어 죽을 수 없다고 울어대던 어머니가 산속 으슥한 곳에 버려진 흉가에 올망졸망 자식들 넷을 데리고 들어갔다. 귀신이 나온다는 폐가지만 우리 식구는 먼지를 털어내고 그 집에 안착했다. 사람이 생명을 유지하며 산다는 것은 기거하는 집보다 먹거리가 더 중요

순교자 아들
—
145

했다. 친척들도 일경이 무서워서 일체 모른 척 외면하는 판이다. 교인들도 일본경찰의 눈치를 보느라고 어쩌다 한밤중에 쌀한 줌을 툇마루에 놓고 도망가버리기 일쑤였다. 아버지를 따라 심한 고문을 당한 어머니는 허리를 다쳐 새끼들과 살아보려고 버르적거리면서 일을 해보려고 애를 썼으나 입에 먹을 것을 벌어오는 일은 어린 여동생과 나에게 달려 있었다. 그 겨울의 배고픔은 지금도 소름이 끼칠 정도였다. 얼굴은 누렇게 들뜨고 배는 불뚝 튀어나와 개구리 꼴을 하고 여동생과 나는 산야를 헤매며 먹을 것을 찾아다녔다.

아버지는 왜 죽음을 택했을까? 지금도 풀리지 않는 수수께끼다. 교도소에서 마지막으로 어머니와 아버지가 나누는 대화를 살짝 열린 문틈으로 엿들었다.

"내가 예수를 부인하고 하나님은 없다고 하면 살려준다고 하는데 어쩔까? 진심이 아닌 가짜로라도 신사 앞에서 절을 하면 풀어준다고 하는데 어쩌지. 그래야 하는 것이 한 가정을 책임진 가장의 도리가 아닐까 하는 괴로움이 나를 무척 힘들게 하고 있어. 당신의 의견을 듣고 싶네."

"당신의 신앙양심에 따라 결정하셔요. 가정을 위해 우상 앞에 절하지는 마셔요. 저와 어린 것들을 생각하지 말고 하나님 앞에서 단 둘이 마주보고 당당하게 결단을 내리세요. 난 당신의 뒤통수에 벌떡 살아나서 팽팽하게 서 있는 머리카락에 반해 결혼한 여자예요. 그건 고집과 신념이 있고 남자다움을 상징하는 표라고 전 믿어요."

"고맙소. 편안하게 가게 해줘서."

아버지는 그렇게 가버렸다. 신앙양심이라는 것이 자식과 아내를 버리는 것이라면 그런 하나님을 믿을 필요가 있는 것일까. 귀 따갑게 교회에서 들은 말은 하나님은 사랑이라고 했는데 자식을 굶어죽을 지경으로 유기하는 것이 사랑이란 말인가. 아버지의 머리 중앙 가마 언저리에 고개를 숙이지 못하고 불끈 일어서는 머리털이 자식사랑보다 강하단 말인가. 나는 어쩌다 머리털이 성나서 일어서는 뒤통수를 지닌 사람을 만나면 절대로 상대를 하지 않는다. 아무튼 나는 아버지처럼 자신만의 생각과 취미를 고집하는 벽(癖)이 있는 그런 인생을 절대로 살지 않기로 결심했다. 하긴 살아 있는 개미를 잡아 산채로 그냥 맛있다고 먹는 광증에 가까운 벽에 들린 사람처럼 내 아버지란 사람도 그런 무잡하고 더러운 습성을 지닌 모양이다.

지금도 후회하는 일은 어머니가 못한 것을 나라도 했어야 하는데 그냥 지나친 일이다. 어머니와 아버지가 나누고 있는 대화에 끼어들어 울면서 아버지 죽지 말고 살아서 우리 가족 배 곯지 않게 해달라고 거머리처럼 달라붙었다면 아버지는 죽음을 택하지 않고 신사참배를 하고 예수를 부인하고 지금까지 살아있을 터인데 하는 생각을 한다. 그랬다면 두 남동생이 아버지가 죽은 그 극심한 추위에 영양실조로 죽지 않고 살아 있을 것이 아닌가.

나는 지금도 태평양의 서쪽 끝자락에 자리 잡은 한반도나 일본 쪽을 보는 것도 역겨워 머리를 돌리고 살아가고 있다. 어릴 적 배고픔과 아버지 없이 살아가는 고생이 지겨워 나는 간신히 어렵게 야간 고등학교만 공장을 다니면서 졸업하고 군에서 제대하자마자 바로 아내의 친정을 따라 머나먼 낯선 땅 미국으로 건너와 버렸다. 어머니와 여동생하고는 지금까지 소식도 끊어서 피차 연락도 하지 않고 세월이 흘렀다. 여동생은 모진 고생을 하면서 몸을 잘 못 쓰는 어머니를 모시고 일생을 교회에 다니며 하나님 붙들고 산다는 근황을 풍문으로 듣고 있었다.

나는 신앙심이 많은 듯 처신하는 어머니도 증오한다. 남편을 향해 죽지 말라고 울면서 매달려야 하는 것이 아내가 취해야 할 태도가 아닐까. 새끼를 거느린 어미가 어찌 본능을 무시하고 남편의 손을 놓아버렸단 말인가. 하나님을 믿지 않겠다고 거부하도록 남편을 설득해서 살려내 남편과 아버지로 살게 하지 않은 어머니를 맨정신으로 바라보기에는 무척 역겨웠다. 상식을 무시한 그녀의 신앙이 가면을 쓴 것처럼 보였다. 너무 바보스러운 어머니가 싫어서 나는 그녀로부터 도망쳐버렸다. 남편을 죽게 방치하는 여자가 진짜 남편을 사랑했다고 말할 수 없을 터이니 말이다.

아버지가 일경에게 고문을 당해 매 맞아 얼어 죽고 나는 학교에서 신사참배 문제로 집으로 쫓겨왔다. 어머니는 학교를 그만둘지언정 신사 앞에 절하는 것은 우상을 향해 절하는 것이라고 우겨댔다. 내 짝꿍은 일본인 선생에게 한방 맞고 바로 신사 앞에 절하고 목사인 그 애 아버지도 신사참배를 해서 떵떵거리면서 살고 있다. 그 아이는 연필도 공책도 심지어 가방까지 고급을 가지고 다녔고 도시락에도 달걀말이와 장조림에 이밥을 가져왔다. 나는 도시락도 싸오지 못하여 점심시간이면 혼자 운동장 가의 철봉대에 매달려 하늘을 보며 그 깊숙이 혼자 가버린 아버지를 원망하며 훌쩍거렸다. 그까짓 하나님을 부인하고 신사 앞에 참배하는 것이 무엇이 그리 어려워 죽음까지 당하는 바보짓을 해서 자식을 이렇게 배를 곯게 하고 음울하게 살면서 울게 한단 말인가.

　요즘 양로원에 누워서 살아온 길을 되돌아보니 정작 슬픈 일은 나의 불우한 가정환경이나 그 시대의 암울함이 아니라 현재 감동이 없는 건조한 나의 마음이다. 그간 벅찼던 세상살이가 나를 더욱 웅숭깊고 괴기스러운 사람으로 만든 모양이다.
　적적하게 양로병원에 누워 있어도 나를 찾아오는 사람이 없다. 옆에 누운 환자는 교회의 열성분자였는지 귀가 따가울 정도로 사람들이 꾀어들어 매일 떠들썩했다. 다른 환자들이 다행히 항의하는 바람에 응접실로 나가 손님을 접대해 큰 고역에서 벗어난 셈이다. 특정종교 집회를 병실에서는 금해서 구석진 방으로 가서 조용히 기도하고 찬송을 하고 가는 모양이다.
　나는 자식들 배고프지 않고 아내 고생시키지 않으려고 손마디가 소나무의 옹이처럼 튀어나올 정도로 일을 했다. 이게 인생의 참 길이 아니겠는가. 자식을 낳았으면 끝까지 책임을 지는 것이 당연한 일이고 인간의 도리이니 말이다. 비록 나를 찾는 사람들이 없어도 책임완수를 하며 살아온 나의 삶으로 인해 성공했다고 스스로 위로를 삼으려고 내심 안간힘을 썼다.

십 년을 누워 있었더니 이제 숨도 차고 배에 물이 고인다고 야단이다. 어제부터는 정신이 희미해지기 시작했다. 끝없는 아주 깊은 수렁으로 서서히 내려가는 가분이다. 어둡고 음습하고 차갑고 으스스한 곳이다. 자꾸 밑으로 천천히 내려가서 점점 몸은 오그라들고 슬슬 두려움도 엄습했다.

멀리서 찬송소리가 들린다. 아주 은은하고 다사롭고 따뜻한 기운이 서려 있다. 귀에 똑똑하니 여동생의 음성이 들리고 딸이 내 손을 잡아 흔든다.

"아빠! 코리아의 부산 고모가 태평양을 건너왔어요. 고모도 몸이 안 좋은데 아빠에게 마지막 인사를 하고 싶다고 이렇게 오셨어요."

실로 반세기 만에 들어보는 여동생의 음성이 귓가를 스친다.

"오빠! 이제 고만 돌아와요. 그간 가시 채를 뒷발질하느라고 얼마나 힘들었어. 오빠 이중으로 인생에 손해를 본 거야. 아버지를 잃어 고생했고 하나님을 거부해서 고생했으니 이중으로 손해를 본 셈이야."

"넌 아버지가 밉지도 않았니? 그 고생이 지겹지도 않았니?"

이렇게 외치고 싶었으나 입 안과 머리에서만 맴돈다.

"난 참으로 힘차게 기쁘고 편안한 마음으로 살았어. 어머니의 기도가 나를 지탱시켜주었어. 좋으신 하나님이 좋은 남편 만나 재산도 축복해서 난 지금 부자로 살고 있어. 그간 오빠를 찾느라고 얼마나 애를 쓴 줄 알아. 이제 고만 내 손 잡고 돌아가자. 오빤 지금 너무 멀리 왔어. 어머니가 임종자리에서 오빠만을 애타게 부르다가 갔어. 이제 고만 하자. 고만 돌아가자."

여동생의 애걸에 나는 몸부림치듯 이렇게 절규했다. 물론 입 밖으로 한 마디도 나오지 않는 머릿속의 외침이다.

"싫어, 싫다니까. 나는 우리 가정을 비극으로 몰아넣은 그런 나쁜 하나님을 믿지 않는다고. 예수에 미쳐 우릴 고생시킨 아버지를 미워한다니까."

여동생은 내 손을 잡고 흐느끼면서 계속 내 귀에 대고 찬송을 불렀다. 아버지가 죽는 순간까지 교도소에서 불렀다고 어머니가 가정예배 때마다 매일 함께 부르자고 내놓았던 찬송이다.

저 높은 곳을 향하여 날마다 나아갑니다.
내 뜻과 정성 모두어 날마다 기도합니다.
내 주여 내 발 붙드사 그곳에 서게 하소서
그곳은 빛과 사랑이 언제나 넘치옵니다.

여동생은 다른 환자들 방해할까봐 가만가만 찬송을 부르다가 간간히 내 귀에 입을 바짝 대고 속삭인다.

"오빠 몸에 매달린 생명보조 장치를 다 떼내면 이제 오빠는 죽는 거야. 의사 말로는 오빠는 죽은 것이나 다름이 없다고 했어. 오빠의 가족들이 어떻게 나 있는 곳을 알아내 연락을 해서 태평양을 건너왔어. 나도 오빠만큼 고생해서 허리도 아프고 잘 걷지를 못해. 심장도 나빠서 위험하지만 오빠를 마지막 만나 이제 고만 고집부리고 구원받으라고 생명을 걸고 비행기를 타고 태평양을 건너왔어. 제발 이제 하나님을 영접하라고. 우리 가족 하늘나라에서 모두 만나야지. 아빠랑 엄마라 어려서 죽은 두 남동생들 모두 다 모였는데 오빠만 빠지면 정말 섭섭해서 모두 울 거라고."

여동생의 애절한 음성이 마음에 파고들었지만 일생 내가 십자가 대신 내걸고 살아온 내 인생의 모토를 버릴 수는 없었다.

"오늘 밤 오빠 스스로 생각해서 꼭 구원을 받아야 해. 내일 내가 와서 오빠가 구원받았다는 표징을 확신한 다음에 오빠의 생명연장보조장치를 내 손으로 모두 뗄 터이니 그리 알아요."

자식들은 차마 그 일을 못하겠다고 고모에게 이 막중한 임무를 맡긴 터라 여동생은 사뭇 결사적이었다. 여동생은 내게 이런 말도 하면서 강권적으로 설득하고 있었다. 내가 지금 임종 과정에 들어섰으니 이생과 저생이 다 보일 것이라고 우겨댔다. 내가 지금 두 세상을 다 보는 자리에 있다나. 지금 내가 서 있는 자리가 천국이나 지옥으로 연결하는 두 다리를 앞에 놓고 갈림길에 있으니 앞에 보이는 장면을 보고 건너갈 다리를 택하라고 여동생은 흐느껴가면서 야단을 했다. 그러나 아무리 눈을 크게 뜨고 봐도 그저 음습한 바람이 치밀고 올라오는 밑의 구덩이만 보이지 천국으로 인도하는 다리는 보이지 않았다.

순간 귀에 인이 막히도록 어린 시절 어머니가 불렀던 찬송소리가 따스한 기운을 머금고 내 몸을 감싸고 돈다. 내가 좋아하는 라일락 향기도 내 몸을 휘감았다.

나는 갑자기 낯설고 아주 기묘한 곳에 와 있었다. 내 앞에 이상한 옷차림의 사람들이 물결을 이뤄 밀려가고 있었다. 그들이 발작하듯 내지르는 훤화의 소용돌이가 천지에 가득하고 분노로 일그러진 군중들의 모습이 제 정신이 아닌 듯싶었다.

"죽여라. 저 악당을 죽여버려. 그냥 죽이기는 아깝다. 가장 고통스러운 방법으로 죽이는 것이 좋다. 발등과 손바닥에 못을 박아서 온몸의 피가 고통스럽게 서서히 몽땅 흘러나와 다 빠진 뒤에 죽는 그런 방법이 이 사람이 마땅히 당할 형벌이다."

군중들의 아우성 속에 한 사람이 걸어가고 있다. 어떻게 저렇게 많은 사람들이 한 사람을 저토록 미워할 수가 있단 말인가! 채찍을 맞으면서 비틀비틀 걸어가는 그는 말이 많은 군중에 맞서서 한 마디 말도 변명하지 않는다. 심지어 신음소리도 아끼고 있다. 머리에 가시관을 씌워 이마와 콧잔등으로 피를 줄줄 흘리고 등에는 살갗이 찢어져 너덜대면서 그는 혼자 외롭게 걸어가고 있었다. 이따금 머리를 들어 멀리 높은 곳을 향해 눈길을 돌리는 것이 그가 하는 일이었다. 먼지가 희뿌옇게 안개처럼 서린 무더운 거리를 많은 사람들의 미움과 분노를 전신에 받아가면서 홀로 버려져서 묵묵히 걸어가는 남자의 모습이 내 마음을 찡하게 했다. 외톨박이로 혼자 외롭게 걸어가는 그가 가여워지기 시작했다. 불쌍했다. 이 남자 바보인가! 도대체 뭐야! 왜 이런 많은 사람들의 질시와 증오와 매를 혼자 다 받아가면서 저렇게 말도 없이 걷고 있는 거야. 바보스럽잖아! 그게 그가 가야 할 길인가. 엄청 고집이 센 사람이구나! 변명 한 마디 없이 침묵으로 일관하는 그는 참말 육신을 입은 인간일까? 감정을 배제한 나무토막으로 조각한 목각인형이 아닐까. 나중에 견디지 못하면 고함을 치고 살려달라고 빌 거라고 기대하면서 나는 그 남자를 지켜보았다. 아무리 기다려도 남자는 그저 묵묵히 위를 향해 멀리 깊은 창공에 눈길을 던지면서 걸어만 간다. 입을 꼭 봉한 채 앞을 향하여 깊은 하늘 속으로 날아가려는 사람처럼 말이다.

　군중들 뒤쪽 멀리 눈물을 닦고 있는 어머니의 모습이 스쳤다. 울고 있는 어머니를 보자 갑자기 그 남자가 무척 가엾다는 생각이 내 마음속 깊이 파고들었다. 순간 그에게 다가가서 위로하고 꼭 안아주고 싶었다. 나 혼자만이라도 그의 편이 되고 싶어서 나도 모르게 군중들 틈에 밀려가면서 그의 손을 잡으려고 허우적거렸다. 그의 뒤를 따라가면서 나는 격렬하게 흐느끼기 시작했다. 눈물로 희미해진 눈으로 앞을 보니 혼자 외롭게 가고 있는 남자의 뒤꼭지 머리카락이 성이 나서 발딱 일어나 너풀거렸다. 사람들의 미움이 담긴 외침에 머리카락은 점점 더 힘을 받아 뻣뻣하게 살아났다. 나는 사람들 틈에서 이리저리 밀려 허우적거리면서 그를 향해 목이 터져라 외치고 있었다.

"아버지! 아버지!"

여동생이 부르는 '저 높은 곳을 향하여' 찬송소리가 내 몸과 마음을 평화롭게 휘감았다. ⊁

— 2018년 『크리스천문학나무』 여름호

죽어가는 남자

여보라는 말에 아들도 나도 화들짝 놀라서 거지의 얼굴을 응시했다. 그는 외등 불빛에 얼굴을
드러냈다. 거무죽죽한 얼굴이 한눈에 깊은 병이 든 걸 알아볼 수 있었다. 눈의 흰자위는 누렇게
들뜨고 검은 얼굴에 짙은 황달빛이 서려 있었다.

죽어가는 남자

금년 마지막 달력을 열면서 잎을 떨군 앞마당 모과나무를 거실 창문을 통해 내다본다. 신혼 초에 남편과 함께 심은 결혼기념식수이다. 겨울 초입이건만 유난스럽게 날씨가 매섭다. 아직도 기름보일러를 놓지 못하고 연탄을 고집하는 나를 두고 자식들은 혀를 내두른다. 이제 오십 줄에 들어섰으니 슬슬 노인행세를 하라고 큰아들은 아침식사를 하면서 놀려대기도 한다. 자식들 셋을 다 결혼시킨 뒤에 기름보일러를 놓을 생각이다. 그들이 독립해서 나가기까지 허리를 졸라매고 길가 포장마차에서 기력이 허락하는 동안 떡볶이와 순대를 팔리라 다짐한다.

정오가 지난 뒤에야 장사하기 때문에 자식들이 모두 나간 뒤 부지런히 집 안을 치우고 어묵 국물을 우려내야 한다. 무, 다시마, 멸치, 청양고추를 넣어 정성스럽게 한 시간 이상 끓이는 일은 이제 이력이 났다. 이 장사도 단골을 잡아야하는데 그 비결이 바로 이 꼬치국물 맛에 달려 있다. 혼자 손에 튀김도 미리해서 가지고 나가려면 정신없이 아침시간은 바쁘다. 게다가 벗어놓고 간 옷도 세탁기에 넣어 돌리고 귀가한 자식들이 먹을 저녁반찬도 차려놓고 나가야 한다. 늘 하는 일이지만 오늘 아침은 따뜻한 아랫목에 누워 푹 쉬고 싶다. 감기기운이 있는지 미열이 나는 듯했다. 일 년 열두 달 쉬지 않고 일했더니 몸살이 나는 모양이지만 어묵을 꼬지에 끼우는 손은 아주 잽싸다. 혼자하기 힘드니 이제 그만 접으라고 자식들은 야단이지만 아직은 때가 아니라고 우기고 있다. 다섯 살부터 연년생 자식들 셋을 앞에 놓고 남편이 떠나버린 날들의 참담함을 지금도 생생하게 기억하고 있는 탓에 단단히 섰을 적에 더 정신을 차려야 한다.

솔직히 말하면 돈을 벌 기회는 많았다. 도심지의 변두리에 자리 잡은 이 기와집을 종자돈으로 삼아 은행 빚을 얻어서 강남의 작은 아파트라도 샀다면 지금쯤 몇 십 배가 뛰었을 터이다. 어째서 이 집을 팔지 않았지 하면서 이따금 후회도 한다. 큰아들은 이재에 밝아서 강남 허름한 방 둘짜리 아파트라도 사자고 보챘었다. 이 집을 고수하는 나를 놓고 어머니는 그토록 미워하는 아버지를 기다리느라고 여기를 지키고 있느냐고 면박한 적도 있었다. 아무리 생각해도 크나큰 도시의 새장 같은 아파트로 이사를 가면 숨이 막혀 죽을 것만 같았다. 남편의 증조부를 위시해서 대물림을 하여 지금까지 지켜온 집이다. 남편이 태어나서 자랐고 결혼하여 자식을 셋이나 낳은 집을 선뜻팔 수가 없었다. 그만큼 조상의 얼이 서리고 손때로 절었으며한 가정의 역사와 추억이 깃든 집이니 어쩔 수 없지 아니한가. 자식들이 떠나면 그림 같은 하얀 양옥을 여기에 짓고 살다가여기서 생을 마감할 예정이다. 그만큼 이 집이 자리 잡은 터나위치가 내 마음을 사로잡았다. 남향이라 햇볕이 잘 들었다. 앞에는 대추나무와 모과나무가 튼실하게 자릴 잡고 있었고 뒷산기슭의 소나무 숲에서 불어오는 바람은 언제나 상큼했다. 뒤란의 감나무는 백 년이 족히 넘었지만 가을마다 푸짐하게 익은감을 장대로도 다 따기 어려울 만큼 풍성했다. 눈이 펑펑 오는날에도 감나무 우듬지에 매달린 푹 익은 감을 먹으려고 까치들이 꼬여들었다. 정환을 낳고 기념식수로 심은 뒤란의 모과는해마다 주먹크기의 열매를 맺어 몇 바구니씩 따서 방마다 쌓아놓으면 집 안에 달착지근하고 뭉근한 모과냄새가 고였다.

연탄재를 버리려고 나가니 대문 옆 담벼락에 초로(初老)의 남자가 머리를 무릎 사이에 푹 틀어박고 앙당그리고 앉아 있었다. 도시 외곽 산 밑 몇 채 남지 않은 낡은 기와집이지만 아마도 도시보다는 편해서 그런가 싶어 그냥 지나쳤다. 아침 햇살이 제법 따스하게 고인 담 밑이라 거지라도 자리를 잘 잡고 앉았구나 하고 지나쳤다. 11시까지 거의 매일 하는 일상사를 처리하고 작은 봉고차에 아침에 준비한 장사할 물건을 다 싣고 나와 보니 남루한 옷을 걸친 거지가 그냥 그 자리에 앉아 있었다. 정오가 가까워 햇살이 거의 벗어났으니 곧 자리를 뜨겠지 하고 무시해버렸다.

하루 종일 혼자 손에 장사를 하자니 다른 일에 신경을 쓸 수가 없었다. 그렇게 후딱 하루가 지나고 자정이 가까워질 무렵 주섬주섬 물건들을 챙겨서 집으로 돌아왔다. 대문 앞에 당도해 보니 아침에 본 그 거지가 그냥 그 자리에 붙박이로 앉아 있었다. 세상에! 하루 종일 저러고 있었단 말인가. 먹지도 않고 화장실도 가지 않고서 저 꼴로 있었다면 혹시 죽은 것이 아닌가 하는 의구심이 들어 조촘조촘 다가가서 툭 건드려도 반응이 없다. 마침 초등학교 교사로 근무하는 큰아들이 회식이 있어 늦는다고 하더니 이 시간에 맞닥뜨렸다.

"어머니! 이 사람 누구예요?"

"웬 거지가 아침부터 여기 이러고 있구나."

"오늘 밤 영하로 떨어진다는 일기예보가 나왔어요. 이 사람 여기 이러고 있으면 얼어 죽을 터인데 어쩌지요?"

"경찰을 불러라. 그들이 이 사람 갈 곳을 정해 줄 것이다."

아들은 주머니에서 핸드폰을 꺼내 자판을 두드렸다. 그러자 머리를 무릎 사이에 틀어박고 있던 거지 남자가 머리를 확 쳐들더니 나를 뚫어지게 보면서 기어들어가는 목소리로 말했다.

"여보! 나야."

여보라는 말에 아들도 나도 화들짝 놀라서 거지의 얼굴을 응시했다. 그는 외등 불빛에 얼굴을 드러냈다. 거무죽죽한 얼굴이 한눈에 깊은 병이 든 걸 알아볼 수 있었다. 눈의 흰자위는 누렇게 들뜨고 검은 얼굴에 짙은 황달빛이 서려 있었다.

순간 나는 발악하듯 소리쳤다.

"이 인간이 여기가 어디라고 감히 나타나서 날 보고 여보라니!"

나는 두 손을 소리가 나도록 탈탈 털고 비비면서 침을 탁 뱉고 돌아섰다. 그러나 큰아들 정환은 이러도 저러도 못하고 어머니의 뒷모습과 생부라고 나타난 거지를 노려보았다. 다섯 살에 헤어졌으니 아련히 모습이 생각난다. 아버지가 집을 떠난 뒤 어머니가 그의 모든 사진을 치워버렸기 때문에 밑의 두 동생은 아버지의 얼굴도 모른다. 실로 25년 만에 거지꼴로 모습을 드러낸 아버지를 놓고 정환은 어쩔 줄을 모르고 멍청히 서 있었다. 골목을 파고드는 겨울바람이 차갑게 문앞 먼지를 일구며 스치고 지나간다.

정환은 집 안으로 들어선 나의 동태를 살폈다. 나는 추운 날씨건만 건넌방 툇마루 위에 걸터앉아 거지를 향해 입에 거품을 물면서 욕을 해댔다.

"저 인간이 여기가 어디라고 감히 찾아와. 길거리를 헤매는 미친개만도 못한 인간이 자식들 얼굴을 어찌 보려고 여기에 저 꼴로 얼굴을 내밀어. 급살 맞아 죽을 놈 같으니라고."

길거리에 나앉아 25년 장사를 했더니 입만 거칠어진 걸 새삼 실감했다. 나의 이런 푸념에 이미 귀가해 있던 막내딸 정숙이와 둘째 아들 정호도 뛰어나와 어머니와 바깥의 동태를 살폈다. 호기심이 많은 정호가 밖으로 나가 형과 함께 있는 거지를 보고 무슨 영문인지 몰라 어리둥절했다. 그런 동생을 정환은 옆으로 데리고 가서 가만히 속삭인다.

"우리 아버지다."

"넷! 우리가 어렸을 적에 돌아가셨다고 어머니가 그러셨잖아."

이 말에 대꾸도 않고 정환이 거지를 일으켜 부축하고 안으로 들어갔다. 형이 어련히 알아서 하겠는가 하는 마음을 감추지 못하고 정호도 거지 뒤를 따라 들어왔다. 밖이 어수선하니 정숙이도 나와 거지를 번갈아 살핀다.

이런 때 정신을 차려야 한다. 나는 이 집의 가장이니 일을 잘 마무리 지어야 한다. 나는 마른침을 삼키고 정환이 거지를 데리고 들어오자 저들을 향해 참지를 못하고 발딱 일어나 고함쳤다.

"저 인간을 어쩌자고 집에 들이는 것이냐? 저건 사람이 아니다. 악마야 악마! 갈가리 찢어 죽여도 시원찮을 악한이라고. 아마도 죽은 귀신이 되어 들어온 것 같으니 당장 문 밖으로 내쳐라. 그렇지 않으면 내가 죽을 것이니 너희들 알아서 해라."

이 난리 통에 거지 남자는 머리를 때가 꼬질꼬질 끼어 기름이 주르르 흐르는 깃 속에 옴츠려 넣고 아예 눈을 감아버렸다. 알아서들 하시오 하는 태도였다. 벙어리처럼 한 마디 말도 없이 몸을 큰아들 정환에게 맡기고 인생을 포기하고 살기를 거부하는 몸짓을 보였다.

"어머니! 오늘 하루만 제 방에서 재우고 내일 날이 새면 제가 경찰을 부르든 시설에 보내든 할게요."

"하룻밤도 내 집에서 재울 수 없다. 저 인간은 우리와 아무 연관이 없는 거지야. 우리 집의 원수란 말이다. 그러니 어서 첩에게 돌려보내라. 죽고 못 사는 첩년을 놔두고 어쩌자고 여길 기어들어왔어. 어서 그년에게 가도록 내치라니까."

옆에서 되어가는 상황을 지켜보던 정숙이 정색을 하고 내 편을 들면서 끼어든다.

"어머니 말이 맞아. 우리를 버리고 떠났다가 지금 보니 병들어 죽게 되니까 우릴 찾아온 모양인데 이제 우리 어려운 고비 다 넘기고 아버지란 존재가 필요 없단 말이야."

모두가 갑자기 들이닥친 틈입자를 이 집 안에서 내치라고 야단이다. 그러자 정환이 아직도 비틀거리면서 몸의 중심을 잡지 못하는 거지 남자를 겨드랑이 밑에 팔을 넣어 껴안고 애걸한다.

"그래도 우리 삼 남매의 육신을 준 아버지다. 이렇게 추운 날씨에 그냥 내보낼 수 없으니 우선 하룻밤만 재우기로 하자."

큰오빠의 말에 정숙이 지지 않고 끼어든다.

"요 앞에 모텔이 있잖아. 제가 오늘 마트에서 아르바이트 한 수고비 받았으니 그걸로 하룻밤 거기에서 재워."

자기 방으로 뛰어들어간 정숙이 핸드백을 들고 나와 만 원권 석장을 꺼내 허공에 대고 흔든다. 거센 반발을 하는 식구들의 반응을 무시하고 정환은 이제 너무 기진하여 몸을 그에게 기대고 눈을 감아버린 거지를 끌어안다시피 하고 자기 방으로 끌고 들어가 방문을 닫아버렸다.

이렇게 들어온 거지 남자와의 동거가 도시 외곽지대의 고가(古家)에서 시작되었다. 이 집 식구들의 일상사에는 큰 변화가 없다. 정환이 새벽부터 일어나 25년 만에 돌아온 아버지가 하루 종일 먹을 음식을 방 안에 차려놓고 세수를 시키고 옷을 갈아입히고 출근하면 나는 늘 하던 일을 하고 돈을 벌려고 집을 나가버린다. 자정에야 들어오면 다른 때보다 집은 괴괴하다. 엄마가 들어왔다고 시끌벅적 애교를 떠는 딸 정숙이도 제 방에 틀어박혀 나오지 않고 정호도 엄마의 눈치를 보면서 비실거려 집안의 화기애애했던 분위기가 터지기 직전의 불발탄을 앞에 놓은 상태였다.

큰아들 정환을 제외한 식구들 모두가 노인거지를 향해 눈을 흘기고 어머니 편을 들어 어서 내쫓아버리라는 입장을 고수했다. 특히 막내이고 어머니의 귀염을 독차지한 정숙의 반발은 어머니보다 더 거셌다.

"우리를 버리고 떠났던 사람이 무슨 낯짝으로 이제 나타나 아버지 행세를 하려고 그래. 오빠는 속도 없어. 어떻게 저런 남자가 우리 아버지야. 우리에게 양말 한 짝도 사준 적이 없는 남만도 못한 사람이 병들어 아버지라고 우릴 찾아온 철면피를 오빠가 어쩌자고 끼고 돌아. 어머니가 불쌍하지도 않아. 우리 어머니 우리하고 사느라고 그간 일 년 열두 달 길거리에 나가 처절할 만큼 고생한 걸 우리들 모두 자라면서 두 눈으로 똑똑히 봤잖아."

고함을 치면서 삐죽거리며 흐느끼는 정숙의 분기탱천한 몸짓은 나의 거센 반발보다 더 엄청났다. 둘째 정호는 이렇다 저렇다 어떤 표현도 하지 않고 식구들 얼굴만 살피다가 슬그머니 자리를 피했다.

이런 가족들의 소동을 거지노인은 정환의 방에 틀어박혀 눈을 지그시 감고 귀가 먹은 척 꿔다놓은 보리자루처럼 앉아서 듣고는 이따금 얼굴을 벽 쪽으로 돌렸다.

밤늦게까지 장사를 하면서도 나는 큰아들 정환의 방을 차지하고 있는 남자를 향해 이를 북북 갈았다. 결혼 5년 만에 올망졸망 연년생으로 자식들 놔놓고 다른 여자에게 미쳐 집을 나간 남자가 어쩌자고 여길 처들어왔단 말인가. 도대체 이 인간이 제정신이 있는 건가. 몰골을 보니 병이 무척 깊은 모양새다. 정환이 퇴근할 적에 죽을 사다 주는 걸 보면 일반음식을 먹지도 못하는 모양이다. 동물처럼 살아온 인간에게 밥을 한 수저라도 가져다준다면 속에서 임신구토증이 올라올 것 같다. 해서 식구들을 위한 별식을 차린 날에도 나는 될 수 있는 대로 그쪽 방향으로 머리도 돌리질 않는다. 정환이 퇴근하여 귀가할 적마다 쇼핑을 잔뜩 해오는 걸 보면 거지노인이 입을 옷이랑 환자에게 필요한 것들을 사들이는 모양이다.

자식들이 다 출근한 뒤에 슬그머니 그가 있는 방의 살짝 열린 문틈으로 훔쳐보았다. 몹시 아픈지 모로 누워 다리를 옹크리고 신음을 삼킨다. 그간 내 가슴에 서리서리 서린 한이 그를 덮쳐 저렇게 아파야만 하는 것은 당연한 일이다. 그래도 저 정도로 아픈 꼴에 조금은 짠한 마음이 들어 그가 좋아하는 녹두죽이라도 쑤어 줄까 하는 마음도 살짝 스쳤으나 머리를 세차게 흔들었다. 여직 나를 이날까지 버텨준 것은 자식들 셋을 반듯하게 길러 먼 훗날 저 작자 앞에 당당하게 내보이는 것인데 어쩌자고 저 몰골로 내 앞에 나타났단 말인가. 이 지경에서는 패자가 된 그를 놓고 겨뤄볼 수도 없잖은가. 첩년한테 낳은 아들, 딸은 호의호식하고 고생도 하지 않고 대학을 나와 유학도 갔다는데 그 식구들 어디에 두고 저 몰골로 긴 세월 버린 가족들을 찾아왔단 말인가. 이런 상태에서는 늘 하는 길거리 장사건만 집중할 수가 없고 속이 부글부글 끓어올라 나는 하루 종일 심통이 나서 얼굴을 찡그리고 손님을 대하면서 실수를 연발했다.

아침 출근 전에 큰아들 정환이 쭈뼛거리면서 안방으로 들어와 내 앞에 무릎을 꿇고 앉았다.

"뭔 일이냐? 이제 저 작자의 추악한 면을 다 보았느냐?"

"사실 어머니가 장사 나간 사이 두어 주간 제가 아버지를 병원에 모시고 다녔어요. 마침 봄방학이라 시간이 나서요. 결과는 아주 충격적이에요. 말기 담낭암이라네요."

아버지라고 정환이 그를 지칭하자 나는 치솟는 분을 누르지 못하고 소릴 버럭 내질렀다.

"난 무식해서 담낭이 어느 부위인지 모른다. 어디가 병들었다는 말이냐?"

"담낭은 쓸개에요."

"그 인간 그래야 싸다. 너희들 양육비나 교육비를 단 한 푼 보낸 적이 없는 사람이다. 쓸개 빠진 짓을 일생 하더니 그런 병을 앓아야 마땅하다."

정환은 잠시 입을 다물고 있다가 내 두 손을 가만히 잡았다.

"항암치료를 두 번 했는데 암세포가 약물에 반응을 하지 않아요. 더 이상 치료하는 것이 무의미하다더군요. 의사 말로는 곧 가실 거라고 해요."

"싸다, 싸. 그 인간 당연히 그래야 한다. 우리에게 지은 죄가 절대로 용서될 수 없으니 말이다. 진짜 악한 놈을 알아보시고 우리 좋으신 하나님이 그자의 쓸개에 악성 종양을 심었으니 참으로 진실하신 하나님이다."

"어머니! 곧 죽음을 앞에 두고 있는 분이에요. 생판 남이라도 불쌍히 여겨야 하는 것이 아닌가요. 이제 고만하셔요."

"일생 깨 쏟아지게 살아온 첩년과 자식들이 있는데 네가 왜 이 궂은일을 도맡는단 말이냐. 너도 썩 물러서고 어서 그곳에 전화해서 데려가라고 해. 그렇게 못하면 거지들 수용하는 시설에 넣어버려."

"며칠이 될지 몇 달이 될지 몰라도 곧 이 세상을 떠날 사람이에요."

"너도 할 일이 없구나. 저런 못된 인간에게 신경을 쓰다니."

나는 일부러 목청을 높여 그가 있는 쪽을 향해 그 작자가 들으라고 악을 썼다. 정환은 어머니의 이런 태도를 이해는 하지만 죽음을 앞에 놓고는 다 내려놔야한다는 생각을 지을 수가 없었다. 누구나 젊은 시절 삿된 미망(迷妄)에 빠져 죄를 지을 수 있다. 아버지가 여길 찾아온 것은 한 번만 기회를 달라고 절규하는 마음으로 온 것이 분명했다. 나 자신도 잘못을 저지를 수 있기 때문에 남의 잘못을 용서하는 것이 아니겠는가. 그래야 내가 잘못했을 적에 남도 나를 용서하는 것이기 때문이다.

부엌으로 들어간 나의 뒤를 따라온 정환이 부엌문을 열어놓은 채 큰 소리로 말했다.

"유(類)는 유를 부르는 것이 세상법칙이에요. 미움은 미움을 부르고 사랑은 사랑을 부르는 법이지요. 어머니의 무거운 짐을 이번 기회에 내려놓으세요. 이제 고만 우리 모두 아버지를 용서하고 돌봅시다. 어쩌면 며칠 안에 돌아가실 수도 있어요. 암세포가 전신에 퍼져서 고통이 몹시 심해요. 의사가 소개한 호스피스가 며칠 내로 와서 통증을 돌보고 시중을 들어준다고 했으니 어머니가 마음을 다스리면 좋겠어요."

"호스피스가 뭐냐? 돈이 썩어 문드러졌니! 그 작자에게 한 푼도 지출할 수 없다. 너희들 짝을 맺어 내보내려면 우린 지금 돈이 엄청 필요하다."

"호스피스는 몇 달 안에 죽을 사람들을 위해 무료로 봉사하는 사람들이에요. 우리가 돈을 조금도 지불하지 않아요."

이런 아들을 향해 나는 눈에 쌍심지를 켜고 노려보았다. 아들은 그래도 주눅들지 않고 하고 싶은 말을 다 했다.

"의사가 당부하는 말이 등창이 심하니 체위를 자주 바꿔 뉘라고 하는데……."

"나더러 그 짓을 하라고! 너 미쳤니? 전신에 악질 종창이 나서 죽어도 나는 그 짓 못한다."

이런 나를 큰아들은 안쓰러운 표정을 감추지 못하고 한참 쳐다보았다.

"오늘 밤 임종할 수도 있어요. 우리 교회 목사님을 모셔다 병상세례를 받게 할 겁니다. 그 영혼이라도 구원받아 장차 천국에서 우리 식구 모두 모이게요."

"저 인간이 구원받는 걸 나는 못 본다. 지옥에 던져져서 고통 속에 지내야 한다. 영원히 꺼지지 않는 불 못에 던져져야 마땅

죽어가는 남자

171

한 인간이다."

"어머니! 제발 이제 고만해요. 그간 제가 아버지에게 성경원리를 찬찬히 설명해서 하나님을 믿기로 했으니 어머니가 반대해도 전 우리 목사님을 모셔다 병상세례를 받도록 할 거예요."

"이 악질이 나와 세상에서 얽힌 것도 억울한 판에 죽은 뒤에 천국까지 나를 따라오겠다고! 미쳤어, 미쳐. 이 사람이 천국에 간다면 난 거기 안 갈란다. 아무튼 꼴도 보기 싫은 사람을 그 좋은 곳에 데려가는 걸 나는 절대 반대다."

"어머니! 아버지가 우리에게 주신 큰 선물을 잊으셨어요."

"그 인간이 무슨 선물을 우리에게 주었다고 넌 그러냐?"

"우릴 교회로 인도하여 하나님을 믿게 했잖아요. 아버지가 우릴 그렇게 떠나지 않았다면 우린 절대로 교회 근처에도 가지 않았을 것입니다."

"저런 억지가 어디 있어. 그 인간이 우리를 하나님께 인도했다고?"

남편이 갑작스레 떠난 뒤 먹을 것이 없어 굶어죽기를 기다리며 즐비하게 방바닥에 누워있을 적에 바로 옆에 살고 있던 집사님이 먹을 것을 주었다. 나중에는 교인들이 십시일반으로 식량을 날랐고 모두 힘을 합쳐 우리 가족이 자립하여 살 수 있도록 생활터전을 열어주지 않았던가. 처음엔 군고구마장사로 시작하여 호떡을 팔다가 포장마차로 자리를 굳혔다. 남편이 떠난 뒤 긴 세월 추위와 더위를 견디며 길바닥에 나앉아 장사를 한 셈이다. 그런 환경에서도 주일 하루는 장사를 접고 자식들과 나는 교회에 다니며 지금까지 단단하게 설 수 있었다. 남편의 자리에 하나님이 우리 가정의 가장이 된 셈이다.

"넌 이 집안의 장남으로 이날까지 어려운 생활 중 단 한 번도 나를 거슬린 적이 없었다. 그런 네가 나를 이렇게 아프게 하다니! 지금 나는 돌아버릴 지경이다."

정환이 학교 간 사이에 호스피스가 왔다. 신체간호와 돌보는 식구들이 쉴 수 있도록 휴식간호를 하러 왔다고 그녀는 자신이 앞으로 할 일들을 나열했다. 환자를 찬찬히 살펴보더니 병황(病況)이 다급한지 산소탱크도 좁은 방으로 들어갔다. 간간히 신음소리가 들려왔다. 60대 여자인 호스피스는 통증을 줄이기 위해 약을 먹이고 편안하게 환자의 마음을 안정시키고 방 안을 깨끗하게 치웠다. 정오가 되자 점심을 먹고 온다고 나에게 잠시 환자를 부탁하고 나갔다.

나는 조촘조촘 그의 곁으로 다가갔다. 조금 전에 호스피스가 나가면서 귀엣말을 한 탓이다. 목과 겨드랑이의 림프절까지 암세포가 전이된 상태라 곧 임종과정에 들어갈 수도 있다고 했으니 죽기 전에 그 몰골이나 똑똑히 보아 두자고 구경하는 심정으로 방 안으로 발을 내디딘 셈이다.

그 옛날 둘이 한참 사랑할 적의 모습은 사라졌으나 코나 입 언저리의 수려함은 그대로 남아 있었다. 그 모습이 아들과 딸의 얼굴에도 국화빵처럼 찍혀있지 아니한가. 당당하고 패기 넘쳤던 남자였는데 지금 보니 기가 죽어 푹 가라앉아 있었다. 마른 풀잎처럼 바짝 말라 미라처럼 쪼그라든 모습이 사람 같지가 않았다. 아들이 사다 입힌 푸른 기운이 도는 윗옷 탓일까.

내가 다가오는 걸 기다렸다는 듯이 눈을 지그시 감은 채 그는 핏기 없는 손을 내밀었다. 나는 그 손을 잡고 싶지 않아 그냥 두었다. 그는 기운 없이 손을 이불 위에 툭 떨어뜨리고 기어 들어가는 목소리로 말했다.

"당신이 만든 수수부꾸미가 먹고 싶어. 팥소를 넣어 한쪽 해주구려."

마침 호스피스가 들어오는 대문소리에 나는 발딱 일어나서 나갔다. 미친 거 아니야. 죽도 못 넘기는 주제에 수수부꾸미라니! 하긴 서로 재미있게 살던 시절 유난히 수수부꾸미를 좋아했던 남편을 위해 토요일마다 수수를 물에 불려 갈아서 단팥소를 박아 큰 송편처럼 빚어서 들기름에 부쳐 먹었다. 그게 25년만에 생각이 나는 모양이다. 미안하지도 않은가. 그걸 내게 요구하다니, 미쳤어, 미쳐. 속에서는 이런 소리가 소용돌이치지만 이상하게도 분노 속에 감추어져 있었던 그 무엇이 내 가슴을 뭉클하게 했다.

오늘 하루 거리장사를 쉬기로 하고 재래시장에 들러 실로 오랜만에 차 수수 한 되와 팥을 샀다. 기름집에서 반 시간이나 기다려 즉석에서 짠 들기름을 한 병 사들고 대문에 들어서는 순간 호스피스의 다급한 음성이 들렸다.

"어서 식구들을 모두 부르세요. 임종과정이 급작스럽게 시작되었습니다."

나는 사들고 온 수수와 팥, 들기름을 툇마루에 놓고 방 안으로 뛰어들어갔다. 그는 갑갑하다고 산소마스크를 떼라고 손짓하더니 입술을 꽉 깨물어 아랫입술에 피가 나고 있었다. 그는 힘없는 눈을 간신히 뜨고 나를 뚫어지게 쳐다보더니 입을 달싹거렸다.

"당신에게 정말 미안구려. 너무 미안해."

퀭한 그의 눈은 너무 외롭고 황폐하여 나락에 떨어진 절망의 눈빛을 지니고 있었다. 이 세상에서 가장 고독한 사람이 혼자 버려져서 내 앞에 누워 있었다. 나도 모르게 나는 그의 손을 와락 잡았다.

"영미를 부를까. 그 집 아이들하고."

내 입에서 영미라는 이름이 튀어나왔다. 바로 남편을 앗아간 나쁜 년의 이름이 아직도 뇌리에 박혀 있었던 모양이다.

그는 강하게 머리를 흔들었다. 불치병에 걸리니 재산이 축나고 돌볼 시간과 마음의 여유가 없어 내쫓았다고 큰아들이 혼자서 중얼거렸던 말이 생각났다. 그런 상태로 밤을 넘겼다. 세차게 머리를 흔들면서 생부를 보기 싫다고 야단치던 작은아들과 딸은 씁쓰레한 표정을 감추지 못하고 큰아들 정환의 호통에 모두 임종자리에 둘러앉았다. 아이들을 찬찬히 둘러보고 만족한 미소를 품은 채 그는 말을 전혀 하지 못하고 가래가 찬 듯 그렁거렸다. 나는 그의 몸에 손을 얹었다. 턱과 가슴이 차츰 차가워져 갔다. 숨을 몰아쉬더니 긴 한숨을 몇 번 쉬다가 힘없이 머리를 떨구었다.

호스피스가 조용히 둘러선 식구들과 나를 향해 말했다.

"임종하셨습니다."

호스피스가 시신에서 소변 줄을 빼고 산소탱크와 안면마스크를 정리하기 시작했다. 정환이 돌아서서 숨을 죽이고 흐느끼면서 손수건으로 눈물을 닦았고 다른 자녀들은 조금의 감정변화도 없이 그저 멍청히 죽은 아버지를 내려다보기만 했다.

나는 치밀어 오르는 울음을 삼키면서 시신을 껴안고 절규했다.

"이 얼뜨기, 바보, 멍청이, 등신아! 이 머저리 같은 반거충이야! 뭐 하나 똑 부러지게 해놓고 간 게 없잖아. 그렇게 나갔으면 잘 살지 이 꼴이 뭐냐! 이 세상에서 우리 신나게 한 번 살 수 있었는데 그러지도 못하고 이렇게 가냐. 이 등신아! 이 미련퉁이, 반거충이! 이렇게 가버리면 내가 미워할 사람이 없잖아!"

거센 내 몸부림을 큰아들이 놀란 눈으로 한참 지켜보다가 나와 함께 시신을 부둥켜안고 마음껏 통곡했다. 나는 그간 가슴에 차곡차곡 쌓인 한(恨)을 비워 가면서 나중엔 그의 겉모양은 그냥 있는데 돌덩이처럼 물건이 되어버린 인생이 버거워 나를 향해 울부짖었다. ✈

— 2018년 『한국크리스천문학』 여름호

잃어버린 신화

지금도 시집을 가지 못했으니 부모 옆에 붙어살면서 매일 아침 출근 전에 가정예배는 꼭 참석
하고 있다. 하지만 요령이 생겨서 몸만 참석하지 깊은 잠을 잔다. 겉으로는 눈을 뜨고 있지만
속으로는 아주 곤한 잠을 자는 법을 터득한 것이다.

잃어버린 신화

　내 나이 삼십 중반에 선을 보는 터라 만나는 장소도 커피숍이었다. 그것도 번화가가 아닌 한적한 도심지 변두리의 허름한 장소였다. 애걸복걸하는 어머니의 성화에 밀려 이번이 서른 번째 보는 맞선자리가 된다. 억지를 부리며 신경질을 내기도 하고 애교도 부리며 피하고 도망치다가 이제 막다른 골목에 이른 터라 집안을 조용하게 가라앉히기 위한 수단으로 나는 이런 자리에 나오게 된 셈이다. 이번 남자는 사십 줄의 노총각으로 대학교수이며 서양사를 전공한 사람이라 놓치지 말자고 시집간 여동생까지 동원되어 졸라대는 통에 억지로 나오긴 했지만 미안하지 않을 정도로 구슬려서 퇴짜를 놓을 계획이다. 둘이만 만나는 자리라 어둑한 커피점에 들어서면서 손목시계를 보았다. 8시를 조금 넘긴 시간이다. 약속시간이 7시이니 아마도 기다리다가 지쳐 돌아갔기를 바라면서 커피점 안을 휘둘러보았다. 시궁창에서나 남직한 퀴퀴한 냄새 탓일까. 거부반응으로 거위 살이 팔뚝에 깔린다.

창가에 학자풍의 남자가 책을 펴들고 읽고 있다. 의사가 되려고 목표를 향해 돌진하는 억척스럽고 무뚝뚝한 남자들 속에서 뒤지지 않으려고 안간힘을 쓰며 살아온 나의 눈에 비친 서양사 교수라는 남자는 골샌님처럼 생겨서 약간 호기심이 발동했다.

그의 앞에 무례할 정도로 찬바람을 일으키며 털썩 앉았다.

"혹시 오늘 선을 보러 나오신 김호석 교수님이신가요?"

책읽기에 심취해서 몽롱해진 눈을 들어 나를 바라보는 그의 얼굴에 고리타분한 학자냄새가 물씬 풍겼다. 당돌하게 한 시간 이상 어기고 나오면서 조금도 미안한 티를 내지 않는 나를 그는 조금 생경스러운 눈빛으로 바라보았다. 그리곤 천천히 책을 접어 탁자 한 귀퉁이에 밀어놓았다.

"늦으셨군요."

"……."

마치 늘 만나는 사이처럼 스스럼없이 말했다.

"맞선 자리에 시간을 딱 지키는 경우가 많지 않으리라 생각되어 늦게 오실 줄 알았어요."

나의 태도에는 상관없이 김 교수는 책을 가방에 챙겨 넣고 일어서면서 툭 한 마디 던졌다.

"배가 고프군요. 저녁 먹으면서 이야기를 나눕시다."

나도 사십대 산모가 첫 아이를 출산하느라고 시간을 끌어서 점심부터 굶은 터라 쾌히 그의 뒤를 따라나섰다. 백오십 센티의 작은 키인 나에 비해 그는 어찌나 큰지! 그의 뒤를 졸졸 따라가는 내가 그의 어깨 밑에 드는 탓일까. 갑자기 내 자신이 초라하게 느껴졌다. 결혼할 것도 아닌데 생뚱스럽게 왜 이런 기분이 들지 하면서 나는 당당하게 그의 뒤를 따라 힘차게 걸었다. 호화스러운 호텔의 음식점이나 아니면 잘 알려진 유명한 레스토랑으로 데리고 가는 것이 의사아내를 얻으려는 남자들의 계산된 속셈인데 이 사람은 커피숍 바로 옆 골목에 서민들이 이용하는 추레한 설렁탕집으로 들어갔다. 식당 안은 음식과 담배냄새가 뒤엉켜 꼬리꼬리한 냄새로 가득해서 토네이도가 몰아친 깔때기 모양의 거친 폭풍안개 속에 갇힌 것처럼 정신이 아찔했다. 순간 휙 돌아서서 나와버릴까 하는 마음이 울컥 치밀었으나 꾹 참았다. 빈자리가 없어 안쪽으로 들어가니 비위를 상하게 하는 골마지 낀 독한 묵은 김치냄새와 벅적이는 사람들로 인해 울렁증이 일 정도였다. 이따금 진통을 겪고 있는 산모 때문에 다급하게 불려가는 응급실보다 더 혼잡했다. 여직 많은 선을 봤어도 이런 데를 식사장소로 택한 남자는 처음이었다.

김 교수는 빈자리를 찾아 두리번거리다가 둘이 먹고 있는 식탁의 빈자리에 실례한다고 양해를 구하고 앉아버리니 어쩔 수 없이 나도 다른 사람들이 먹고 있는 식탁 가에 엉거주춤 앉았다. 다행히 저녁식사가 끝나가는 시간대로 차츰 사람들의 물결이 빠져나가 식당 안은 조금 한가해졌다.

"산부인과 의사라고요?"

"네! 맞아요."

그제야 김 교수는 내 얼굴을 찬찬히 뜯어보면서 싱거운 미소를 흘리는 꼴이 점수를 매기는 것처럼 보였다.

"그쪽도 식구들 성화에 못 이겨 나오셨지요? 피차 같은 입장이니 우리 쿨하게 식사나 하고 헤어집시다."

나의 이런 직선적인 말에 김 교수는 수저와 젓갈을 식탁 모서리에 있는 통에서 꺼내 내 앞에 가지런히 놔주면서 당황하는 눈빛을 감추지 못하고 더듬거렸다.

"이렇게 선을 보는 것이 저에겐 일생 처음입니다."

"오래 사랑했던 연인이 있었나 보지요? 어떻게 그 나이에 선을 처음 봅니까. 전 이번이 서른 번째입니다."

나의 거리낌 없는 반응에 다시 움찔 놀라는 눈길을 던졌다.

시키지도 않았는데 설렁탕과 갓난아기 주먹만 한 크기의 깍두기가 나왔다. 시뻘건 깍두기 국물을 그는 설설 끓고 있는 설렁탕뚝배기에 듬뿍 넣고는 머리를 살짝 숙여 식기도를 하더니 푹푹 맛나게 입에 퍼 넣는다. 하루 종일 산모의 고통스러워하는 산고를 지켜보면서 부대끼고 굶었더니 배가 고픈 터라 나도 수저를 들어 설렁탕 뚝배기 가장자리에 고인 기름을 걷어내 밥뚜껑에 버리면서 게걸스럽게 먹는 그의 입을 주시했다. 좀 전에 그가 머리를 숙여 기도하는 꼴을 봤으니 이제 밥을 먹고 헤어질 일만 남았다는 생각에 미치자 마음이 한결 가벼웠다. 곧 기억에서 사라질 사람 앞에서 자신을 지키기 위해 내숭을 떨 필요가 없지 아니한가. 한 입에 넣기에 너무 큰 깍두기 크기에 질려 주인을 불러 좀 썰어달라고 청하고 국물을 수저로 끼적거렸다. 예상외로 고소하고 달착지근한 설렁탕 국물이 입맛을 당겼다. 배고픈 탓일 터이다.

한참을 이렇게 두 사람은 한 마디 말도 나누지 않고 힘차게 늦은 저녁을 먹고 난 뒤 재빨리 내가 계산대 쪽으로 가서 돈을 지불했다. 이런 나를 그는 어이없어 하는 눈으로 멍청히 바라보다가 내 손을 확 잡더니 조금 전에 나온 그 커피점으로 나를 잡아끌었다. 나는 억센 그의 손에 잡혀 끌려가면서 앙탈을 부렸다.

"이런 남자를 처음 보네. 너무 무례해요. 이 손을 놓으셔요."

그러면서도 나는 못이기는 척 그를 따라 다시 그 어둑한 커피점으로 들어가서 똑같은 자리에 마주 앉았다.

"나를 피하는 진짜 이유나 알고 대화를 나눕시다. 우리 서로 배울 만큼 배운 사람들이 이건 어린애 장난도 아니고 이상하잖아요."

"제 인생의 스케줄에는 결혼이란 없습니다. 더구나 예수를 믿는 사람은 제 남편이 절대로 될 수 없습니다."

그러자 김 교수는 머리를 갸웃거리면서 믿지 못하겠다는 눈길을 나에게 던졌다. 키는 작지만 총명기와 재기가 번뜩이는 귀엽게 생긴 여자가 결기를 지니고 똑 부러지게 말하는 표정에서 자못 무시하지 못할 마음속에 깊이 박힌 심떠깨가 느껴질 정도였나 보다. 나는 그의 예민하지만 멍청해 보이는 눈길을 받으면서 이상할 정도로 이 남자 앞에서는 모든 걸 고백하고 싶었다. 그간 가장 가까운 언니나 친구에게조차 말하지 않았던 속내를 마지막 맞선이 될 이 자리에서 밝히고 싶어졌다고 할까.

"전 예수 믿는 사람들이 싫어서 피하려고 몸살이 난 여자입니다."

그러자 김 교수는 아주 진지한 목소리로 다가왔다.

"내가 이 나이에 첫 맞선을 보러 나온 것은 닥터 오성실이 믿음이 돈독하기로 소문난 장로와 권사의 딸이기 때문인데요."

"호호……. 그러셨군요. 절 만나러 나오는 남자들의 첫마디가 다 똑같아요. 전 종교가 아닌 과학시대의 첨단을 살아가는 여자에요. 더구나 생명을 다루는 의사라고요. 어떻게 거짓투성이인 로마나 그리스 신화를 모방한 성경 내용을 믿겠어요. 저란 여자는 아직도 케케묵은 그런 이상한 걸 믿고 있는 바보들의 행진에는 가담할 마음이 전혀 없어요. 그러니 우리 허심탄회하게 솔직하게 이야기를 나눕시다. 지식의 첨단에 서 있는 의사와 교수의 대화라고 할까요."

"시대의 사조가 변하여 세상물결이 험해도 우리는 예수를 따르는 자들입니다."

"아이쿠! 답답하군요. 서양사를 전공한 교수님이 4차 산업혁명으로 진입하고 있는 급변하는 시대에 살면서 마치 중세를 살아가는 사람처럼 시대에 뒤떨어진 소리를 하다니 거센 물결에서 낙오된 분이군요. 그런 가치관을 지니고 어떻게 학생들을 가르치고 있는지 의문이네요. 요즘 젊은 아이들은 우리보다 무척 앞서 달리고 있어요."

아주 담대하게 칼을 휘두르는 나를 그는 진귀한 동물이라도 대하는 듯 뚫어지게 찬찬히 내 얼굴을 훑어보았다. 그의 그런 태도에 자극을 받은 나는 그간 숨기고 있던 가정사를 술술 털어놓기 시작했다.

나의 아버지 오국진 장로님은 한의사이다. 침을 잘 놓기로 소문이 나서 멀리 목포에서부터 서울까지 기차를 타고 온 환자들이 살려달라고 매달리는 통에 좁은 한옥이 늘 사람들로 벅적거렸다. 얼마나 침을 잘 놓는지 중풍으로 반쪽을 못 쓰는 사람도 침 두어 방에 벌떡 일어서고 입이 돌아간 사람은 백발백중 그 자리에서 다시 정상으로 돌아오니 그야말로 아버지의 명성은 하늘을 찔렀다. 화장실 앞에까지 줄줄이 침을 꽂고 누워 있는 사람들로 인해 늦게 학교공부를 마치고 돌아온 나는 내 방 안에 들어갈 수가 없었다. 여기저기 부엌바닥까지 즐비하게 누워 있는 환자들로 인해 발 디딜 틈이 없었기 때문이다. 자연히 도서실에서 늦게까지 공부를 하고 자정이 넘어서야 들어서도 가족들 모두가 이해하는 눈치였다.

문제는 아버지 어머니의 신앙생활 탓이었다. 새벽기도를 다녀온 부모님은 일곱이나 되는 자녀들을 모두 깨워서 가정예배를 드렸다. 막내인 세 살짜리는 일어나지 못할 정도로 잠에 취하여 자고 있으니 빙 둘러앉은 식구들 한가운데 뉘어놓고 가정예배가 진행되었다. 찬송을 부르고 성경을 돌아가며 읽고 기도도 돌아가면서 해야 하는 가정예배는 매일 아침 일 년 365일 단 하루도 빠짐없이 계속되었다. 조반을 먹기도 바쁜 빠듯한 출근시간에 매일 새벽 가정예배는 적어도 한 시간이 소요되었다. 무슨 일이 있어도 가정예배는 절대로 빠져서는 안 된다는 부모님의 엄한 불호령이 마치 군대생활 같았다. 이건 절대로 어길 수 없는 삼엄한 가정 분위기였다. 나는 어쩔 수 없이 반은 졸면서 불만이 가득한 마음을 눌러가면서 가정예배에 참석했다. 지금도 시집을 가지 못했으니 부모 옆에 붙어살면서 매일 아침 출근 전에 가정예배는 꼭 참석하고 있다. 하지만 요령이 생겨서 몸만 참석하지 깊은 잠을 잔다. 겉으로는 눈을 뜨고 있지만 속으로는 아주 곤한 잠을 자는 법을 터득한 것이다. 내가 얼마나 머리가 좋은 여자인지 로버트처럼 작동을 켜면 뿌르르 부모님 앞에 나가 앉아 한 시간의 황금 같은 아침시간을 낭비하지 않고 수면을 취하는 비법을 터득했으니 가히 나 자신을 칭찬할 만하다. 그런 자부심으로 매일 한 시간씩 가정예배에 참석하면서 몸의 피곤을 풀고 있는 나는 내심 굳게 다짐했다. 만에 하나 결혼하여 이 집을 떠나는 날이 오면 남편감으로 예수 믿는 사람을 절대로 택하지 않기로 결심한 것이다. 내 신랑감이 예수를 믿지 않는다면 세상이 두 쪽이 나도 내 결혼을 허락할 부모님이 아닌 것을 알기 때문에 나는 일생 독신자로 살면서 이런 생활을 해야만 한다는 결론을 내리고 있는 터였다.

내 이야기를 진지한 자세로 다 듣고 난 김 교수는 그럴 수도 있겠다고 머리를 주억거렸다. 너무 이해심이 많은 너그러운 그의 태도에 나는 속에 고인 부끄러운 것까지 다 토해내고 싶을 정도로 마음이 허물어졌다.

김 교수도 자신의 가정배경을 털어놓았다.

"나는 가난한 집에 태어나서 예수라는 말을 들어보지도 못하고 자란 사람입니다. 혼자 예수를 믿고 혼자 교회를 다니다가 지금은 온 가족이 저를 따라 교회에 나가는 터라 가정예배라는 말을 들으니 너무 부럽습니다."

"그 지긋지긋한 분위기를 몰라서 그래요. 형식적으로 성경을 읽고 마음에도 없는 기도를 하고 찬송을 부르고⋯⋯. 얼마나 지겨운지 아셔요. 몸서리가 쳐져요."

"그 자리를 벗어나려면 어서 결혼해서 떠나면 되겠네요."

김 교수는 빙긋 웃으면서 나를 다정한 시선으로 바라본다. 나는 공부를 잘 해서 우리나라에서 손꼽히는 의대에 합격했고 잘난 남자들 틈의 홍일점이었다. 천재들만 득실거리는 틈에 끼어 앉아 저들을 누르고 앞서가려면 기를 쓰고 달려야만 하는 억센 여자가 되어 있었다. 발광하며 노력한 끝에 대학병원에 남아 박사학위까지 받았고 강의도 하는 알려진 산부인과의사가 되었다. 더구나 아기를 낳지 못하는 불임여성들을 기막힐 정도로 기술적으로 잘 시술하여 시험관아기를 낳게 하는지라 일 년 뒤에까지 환자들이 줄을 이어 기다리고 있는 잘 나가는 여의사이다. 나의 계획은 결혼은 집어치우고 40줄에 들어서면 아파트를 하나 사서 독립하겠다는 목표를 두고 있다. 장로인 아버지의 체면을 세워주기 위해 일주일에 딱 한번 주일에만 교회에 나가주면 되는 자유로운 생활을 영위할 것이다.

"어려서부터 기독교 교육을 받았을 터이니 얼마나 좋아요. 전 그런 시기를 놓쳐서 늘 그런 사람을 부러워하고 있어요. 해서 이렇게 선을 보러 나왔지요. 장차 태어날 우리 아이들에게는 내가 받지 못한 기독교교육을 어려서부터 받게 할 마음이 간절하니까요."

"번지수를 잘못 찾았어요. 전 아니에요. 제가 만약 결혼한다면 절대로 아이들을 교회에 보내지 않을 것입니다. 더구나 지겨운 가정예배는 아예 입에 올리지도 않을 정도로 자유롭게 아이들을 기를 겁니다. 하지만 전 결혼을 하지 않기로 했으니 자녀교육을 생각할 필요가 없지요."

"저는 요즘 출애굽을 읽고 있는데 그 뜨거운 사막에서 40년

간 살아가면서 낮에는 구름기둥으로 밤에는 불기둥으로 인도하시는 하나님의 손길에 감탄하고 있습니다."

김 교수는 마치 어린아이가 주일학교 반사 앞에서 출애굽을 읽고 자랑하는 천진한 얼굴로 나를 대했다. 그의 태도가 재미있어서 어려서부터 수없이 어머니 아버지 무릎에 앉아 귀가 따갑게 듣던 성경구절을 둘둘 늘어놓았다.

"이스라엘 자손은 생육하고 불어나 번성하고 심히 강대하여 온 땅에 가득하게 되었더라 하는 구절이 출애굽기 1장 7절에 나오지요. 아버지는 내가 아주 어려서부터 이 성경을 붙들고 예수 잘 믿으면 이렇게 된다고 암기하도록 매를 들고 과자를 주고 야단했지요. 성경 전체에서 별것 아닌 구절인데 하필 이걸 암송하게 했는지 지금도 모를 일이지요."

내 입에서 성경구절이 줄줄 흘러나오자 김 교수는 놀라서 눈을 크게 뜨고 입을 딱 벌렸다. 으쓱해진 나는 그 정도의 성경구절들은 넘치게 암송하고 있다는 투로 자랑을 늘어놓자 그는 부러운 기색을 감추지 못했다. 신바람이 난 나는 그간 주위 사람들과 교인들 앞에서 몇 겹의 베일로 감추고 있던 내 본 모습을 드러내놓기 시작했다.

"전 현대의학의 첨단을 걷고 있는 분야에서 일하는 의사입니다. 더구나 불임증에 걸린 여자들을 상대로 난자와 정자를 합하여 시험관 아기를 낳게 하는 산부인과 의사에요. 이게 또 나를 괴롭혔어요. 바로 예수의 탄생이지요. 어떻게 동정녀가 아기를 낳습니까. 난자와 정자가 합쳐야 아기가 되는 것이지요. 예수의 무정자설을 놓고 하나님의 아들이라고 야단이니 이건 순 사기극이에요. 예수는 사생아라고 보는 것이 타당해요. 그걸 감추려고 역사적 사기극을 조작한 것이지요."

내 주장에 김 교수는 마음을 가누지 못할 정도로 충격을 받았는지 그저 어어! 어찌 그런 소리를! 연발하면서 머리를 흔들었다. 기절할 것처럼 보이는 그의 태도에 더욱 신이 난 나는 마구 내가 생각하며 마음속 깊이 꽁꽁 감추고 있던 사실들을 터뜨려 놓기 시작했다.

"낮에는 구름기둥과 밤에는 불기둥으로 인도했다는 성경 내용을 문자 그대로 믿으세요? 예수 믿는 사람들이 제일 좋아하는 구절이지요."

"바로 그 말씀에서 저는 무릎을 꿇었습니다. 택한 백성을 얼마나 많이 사랑하셨으면 40년 동안 나무 한 그루 없는 뜨거운 낮에 사막을 걸어가는 70만 명이 넘는 장정들 위에 구름을 몰아다가 덮어서 시원하게 해주었겠어요. 밤에는 사막이 무척 추울 터이니 불기둥을 하늘에 이불처럼 쫙 펴서 따뜻하게 해주고 갈 길을 볼 수 있도록 했으니 얼마나 큰 은혜입니까! 전 그 부분을 읽으면서 내 험난한 인생길 위에도 이처럼 불기둥과 구름기둥이 나타나 절 인도할 것을 믿고 위로를 받습니다. 요즘 출애굽을 진지하게 수십 번 정독하면서 힘을 얻어 살맛이 났어요."

김 교수의 황홀한 표정에 나는 가차 없이 얼음물을 끼었었다.

"세상에! 서양사를 전공하신 분 맞아요? 역사를 연구하여 박사가 되신 분이 어떻게 그렇게 이성과 지성이 없는 소리를 하고 있나요. 당연히 의심을 해보는 것이 학자의 자세가 아닌지요."

"어떤 의심을 합니까? 하나님이 하신 일에 토를 붙이라고 하는 것인가요. 지난 주일설교에서 우리가 가진 성경책 외에 말을 붙이거나 빼면 이단이라고 배웠습니다. 닥터 오는 그럼 이단이 되겠네요. 하하……."

"전 그 문제를 이렇게 결론내렸습니다. 여름에 얼마나 덥습니까? 당연히 햇살을 차단해야겠지요. 장정만 계수해서 70만 명이라면 여자나 아이들은 카운트하지 않았다는 뜻이지요. 그 시절에는 여자를 사람 취급하지 않아서 명수에 포함되지 않았다고 합니다. 더구나 아이들이 상당히 많았을 터인데 그것도 카운트하지 않았다는 점을 생각하면 아마도 이백만 명이 넘는 대 인구가 사막을 통과하고 있었다고 보는 것이 이성적인 판단입니다."

김 교수는 논리를 정확하게 열거하는 나를 향해 머리를 끄덕이면서 덧붙였다.

"물도 없는 사막에서 얼마나 힘이 들었겠어요. 그들을 살리신 하나님의 은혜가 더욱 감격스럽습니다."

나는 그렇게 논리도 없고 추리력도 없으며 나약하고 생각이 좁은 김 교수를 측은한 눈으로 흘겨보면서 일격을 가했다.

"제가 그 문제를 과학적으로 해명해드리지요. 밤에 나타난 불기둥을 이성적으로 그리고 과학적으로 논리적인 설명을 할 수 있어요. 이백만 명이 넘는 무리에게 깜깜한 사막의 밤은 지옥이 되었겠지요. 사막엔 독사나 전갈, 독충들이 득실거리니 그걸 물리치기 위해 불을 밝혀야하고 추운 사막의 밤을 견디어야하는 모닥불을 피워야겠지요. 군데군데 큰 천막기둥을 세우고 횃불을 밝혀야 했을 겁니다. 그것도 멀리 널리 불빛을 주기 위해 높이 매달아야 하니 원근각처에서 길을 잃고 헤매던 사람들도 불기둥을 보고 모여들었겠지요. 군중을 에워싸고 세워놓은 횃불들이 마치 저들을 인도하는 불기둥으로 보였을 것이고 후세에는 그걸 아예 하나님이 펼친 불기둥으로 기록했을 겁니다."

그러자 김 교수는 이런 사람을 세상에서 처음 만나본다는 표정으로 입을 꾹 다물고 그저 묵묵히 앉아 있었다. 이 정도로 무식한 그를 꾹꾹 눌러주는 쾌감에 사로잡힌 나는 마구 떠들어댔다. 마침 도시 변두리는 이 시간대에 텅 비어가서 둘이서 이런 논쟁을 벌이기에 아주 적격이었다. 음침한 불빛 밑에 고객은 나와 김 교수 딱 둘뿐이었고 주인도 잠깐 눈을 붙이려고 안으로 들어갔는지 카운터에 없었다.

"그럼 구름기둥은 어떻게 된 것이지요?"

"그건 뻔합니다. 나무 한 그루 없는 사막의 뜨거운 대낮에 많은 사람들이 이동하는 일은 거의 불가능하지요. 옹기종기 모여 앉아 잠을 자야하고 밤에 이동했을 겁니다. 모래투성이 허허벌판 사막은 살인적인 햇볕 때문에 움직일 수 없었을 터이니까요. 대낮의 강렬한 햇살을 피하기 위하여 누런 천막 천을 연이어 꿰매서 넓게 펴서 모두가 그 밑에서 타들어가는 햇살을 피하는 길이 최선이었을 겁니다. 이백만 명이 넘는 사람을 덮으려면 그 천막이 얼마나 넓고 컸겠습니까? 바람이 통하도록 얼기설기 서로 맞대어 꿰매놓은 천들을 높이 밤에 횃불을 매달았던 장대에 묶어놓았으니 멀리서 보면 마치 구름기둥이 군중 위를 덮은 것처럼 보였을 겁니다. 그걸 후세에 출애굽을 기록한 사람이 구름기둥이라고 표현했을 거구요. 이걸 가지고 나약한 인간의 머릿속에서 신화가 만들어진 셈이지요. 구름기둥과 불기둥! 아주 문학적인 표현이고 사람의 마음을 사로잡는 힘이 있지요. 이런 제 생각에 동의하시지요? 제 생각이 아주 명쾌하고 참으로 멋지지요!"

"어떻게 그런 생각을 할 수 있지요? 전 서양사를 연구한 역사학자지만 지난날의 세계 여러 나라의 역사를 연구하면서 성경 말씀에 아멘으로 화답할 수밖에 없는 사람이 되었는데 저와 정반대로 가고 있군요. 세상에 존재하는 모든 나라와 인간의 생사화복은 그분의 역사지요. 역사라는 영어단어가 History인 건 모든 인간과 나라의 역사가 바로 세상을 창조하고 운행하시는 창조주인 그분의 역사(His Story)란 뜻으로 보게 되었습니다.

전 그분의 손길을 역사의 고비마다 볼 수 있었습니다."

"그래요. 놀랍군요. 예를 들어보세요."

"콘스탄틴 대제가 질 수밖에 없는 전쟁을 하고 있을 적에 저녁노을 속에 하늘에 펼쳐진 십자가 형상이 나타나면서 그 밑에 이걸 들고 나가 싸우라는 글씨를 보았어요. 아하! 이건 지금 그가 핍박하여 박해하고 있는 기독교인들이 사랑하는 것인데 이게 하늘에 나타난 것은 모든 장병들의 손에 십자가 기를 들고 싸우게 하라는 신의 계시로 받아들였습니다. 그의 어머니가 독실한 기독교 신자인 탓도 있었겠지만 그는 십자가 기를 들고 나가 전쟁에서 이기게 됩니다. 해서 승리한 뒤에 그는 기독교 박해를 중단하고 기독교를 공인하게 되는 역사가 있습니다."

"우연이지요. 구름이 바람에 불려 밀려다니면서 하늘에 그런 묘기를 우연히 만들어낼 수도 있었을 겁니다. 우리도 구름을 보면서 토끼니 용이니 하면서 상상할 적이 있잖아요."

"나폴레옹이 마지막 패배한 전투도 그렇지요. 그 중요한 시간대에 비가 억수로 내려 말의 발굽이 빠지는 워터루전쟁을 연구하면서 이건 분명 하나님의 손에서 역사가 이뤄진다는 사실을 깨닫게 되어 전 크리스천이 되었습니다."

"그것도 나폴레옹이 운이 나빠서 패한 것입니다. 하필이면 폭풍우가 치는 빗발을 맞을 것이 무엇입니까. 모두 우연히 일어나는 사건들이겠지요. 김 교수님은 아마도 역사라는 기록된 과거만을 다루니까 뒤만을 보고 후퇴하고 있어요. 저처럼 첨단

과학을 접하다 보면 성경의 기록이 모두 거짓으로 점점 들어나고 있는데 그 반대 방향의 길을 가시니 그럴 수 있겠지요. 앞을 보셔요. 미래를 보셔요. 김 교수님은 정보사회 물결을 따라가지 못하고 골짜기로 떨어져버리셨군요. 과거의 허깨비를 보지 말고 명석하고 지혜롭게 미래를 향하여 앞으로 힘차게 돌진하시기 바랍니다. 인생의 가치관을 재설정하셔야겠어요."

나의 정면 돌파에 기가 찼는지 김 교수는 숨을 가쁘게 쉬면서 다른 주제를 가지고 물고 늘어졌다.

"그럼 기독교의 제일 중요한 부분인 부활은 믿으시겠지요?"

그는 일말의 기대를 하면서 내 입을 주시했다. 그러잖아도 부활을 두고 말할까 하던 참이라 나는 신나게 나의 논리를 늘어놓았다.

"그건 신화에요. 마치 로마나 그리스 신화처럼 인간이 신을 만들어놓고 인간사회로 내려와서 집적거리는 신화의 주인공 같은 이야기지요."

"부활이 신화라고요?"

"네! 로마나 그리스 신화를 읽으면서 인간이 머리가 좋아서 신을 만들어 함께 공존하며 신나게 신을 가지고 노는 이야기로 보시면 됩니다. 솔직하게 고백해서 우리나라에도 단군신화가 있어요. 그 비슷한 것이지요."

"예수님이 부활해서 첫 열매가 되었으니 우리도 죽은 뒤에 부활할 것을 믿고 있는데 신화라니요. 부활이 없으면 기독교는 없습니다. 인간의 가장 큰 고민인 죽음의 문제를 해결해주기 때문에 우리 모두가 예수를 믿고 있는데요."

"우리의 단군신화를 생각해봅시다. 곰이 굴에서 마늘을 먹고 사람이 되었다는 우리나라의 신화도 그냥 재미있는 이야기이지 그걸 믿고 있나요. 과학적으로 증명이 되질 않아요. 곰을 굴속에 넣고 마늘과 쑥을 주고 백일이 아니라 백년을 기다려도 사람이 되지 않아요. 사람이 죽으면 몸이 썩어 흙이 되는 것이지 어떻게 살아납니까."

"그럼 예수님이 십자가 위에서 죽은 뒤에 부활한 사건은 무엇입니까?"

"그건 제자들이 모든 걸 버리고 예수를 쫓았는데 그렇게 허무하게 죽어버린 예수를 다시 살려낸 것입니다. 자기들이 살기 위해서 기막힌 연극을 꾸민 것이지요. 예수의 자리에 자기들이 앉아서 권세를 누리려고 사기극을 벌리면서 야단한 것이지요."

김 교수는 의아한 눈으로 나를 응시했다. 의사이니 의학적으로 살아났다는 증거를 대려나 하고 기대했던 눈치였다.

"으하하……. 김 교수님은 참으로 순진하셔요. 제자들이 밀려드는 많은 무리들을 이용할 마음이 생긴 것이지요. 예수를 부활했다고 속이고 자신들이 작은 예수들이 되려고 사기극을 벌인 셈이지요. 죽은 사람이 다시 살아났다는 다른 종교에는 없는 획기적인 사건을 만들어 퍼뜨리면서 자신들이 예수의 자리에 들어가서 명성을 누린 셈입니다."

자신만만하게 주워섬기는 내 입을 김 교수는 너무 놀란 얼굴로 응시하다가 다부진 음성으로 질문을 던졌다.

"그럼 제자들이 행한 이적은 무엇입니까?"

"그건 아마 심리학자들이 연구하면 될 것입니다. 심리적으로 많은 기적이 지금도 일어나고 있으니까요."

성경의 내용을 신화라고 우겨대는 내 앞에서 김 교수는 망연할 따름이었다. 그와는 반대로 신바람이 난 나는 연신 조잘거렸다.

"과학기술이 발달하면서 그동안 이해하지 못했던 자연현상을 이해할 수 있게 되었지요. 아버지의 성화로 외운 시편에 이런 구절이 있어요. '안개를 땅 끝에서 일으키시며 비를 위하여 번개를 만드시며 바람을 그 곳간에서 내신다' 이건 비가 오는 원리를 이해하지 못해 하늘에 물 층이 있다고 사람들이 상상하고 믿은 탓이지요. 바람도 곳간에 담아두었다고 믿었어요. 이제 과학은 바람과 물은 다양한 형태의 변환을 통해 순환하는 것을 미지의 영역까지 과학이 몽땅 밝히 보여주고 설명해주고 있어요."

"시편 기자가 문학적 표현을 한 것이지요. 시편 19편에 '해는 그 방에서 나오는 신랑과 같고 그 길을 달리기 기뻐하는 장사 같아서 하늘 이 끝에서 나와서 하늘 저 끝까지 운행함이여 그 온기에서 피하여 숨은 자 없도다'라고 했어요. 그것도 과학적으로 틀리나요."

"과학이 발전하기 전 시대에 자연현상을 두렵고 경이롭게 보다 못해 그 자체를 신으로 보는 범신론이 나왔으니 그렇게 글로 표현할 수 있었겠지요. 거기서 더 나가 인간의 무지함이 신을 창조하였다고 주장하는 무신론이 나온 것이 아니겠어요."

김 교수는 물러서지 않고 나의 견해를 반격했다.

"과학은 아주 작은 것에까지 세밀하게 인도하고 계신 신의 존재를 반증하는 것이라고 전 봐요."

무척 늦은 시간까지 김 교수와 대화를 했다. 그와 헤어져 집으로 돌아오면서 오랜만에 얼마나 내가 멋진 여자인가 하는 으쓱함으로 가슴을 활짝 펴고 경쾌하게 웃을 정도로 기분이 좋았다. 고리타분한 남자를 앞에 놓고 마음껏 신바람 나게 나 자신의 총명함을 휘두르고 오는 그런 시원함이었다. 권투선수가 모래주머니를 때리듯 기막힌 재미가 있었다. 가슴이 설렐 정도로 나라는 존재가 멋져 보여 공중을 훨훨 날아다니는 기분이 들 정도였다.

김 교수와 헤어지고 일주일이 지났다.

나는 아득해지는 정신을 가다듬으려고 안간힘을 썼다. 의식이 자꾸 밑으로 가라앉으면서 피곤해서 푹 자고 싶을 정도로 몸이 밑으로 꺼져 내렸다. 나중에는 전신이 굳어가는데 멀리서 사람들의 수런거림이 잠을 방해한다는 생각이 들 정도로 신경을 자극했다.

"닥터 오! 정신 차려요. 수혈을 하고 있으니 괜찮아질거요."

이건 대학병원 원장 음성이다. 간호사들이 이리저리 뛰는 분주한 모습이 흐린 눈망울에 잡혀왔다.

"뒷목과 등에 총 여덟 군데 칼에 찔렸습니다."

그 순간 자신에게 돌진해오던 남자의 모습이 앞을 스쳤다. 열 번의 시험관시술 끝에 출산한 아기가 심장이 잘 형성되질 않아 일주일 만에 숨을 거두는 슬픈 일이 있었다. 그 아기의 아빠가 제정신이 아닐 정도로 흥분하여 갑자기 진료실로 뛰어 들어와 귀하게 억지로 얻은 아기를 왜 죽였느냐고 따지다가 벌떡 일어서서 나가더니 다시 돌아와 나의 등에 칼부림을 한 것이다. 등과 목에 닿던 차갑고 날카로운 금속성의 오싹함이 순간 소름끼치게 다가왔다.

그간 깊은 수렁을 헤매고 난 끝에 의식이 돌아와 하얀 천정에 눈길을 던지는 찰나 수간호사인 미스 강이 다가와서 나의 손을 잡았다.

"생명을 건진 것은 기적입니다. 하나님의 돌보심입니다. 부모님이 장로님과 권사시라 그분들의 기도의 힘이 컸다고 봅니다."

실눈을 뜨고 보니 미스 강은 눈물이 그렁해서 나를 안타깝게 내려다보고 있었다.

"나 얼마나 다쳤어?"

"……"

미스 강은 말은 아낀다. 결국 알게 될 걸 숨기는 걸 보면 아마도 극한 상황까지 간 모양이다. 여섯 달 병원 생활 끝에 집으로 퇴원했다. 칼끝이 목뼈와 척추를 스쳐 하반신이 마비되어 걸을 수도 없게 되었다. 감각이 없어 허리 밑으로는 죽어버린 이물질이 매달린 셈이다. 하반신에 감각이 없으니 대소변을 보는 일도 끔찍했다. 이제 쓸모없는 인간이 되어 누워 있는 내 자신이 너무 불쌍했다. 왜 내가 그 남자 때문에 이런 삶을 살아야 하는지 분노가 치밀기 시작했다. 오늘도 내일도 아니 영원히 걷지 못하고 이렇게 누워 살아야 하는 여자가 되었다는 현실을 받아들여 참아내기에 나는 지나칠 정도로 버거웠다. 그간 내 삶의 방식이었던 노력해서도 될 일이 아니었다.

가정예배 때마다 귀 따갑게 듣던 아버지의 설교가 귓가를 스친다.

'인생에서 내가 컨트롤할 수 있는 것이 단 하나도 없다. 모두 주님의 손에서 운행되는 것이다.'

이 말이 뼈아프게 다가왔다. 멍청히 누워서 눈꼬리로 흘러내리는 눈물로 베개를 푹 적셨다. 내 인생의 뒤안길을 돌아보니 그간 참으로 눈코 뜰 새 없던 발버둥이었다. 명문의과대학에 붙기 위해, 전문의가 되기 위해, 박사가 되기 위해, 다른 의사들보다 두각을 나타내기 위해 얼마나 몸부림치며 무서울 정도로 살았던가! 이 모두가 악바리처럼 노력한 산물이었다.

창가에 심은 목련이 송편처럼 입을 빠끔히 벌리고 있다. 하늘거리는 봄바람을 타고 하늘에 새털구름이 흘러간다. 살살 창문을 통해 들어온 바람이 내 귀밑의 머리칼을 흔들었다. 순간 어찌나 그 바람이 달콤하고 향기로운지! 가슴이 뭉클했다. 하늘을 바다로 삼고 유유히 흘러가는 구름이 너무 아름다워 아! 하는 감탄사가 튀어나왔다. 이렇게 아름다운 하늘과 바람을 그동안 놓치고 살았다는 후회감이 스쳤다. 여기저기 피어난 봄꽃들의 달착지근한 냄새가 코를 찌른다. 의사로서 목이 굳을 정도로 잘난 척, 많이 아는 척, 돈이 많은 척 건방지게 살았던 그간의 생활에서는 전혀 경험해보지 못했던 것들이다. 표현할 수 없을 정도의 향기가 달콤하게 전신을 감싸주고 마음에 잔잔한 평화를 안겨주는 봄기운이었다.

순간 서른 번째 선을 보았던 김 교수의 얼굴이 앞을 스친다. 안타까운 마음을 숨기지 못하고 내뱉던 그의 말이 떠올랐다.

'인간의 생사화복, 심지어 세계 많은 나라의 역사까지도 그분의 손길에서 이뤄지는 것입니다. 세계사를 연구하면서 저는 신을 만났습니다. 성경에 기록된 그분에 관한 신화를 믿게 되었습니다. 그런데 닥터 오는 귀중한 신화를 버리셨군요.'

정확히 그가 했던 말을 모두 기억할 수 없지만 그런 취지의 말이었다. 순간 내가 이런 일을 겪은 것은 내 자신도 이유를 잘 모르지만 아름다운 바람과 꽃과 구름을 만든 분은 알 것이란 생각이 스쳤다. 앞으로 그분이 나 자신을 어디로 인도할 것인지 정말 궁금해지기 시작했다. 아마도 나는 죽을 때까지 걷지를 못할 것이고 통증은 그대로 남을 것이다. 하나도 변화될 것이 없는 무섭고 험난한 인생길이 내 앞에 펼쳐졌다. 목숨이 붙어 있는 한 나는 이렇게 침대에 누워 살다가 죽을 것이라면 너무 끔찍했다. 지난날 내가 목숨 바쳐 추구하고 달려온 성공이 과연 무엇이었단 말인가? 돈과 명예를 다 얻은 자리에서 한순간 이런 비극으로 몰락한 자신이 너무 가여웠다. 이런 형편에서 내가 꼭 잡고 내 자신을 세워줄 그 무엇이 필요했다. 그건 사랑일까? 아니면 다시 극적으로 기적적으로 일어나 내가 움켜잡았던 명예의 자리에 다시 오르는 것일까? 후자는 불가능하다. 의학적으로 과학적으로 이미 뭉그러진 척추를 살려낼 수 없으니 영원히 병신의 모습으로 살아야 한다. 내가 이 자리에서 할 일이 과연 무엇이란 말인가. 죽음뿐이 없다. 그 길뿐이다. 어떻게 자살할 것인가. 이것이 문제였다. 혼자서는 아무것도 할 수 없기 때문이다.

　현관 쪽이 어수선하다. 처음 몇 달간 굉장히 많은 사람들이 다녀갔고 위로의 말을 던졌고 함께 슬퍼했다. 이런 비참한 내 모습을 보여주기 싫어서 나는 가족들에게 절대로 방문객을 들이지 말라고 늘 신경질을 부렸다. 지금 밖에 온 사람은 굉장한 지위의 방문객인 모양이다. 아마도 내가 근무했던 병원의 병원장이라도 온 것일까. 나는 방문객의 소리에 귀를 기우리고 문 쪽을 향해 눈길을 던졌다. 방문이 열리고 여동생의 손길에 이끌리어 들어온 사람은 놀랍게도 허름한 도시변두리의 커피점에서 만나 서른 번째 선을 봤던 김 교수였다. 여동생이 둘만 남기고 나가버렸다. 눈을 감고 있던 나는 그가 던지는 따가운 눈길에 눈을 떴다. 그는 의자에 앉아 내 얼굴을 찬찬히 세심하게 보고 있었다. 이제 내가 이 남자와 결혼할 마음을 먹는다 해도 그럴 수 없는 몸이 되었다는 생각에 미치면서 순간 분노가 치밀었다.

"이런 꼴을 보니 고소하지요? 어서 가세요. 제 비참함을 보고 만족하며 호호거릴 당신이란 사람의 심리를 생각만 해도 끔찍해요."

"앙탈은 여전하군요."

그는 빙긋 웃으며 내 오른손을 두 손으로 감싸 잡았다. 내 눈길이 닿은 탁자 위에 그가 안고 온 담황색의 금낭화 화분을 놓았다. 산골짜기나 외진 산기슭에 피는 순 한국산 토종 꽃이다. 활처럼 휘면서 줄줄이 꽃봉오리를 터트린 금낭화의 은은한 꽃빛깔에서 외할머니가 살았던 산골 우물가를 떠올렸다. 거긴 인큐베이터 안처럼 잔잔한 평화가 넘치는 곳이었다.

"금낭화는 복주머니 모양의 여러해살이 풀이지요. 이 꽃의 꽃말은 '당신을 따르겠습니다' 라고 하더군요."

"이제 저라는 사람은 여자가 아니잖아요. 그냥 말없이 돌아가세요. 우리가 나누는 대화가 저를 더 아프게 할 것이니 어서 나가세요."

"첫 만남 뒤에 다시 보자고 전화를 걸었는데 이런 사고를 당했더군요."

창밖으로 새들이 재재거리면서 전깃줄 위에서 재롱을 떤다. 그걸 멍청하니 쳐다보고 있는 나를 향해 그가 진지한 음성으로 말했다.

"저 새소리 아름답지요. 전 역사 교수라 문학적 표현은 못해요. 하지만 얼마나 아름다운지 제 가슴이 떨려요. 저 소리에서 하나님의 숨결을 느끼기 때문이지요."

순간 조금 전에 내가 바라보았던 새털구름과 목련꽃 향기와 바람이 너무 사무치게 가슴에 파고들었던 순간이 떠올랐다.

"창밖의 목련이 지면서 여린 보리싹 빛깔의 잎사귀들이 나오겠지요. 거기서 저는 신의 자취를 봅니다. 봄은 봄대로, 여름은 여름대로, 신의 숨결을 느끼고 가을은 가을대로, 그분의 체취가 코끝을 스쳐서 몸을 떨지요."

그의 말에 나는 가만히 머리를 주억거렸다. 아마도 이 말을 그를 처음 만났을 적에 들었다면 얼씨구 병신 꼴값하네 하고 반박을 했을 터이지만 조금 전의 경험했던 느낌 때문에 입을 다물고 눈을 감았다. 눈꼬리를 타고 눈물이 줄줄 흘러내린다. 그걸 손수건을 꺼내 김 교수가 닦아주면서 말한다.

"요즘 이런 기사를 신문에서 읽었어요. '붉은머리오목눈이'라고 들어보셨어요. 텃새인 뱁새라면 더 이해하기 쉽겠네요. 그 새가 슬쩍 자신의 둥지에 알을 넣어놓고 부화를 기다리는 사기꾼 같은 뻐꾸기의 의뭉한 내막을 알게 되었데요. 해서 뻐

꾸기 알을 둥지에서 밀어내버렸다는 군요. 오목눈이가 똑똑해진 것이지요. 닥터 오도 오목눈이처럼 이젠 똑똑해지셔요."

그의 손에서 전달되는 듯한 강한 힘이 내 가슴을 스친다.

"저는 어려서부터 기독교 교육을 받지는 못했지만 천지창조, 부활, 심판, 천국을 믿어요. 성경에 기록된 기적들을 신화라고 하지만 그 신화는 저에게 생생하게 살아 있는 믿음의 실체거든요. 신화에 나오는 나사로처럼 당신도 벌떡 일어서는 기적이 일어날 것입니다. 나아만 장군이 요단강에 몸을 씻고 문둥병이 나은 기적이 일어날 것입니다. 맹인이 번쩍 눈을 뜨는 기적도 일어날 것입니다. 그렇지 않으면 영혼이 거듭나는 아름다운 체험을 하여 세상을 다시 보는 신령한 사람으로 거듭날 것입니다. 닥터 오가 강하게 주장하는 과학기술은 우리가 그분의 섭리를 더 이해할 수 있도록 돕고 있어요. 보이지 않는 그 너머를 보셔요. 우리가 보는 것은 보이는 것이 아니고 보이지 않는 것이지요. 보이는 것은 잠깐이지만 보이지 않는 것은 영원하기 때문입니다."

그는 내 대답도 기다리지 않고 손을 흔들며 나갔다.

혼자 멍청히 누워 천정에 눈길을 던졌다. 순간 자신을 등뒤에서 찌른 아기를 잃은 남자의 고뇌하는 얼굴이 한 장의 사진으로 다가왔다. 그의 일그러진 얼굴이 보이지 않는 것들을 불러들였다. 그는 얼마나 심령이 상했으면 나를 찔렀을까. 상한 그의 심령이 그대로 내게 안겨왔다. 내가 그에게 어떻게 해야

할 것인가 하는 마음이 나를 아프게 했다. 그가 너무 불쌍해서
견딜 수가 없었다. ✿

— 2017년 『크리스천문학나무』 여름호

똑똑한 사람들

.

"당신을 사랑하는 교회식구들과 가난한 사람들이 당신을 방문하면 음식을 만들어 매일 잔치를
하듯 함께 먹으면서 지내라고. 그들 중 당신을 늘 돌보며 자주 찾아오는 사람에게 이 금 조각을
하나씩 주면 당신 노후에 외롭지 않을 거야."

똑똑한 사람들

경화는 반년 만에 휠체어를 의지하고 큰길로 나왔다. 밀물과 썰물처럼 오가는 사람들이 서로 어깨를 부딪치며 지나간다. 몹시 바쁜 얼굴들이다. 사람은 많으나 응집되어 있는 것이 아니고 각자 뿔난 사람들처럼 혼자의 세계에 빠져 손마다 스마트 폰을 들고 거기만 보고 걷는다. 혼자서 미친 사람처럼 실실 웃기도 하고 무어라고 큰 목소리로 말하기도 한다. 물론 상대는 손바닥에 들고 있는 스마트 폰이다.

에스컬레이터를 타고 올라오는 사람들의 얼굴을 보니 싱그러운 기운이 넘친다. 경화의 피부처럼 주름살이 거미줄처럼 얽힌 살갗이 아니다. 바지도 종아리에 착 달라붙어 날씬하다. 모두 씩씩하고 발랄해 보인다. 개성을 살려서 입은 옷들이 유행을 타지 않고 모두 멋지게 잘 어울린다. 찬찬히 각인의 얼굴을 살펴보았다. 아는 사람이 단 한 사람도 없다. 이미 경화의 세대는 사라졌고 물밀 듯이 밀고 올라온 젊고 싱그러운 사람들로 거리는 가득 차있다. 이런 기분을 왕따당한 이방인이라고 표현하면 좋을까. 낯선 외국에라도 온 듯 완전히 소외된 사람이 바로 경화 자신이라는 생각을 지울 수가 없을 정도였다. 그녀의 세대는 이제 모두 사라졌고 밑에서 치밀고 올라온 젊은이들은 그녀에게 아무래도 손톱 밑에 파고드는 이물질처럼 껄끄럽다. 말라비틀어져 고목이 된 그녀의 세대는 이미 땅에 묻히고 그 자리에 새로운 싹들이 밀치고 올라와 싱싱하게 퍼진 푸른 현장에 홀로 서 있는 셈이다. 이제 모든 걸 내주고 물러나야 할 나이에 처했다는 사실이 뼈저리게 다가온다. 이 지경에 이르렀으니 너무 오래 산 셈이다. 먼저 저세상으로 가버린 남편을 따라갔어야 했는데 그 방법을 몰라 경화는 멈칫거리고 허둥대며 어리둥절한 상태에 있다고 표현하면 딱 맞을 것이다.

아침 7시면 이른 시간인데 초인종이 방정맞게 울린다. 이 시간대에 초인종을 누를 사람이 없는데 누굴까 하고 경화는 조심스럽게 현관문 쪽을 응시했다. 다시 초인종이 요란하게 울린다. 성깔이 들어간 누름이다. 왼쪽 다리 관절염으로 거동이 불편한 경화는 두 손으로 버둥거리면서 거실 탁자를 의지하고 힘겹게 일어선다. 혼자 사는 것을 알고 혹시나 사이코 같은 잡배들이 들어올 경우를 늘 대비하고 있는 터라 쇠사슬을 연결한

문 위쪽을 점검하고 조심스럽게 문을 배꼼 열었다.

화장도 하지 않은 며느리가 성이 잔뜩 난 얼굴로 현관문 밑을 발끝으로 톡톡 차면서 식식거린다. 경화는 검은색 한 올 없는 백발머리를 손가락을 빗 삼아 뒤로 넘기면서 문을 열었다.

"어쩐 일이냐? 새벽부터."

"도대체 어머닌 돈이 얼마나 많아서 그렇게 많은 금을 뿌리세요. 여기 왔다가는 사람들에게 모두 금 조각을 준다고 해서 왔어요. 이상하잖아요. 어디서 그런 금이 났어요?"

"네가 시어머니인 나를 찾아 온 것이 꼭 반년 만이구나. 내가 금을 주는 사람들은 빈번하게 찾아오는 사람들이다. 너도 금 조각을 받고 싶으면 그렇게 나를 찾아오너라."

"금 조각을 받으려면 얼마나 자주 와야 하는데요?"

"적어도 사흘에 한 번씩 일 년을 오너라. 그러면 너도 금 조각을 받을 거다."

"제가 알고 싶은 것은 그런 돈이 어디서 났느냐고요? 어머니가 돈이 어디 있어서 사람들에게 금 조각을 뿌리느냐고요?"

며느리는 퉁퉁거리고 들어와서 냉장고 문을 확 열어젖힌다. 매일 들리는 이웃에 사는 영미 엄마가 경화가 종이쪽지에 써준 대로 시장을 봐다가 어제 오후 냉장고를 가득 채웠다. 문 앞쪽까지 이 계절의 과일인 수박을 위시해서 참외와 포도, 복숭아로 그득하다. 무엇이 그리 마음에 들지 않는지 며느리는 퉁퉁거리면서 뒷 베란다로 나가 좌우를 살핀다. 거긴 5년 전에 먼

저 가버린 경화의 남편이 지극한 정성으로 드나들던 곳이다. 잡곡이나 쌀을 위시해서 감자랑 심지어 목포 앞마다 증도갯벌에서 사들인 바닷소금까지 간수를 빼느라고 장치해놓은 나무 받침도 있는 이 집의 저장창고와 같은 곳이다. 거기에도 어제 영미 엄마가 사온 감자와 고구마, 갈아먹을 마와 껍질째 쌓아놓은 옥수수, 건강에 좋다는 잡곡들인 율무와 보리로 그득하다.

"먹을 것이 넘치는군요. 혼자 얼마나 잡순다고 이렇게 많은 것들을 사다 쌓아 놓으세요. 이거 다 썩어서 나중에 버리는 것 아닌가요. 이런 걸 낭비라고 하는 거라고요."

이번은 무례하게 주부의 가장 깊숙한 곳인 냉동실까지 벌컥 열어젖힌다. 거기에도 오징어, 고등어, 꽁치, 삼치 등등 어제 영미 엄마가 다 들고 올 수 없어 배달해온 해산물로 그득했다.

"얼마나 오래 살려고 이렇게 많은 음식을……. 곧 전쟁이라도 터져 먹을 것이 없을 것을 대비하듯 무슨 음식을 이렇게 많이 사다 쌓아 놓았어요. 요즘 세상은 편리하게 바뀌었다고요. 자주 가서 조금씩 사다 싱싱하게 먹어야지 이렇게 바리바리 잠겨 놓고 먹으면 영양가도 떨어지고 몸에도 좋지 않아요."

"사람들이 오면 같이 해서 먹기도 하고 나누어 주기도 해서 그것들 일주일이면 다 빠져나간다. 그러니 네가 그런 걱정은 하지 않아도 된다."

"금 조각을 주고도 부족해서 오는 사람들을 먹이기까지 해

요? 세상에! 여기가 옛날 옛적 양반집 사랑방이라도 되는 모양
이네."

그러자 조용히 창밖을 바라보던 경화가 아주 쓸쓸한 표정을
감추지 못하고 차분한 음성으로 며느리에게 무뚝뚝하게 대꾸
했다. 무덤덤하게 보이려고 무던히도 애를 쓰면서 말이다.

"내가 잘 움직이지 못하는 걸 너도 알지? 이런 나를 팽개치
고 핏줄인 너희 부부는 얼씬도 하지 않았다. 내가 딸도 없이 오
직 네 남편 하나뿐인 걸 너도 잘 알지 않느냐. 그런 네가 지금
반년 만에 날 찾아왔다. 그러니 이래라저래라 말하지 마라."

"전 이제 아홉 살 난 귀한 이 집의 유일한 핏줄인 어머니의
손자를 돌보느라고 매일 눈코 뜰 새 없이 바쁜 여자라고요. 그
애를 어떻게 낳았는지 어머니도 알잖아요."

"왜 손자까지 들고 나오느냐. 지금 세상에 아들 낳아서 좋은
꼴 보는 사람 없더라. 내 앞에서 손자 이야기는 꺼내지도 마라.
자식 없는 것이 상팔자라고 하더라. 내가 어찌 살든 관여하지
말고 너 편한 방식대로 살아라."

"그러게 요양원으로 가시라니까요. 시골에 있는 공기 좋은
시설로 가세요. 거긴 어머니와 비슷한 처지의 친구들도 있어
대화도 되고 요양사가 붙어 있어 수발을 드니 얼마나 좋아요."

며느리의 입에서 요양원이란 말이 스스럼없이 튀어나오자
그제야 경화는 발끈해서 못된 며느리를 세차게 쥐어박듯 마비
되지 않은 오른손을 올렸다 내렸다 하면서 악을 썼다.

"이 집이 탐나는 모양이구나. 나를 요양원으로 쫓아내고 이 집을 팔아 삼키려고 그런 수작을 하느냐. 내가 죽어나갈 때까지 이 집을 절대로 팔지 못한다. 너의 시아버지와 그렇게 약속했다. 너희들에게 집을 사주었고, 네 시아버지와 내가 일궈놓은 음식점이 딸린 건물도 너희 부부에게 주었는데 무엇이 부족해서 이렇게 나를 들볶니. 어서 가거라. 내가 죽어도 장례식장에 오지 마라. 내가 죽음자리까지 다 준비하고 장례비용도 다 해놓고 있으니 제발 내 앞에 나타나서 분을 돋우지나 말아다오. 지금 세상에 길에 나가면 사방에 버려진 늙은이들로 넘쳐나지만 모두 자식들의 도움을 바라지 않고 자기 길을 묵묵히 가고 있으니 젊은 너희들은 구시렁거리지나 말아라."

경화는 약간 마비가 온 왼쪽 손을 바들바들 떨면서 악을 썼다. 친구의 말처럼 요즘 세상은 아들을 낳으면 쫓겨나서 마당 한가운데 한데서 죽어도 딸을 낳으면 문지방을 베고 죽는다고 하지 않던가. 이런 시어머니를 며느리는 비웃는 눈초리로 흘겨보다가 맞장구를 친다.

"어디서 돈이 생겨 금 조각을 뿌리는지 말해 보세요. 제 귀에까지 들려오니 창피해 죽겠어요."

곱게 늙지 않고 어쩐 요란을 이렇게 떠느냐는 식으로 열기 어린 얼굴을 감추지 못하고 며느리가 분을 눌러가면서 씨근덕거린다. 이 나이에 이르니 이제 대놓고 구박하기 시작한다고 할까. 시아버지가 살아 있을 적에는 그래도 예의를 갖추더니 혼자 남아 추하게 늙어 몸을 쓰지 못하니 며느리가 이렇게 마구 나대는 거다. 참아야 한다. 나 자신을 존귀하게 여겨 귀하게 세워야 한다. 자존심을 살려 끝까지 당당하게 살다 가야 한다는 생각에 경화는 목에 힘을 주고 고함치듯 대들었다.

"내가 금 조각을 뿌리든 다이아몬드 알을 나눠주든 너는 알 것 없다. 모두 내가 하는 일이다. 너희들에게서 뜯어다 쓰는 것이 아니니 그리 알고 어이 가라."

"아버지가 남긴 재산이면 저희들도 가질 권리가 있지요. 어째서 어머니 혼자 그렇게 마구 쓰세요. 저도 이 집에 시집올 적에는 호강하려고 왔지 이렇게 돈이 모자라 구질구질하게 살려고 이 집을 택해 시집온 것이 아니잖아요."

이건 하나뿐인 경화의 외동아들을 두고 하는 말이다. 조금 못나서 똑똑한 며느리를 얻는다고 부부가 심사숙고하여 고르고 골라서 맞아들인 며느리가 대원군에게 맞섰던 민비처럼 드세게 나댄다.

"너 돈이 모자라면 집안에 파출부 들이지 말고 외식하지 말고 살림이나 똑바로 해라. 손자는 그렇다 치고 위로 손녀들 셋이나 모두 돈 많이 드는 외국인 학교에 보내지 말고 말이다."

"요즘 그 정도로 자식 교육에 돈을 투자하지 않는 부모가 어디 있다고 그러세요. 아이들 아범이 버는 돈이 늘 모자라서 그래요. 한 달에 저희 가정이 쓰는 돈이 이천만 원 가지고도 부족해요. 모두 아이들 학비에 들어가요, 학원에도 보내야 하고. 저희들도 그 상황에 맞게 생활유지비가 필요하잖아요."

그간 아들을 낳지 못하고 딸만 셋을 오르르 낳는 바람에 그러잖아도 주눅이 들어 살았는데 이제 늦둥이로 낳은 아들이 아홉 살이 아닌가. 아들을 낳느라고 줄줄이 딸을 낳은 것도 속이 상한 판에 시어머니의 당당함에 화가 치밀었다.

경화는 점점 차오르는 분을 억지로 누르면서 숨을 가다듬었다. 순간 주마등처럼 살아온 세월이 앞을 스쳤다.

시골에서 이웃에 살던 남편을 만나 열아홉 나이에 맨손으로 보따리 하나 가슴에 안고 서울행을 감행했다. 그 시절은 한국동란을 치룬 끝이라 양식이 부족하여 굶주림으로 황달이 들 정도였다. 두 사람은 씩씩하게 뚝섬으로 나가 논에 질펀하게 쌓아놓은 볏짐을 의지하고 서로 몸을 비비면서 밤을 지새웠다. 뚝섬의 강바람은 살을 예리한 연장으로 도려내듯 아플 지경이었다. 만삭이라 곧 아이를 낳을 터이지만 속수무책이었다. 들판에서 아들을 낳아 둘이는 갓난아이를 얼어죽이지 않으려고 부부 사이에 넣어 꼭 안고 몸으로 서로를 덥혔다. 혹독한 눈바람 속에서 새끼를 보호하는 펭귄처럼 말이다. 갓난아이의 몸에서 나오는 열은 화로처럼 너무 따뜻해서 그 겨울 얼어 죽지 않고 무사히 넘겼다. 다행히 시골서 배운 기술이라고는 새끼 꼬는 일이라 벌판에 널린 볏짐을 사서 새끼를 꽈서 시장에 내다 팔았다. 비닐이 나오기 전이라 가는 새끼, 굵은 새끼, 그 중간

크기의 새끼를 꽈서 시장에 내다 팔다가 상점에 배달을 하고 돈이 모이자 문간방을 얻어 세를 들어간 어린 부부는 억척스럽게 돈을 모으기 시작했다. 돈이 마치 봄 들판에 나가 냉이나 달래를 캐듯이 소쿠리에 솔솔 차오르기 시작했다. 그 재미에 빠져들어 몸을 돌보지 않고 부부는 오로지 돈만을 향해 돌진했다. 한겨울 논바닥에서 어느 누구의 도움을 받지 않고 아이를 낳은 탓인지 자궁에 이상이 생긴 모양이다. 그 이후 아이는 더 이상 생기지 않았다. 딱 아들 하나만을 낳은 터라 자식들로 인한 어려움은 없었다. 술 담배도 하지 않는 남편은 오직 돈만을 향해 뛰었다. 시골에 있는 동생들과 부모까지 서울로 오게 해서 모두 집도 사주고 결혼도 시키느라고 번 돈을 몽땅 거기에 퍼부었다. 새끼 꼰 돈 말고도 경화가 억척스레 돼지 뼈를 푹 과서 거기에 야채를 잔뜩 넣고 국수까지 넣어 끓인 해장국이 인기를 끌어 하루 종일 피난민과 배고픈 사람들을 먹였다. 길가에 낸 음식점은 매일 사람들로 버글거려 샘물처럼 돈이 차올랐다. 시장의 건물도 샀고 집도 샀고 땅도 샀다. 특히 사놓은 땅은 점점 불어나는 도시의 크기로 인해 황금 값으로 뛰어서 두 손이 수고한 것보다 더 많이 불어났다. 아무리 도망쳐도 끊임없이 돈이 따라오는 형국이었다.

만년에 중풍을 맞은 남편은 어쩔 수 없이 집 안에 들어앉았고 경화가 일구어낸 음식점은 하나뿐인 아들에게 물려주게 되었다. 일생 부부가 피와 땀을 쏟았던 자리를 뜨면서 남편은 아들에게 신신당부했다.

"이곳이 화수분이다. 끝까지 정성을 다해 음식을 만들어 팔아라. 어려서부터 이곳을 드나들던 단골들이 상당히 많다. 그분들을 놓치면 안 된다. 배고픈 시절 먹던 음식을 잊지 못하고 할아버지, 할머니가 되어서도 찾아오는 옛 단골들이 큰 보배다. 그러니 네 어머니가 전수한 음식 맛을 그대로 이어 가야 한다. 그렇게 하면 네 일생 부족함이 없을 것이다. 단지 너에게 부탁하고 싶은 것은 우리 부부 생활비로 매달 200만 원씩만 다오. 그거면 우리 족하다."

음식점 건물과 사업을 물려받은 아들과 며느리는 입이 귀밑까지 찢어졌다. 그래도 마음이 놓이지 않은 남편은 재차 다그쳐 다짐을 받아냈다.

"나는 병이 깊은 사람이다. 아마도 오래 살 것 같지 않구나. 혹시 내가 죽은 뒤에라도 네 어머니에게 매달 생활비 대는 것을 꼭 지켜야 한다."

"그것만 하겠어요. 더 잘 할 것입니다. 자식이라곤 저뿐이니 제가 알아서 다 해요. 그러니 걱정 마세요."

그래도 경화의 남편은 아주 찜찜한 표정이었다.

그러자 외동며느리가 당돌하게 물었다.

"혹시 아버지 돌아가시고 나면 여투어둔 재산이 어디어디 있는지 제가 알아야 하는 것 아닌가요."

그러자 날카로운 눈으로 며느리의 전신을 훑어본 남편이 아주 차갑게 말했다.

"더 이상의 재산은 없다. 음식점 달린 건물을 물려주었으니 너는 고생을 않고 좋은 여건에서 출발하는 셈이다. 우리에겐 이 집뿐이다. 그러니 매달 생활비 대는 걸 잊지 말아라."

하지만 생활비는 일 년도 채우지 못하고 꼭 10번을 대고 끊어졌다. 장사가 부진해서 자기네 살기도 힘들다고 했다. 하긴 며느리의 씀씀이가 너무 거세서 걱정을 했는데 그게 현실로 다가온 셈이다.

낙담한 남편의 건강은 매일 나빠졌다. 마지막 숨을 헐떡이면서 남편은 경화를 앞에 앉히고 간곡하게 부탁했다.

"아들며느리를 의지하거나 믿지를 말게. 없는 자식으로 잊어버려. 무자식이 상팔자라는 말을 꼭 명심하게."

그리고 한참 뜸을 드리더니 경화에게까지 숨겼던 건물등기를 내놓았다. 얼마나 치밀하였으면 이미 경화이름으로 바꾸어 놓은 등기였다.

"이건 자네가 죽을 때까지 비밀로 간직하게. 아들이나 며느리에게도 숨겨야 해. 건물은 작지만 거기서 매달 생활비가 들어오니 혼자 살기에는 부족함이 없을 거야. 내 불알친구가 부동산을 하면서 관리하니 신경 쓰지 않아도 되는 거야. 여기 그 사람의 전화번호를 꼭 간직하고 있게. 그리고 저기 구석에 놓인 금고 번호를 알지?"

경화는 눈물로 얼룩진 얼굴을 들어 이제 죽음을 앞 둔 남편의 얼굴을 응시했다.

"어서 가서 저 금고를 열어보라고."

마지못해 경화는 금고를 열어 그의 눈이 닿을 수 있도록 무거운 금고를 돌려놓았다. 거기에 작은 상자들이 촘촘히 쌓여 있었다. 일생 돈 관리를 남편에게 맡기고 경화는 열심히 남편과 나란히 서서 돈을 버느라고 바쁘게 일을 해왔던 터라 금고에 이렇게 많은 작은 상자가 쌓인 것을 처음 봤다.

남편은 힘없는 손을 간신히 들어 그중 맨 위에 놓인 상자를 가져오라고 손짓했다. 경화는 그게 돈다발인가 하는 생각에 가볍게 들었으나 어찌나 무거운지 한 손으로는 들 수 없는 무게였다. 간신히 두 손으로 받쳐 들고 와서 남편 앞에 놓았다. 그는 눈을 반짝이며 상자의 뚜껑을 열더니 마치 작은 초콜릿을 싸놓은 것같이 수십 개가 들어있는 것 중에서 맨 위에 놓인 것을 집어 들어 은박지를 풀었다. 그 안에서 콩알 크기의 금 조각이 나왔다. 그걸 들어 남편은 눈앞에 바짝 대고 찬찬히 살피다가 아내 경화의 손에 쥐어주었다.

"자네 나를 만나 너무 고생했어. 내가 당신보다 나중에 죽어 당신을 보호해야 하는데 내가 먼저 가니 어쩔 것인가. 저기 쌓인 상자 속에 모두 이런 크기의 금 조각을 해놓았네. 나이 들어 움직이지 못하게 되면 교회에 다닐 수도 없을 터이고 그때 자네 혼자 집안에 있게 될 거야. 그런 날들을 위해서 준비한 것이야. 당신을 사랑하는 교회식구들과 가난한 사람들이 당신을 방문하면 음식을 만들어 매일 잔치를 하듯 함께 먹으면서 지내라고. 그들 중 당신을 늘 돌보며 자주 찾아오는 사람에게 이 금 조각을 하나씩 주면 당신 노후에 외롭지 않을 거야."

남편은 경화의 손을 잡고 만족한 웃음을 입가에 흘리면서 숨을 거두었다. 썰렁하게 빈 집에 혼자 남게 된 경화는 며느리와 아들에게 매달렸으나 바쁘다는 핑계를 대고 일 년에 딱 세 번 추석이나 설날, 생일에 나타나더니 그것도 이젠 발길을 끊었다. 매번 올 적마다 며느리는 툴툴거렸다.

"노인 천국이라 이제 노인들끼리 살아야지 옛날처럼 추석이다 무어다 해서 음식장만하고 찾아다니고 하는 일은 이제 우스운 전통이 되어버렸어요. 모두 시대에 뒤떨어진 짓이에요. 어머니도 정보사회의 노인답게 어머니 갈 길을 찾아서 살아보세요. 제 남편도 육십 줄이니 우리도 노인세대에 들어왔다고요."

늦게 사십 중턱에 결혼한 아들은 착하지만 조금 머리가 영민하지 못한 것이 늘 걱정거리였다. 그러니 젊은 아내를 맞은 아들은 여자가 하자는 대로 묵묵히 토를 달지 않고 따라 살았다. 일 년에 세 차례 오던 방문 횟수가 점점 줄더니 이젠 어쩌다 삐죽 얼굴을 내미는 것이 고작이었다. 하긴 요즘 딸들이란 예전과 달리 아들처럼 귀하게 길러서 아들보다 더 당당하지 아니한가. 해서 요즘은 아들보다 딸을 낳기를 소원해서 딸을 낳으려는 사람들이 많아졌다. 아마도 앞으로 이 나라는 여인천국이 될지도 모른다.

아들의 성장과정을 생각하니 경화의 가슴이 무너져 내렸다. 돈을 번다고 부모가 모두 새벽부터 나가서 저녁 늦게야 들어오니 형제가 없는 외동인 아들은 너무 외롭게 컸다. 엄마, 아빠 얼굴을 볼 수도 없고 늘 혼자 목에 집 열쇠를 달고 다니는 고아나 다름없는 처지였으니 사회성도 부족하고 부모의 보호를 받지 못하고 비실비실 자란 탓인지 도무지 영민하지도 못하고 사람들 사이에서 살아남기 힘들 정도로 아둔했다. 그저 착하기만 해서 모든 걸 양보하고 손해를 보고도 허허 웃기만 해서 바보 같았다. 이런 아들을 볼 적마다 마음이 저리고 가슴에 앙금으로 가라앉아 있는 한이 되었다. 단 한 번도 아들을 데리고 여름휴가를 간 적도 없고 하루라도 마주 앉아 오순도순 대화를 나눈 기억도 없다. 이게 마음 아파서 경화는 늘 아들에게 죄의식을 가진 것이 아마도 오늘 이처럼 무례하게 나대는 며느리로 자리 잡게 놔둔 셈이다.

금 조각 소문 때문인지 며느리는 매일 경화를 찾아와서 냄새를 맡으려는 사냥개처럼 큼큼 댔다. 매일 출근하듯 경화의 집에 와서 팔짱을 끼고 성성거리면서 진을 치듯 지키고 있으니 하루 걸러 경화를 방문하여 음식을 해먹고 함께 찬송 부르면서 노닥거리고 소일하면서 외롭지 않게 지냈던 나이 먹은 교회의 친구들이 멀리 가버리고 그녀의 즐거웠던 일상사가 무너져 내리기 시작했다. 감시자처럼 암팡진 얼굴로 서 있는 쌀쌀한 며느리로 인해 모두 편치 않아 한 사람, 두 사람 등을 돌리더니 이제 아주 발길을 끊었다.

"제발 고만 돌아가라. 이게 무슨 짓이냐."

"어머니가 돈을 낭비하는 걸 막으려는 거예요. 이러다가는 이 집까지 날아가버리고 나중에 우리가 길거리에 나앉은 어머니를 책임지는 사태까지 가면 어쩔 겁니까. 전 그런 일 할 수 없거든요. 애들 아빠도 똑똑치 못한 판에 어머니까지 제가 어떻게 책임을 져요. 그런 십자가를 절대로 저는 거절합니다."

"걱정 마라. 그런 일은 없을 것이다."

"바로 그 점이 수상하단 말입니다. 어머니가 감춰놓은 재산이 엄청 많은 거지요? 어서 전부 내놓으세요."

"너희 부부가 받은 건물하고 음식점이면 너희들 일생 배 두드리며 먹고살아도 부족함이 없는 재산이다."

"요즘 장사가 되질 않아서 건물을 팔려고 내놓았어요."

"뭐라고? 시장에서 제일 요지에 자리 잡은 건물을 판다고? 미친 것들 같으니라고. 그게 어떻게 모은 재산인데 그걸 판다고 그러니. 네 남편을 두고 변변치 못하다고 불평하지만 그게 다 바로 그 아들을 희생하면서 벌어들인 재산이다."

"사람들이 어머니가 만들었던 그런 음식을 이젠 먹지 않아요. 요즘 누가 돼지 뼈 우린 물에 배추 잎을 듬뿍 넣고 국수를 말아주는 꿀꿀이 죽 같은 음식을 먹어요. 요식문화가 바뀌어서 서양식으로 변하고 있어요. 퓨전이라고 들어보셨어요. 시대는 급물살로 변하는데 어머니는 굴속에 갇혀 살고 있으니 뭘 알겠어요. 그러니 음식장사를 걷어치우고 새로운 비즈니스를 하려고 해요. 음식장사는 아이들 교육에도 나쁜 인상을 주니 고급 비즈니스를 하려고 합니다."

순간 남편의 염려가 현실로 다가옴을 경화는 직감했다. 남편이 한숨을 삼키면서 독백한 말들이 새록새록 살아났다.

"저것들 물려준 재산을 지킬 능력이 없어. 내가 간 지 5년 안에 거덜이 날 거야. 그러니 끝까지 내가 한 말들을 잊지 말고 당신 자신을 스스로 보호해야 되요. 당신이 어리바리 해서 늘 걱정이야. 제발 똑똑하게 노후를 잘 이끌고 살다가 하늘나라에서 만납시다. 죽음 자리에서 남은 재산으로 인해 걱정할까봐 모두 유산처리도 변호사를 사서 해놓았으니 그리 알아요. 절대로 그 재산들은 아들내외에게 줘서는 안 된다는 점을 꼭 명심해요. 정신 바짝 차리고 아주 똑똑해야 된다고."

물론 남편이 경화에게 그렇게 다짐하는 유산이란 지금 살고 있는 집과 세를 놓아 생활비가 나오는 작은 건물을 말하는 것이다.

남편의 예측처럼 아들과 며느리는 모든 재산을 날리고 온 식구가 경화의 집으로 들어왔다. 닦달을 하면서 금고 문을 열고 금 조각을 매일 꺼내 팔아서 쓰다가 거덜이 나니 그다음에는 이 집을 팔아서 전세로 옮기자고 밤잠을 자지 못하도록 며느리가 아들을 방패로 삼아 앞을 가리고 나서서 들볶기 시작했다. 원수도 이런 원수들이 없었다. 자식이 아니라 괴물들처럼 보였다. 여자가 잘못 들어오면 일생 흉작이라더니 아무리 봐도 이건 승산이 없는 결혼생활을 아들은 하고 있었다.

참지를 못하고 아들만을 불러서 둘이 조용히 대화를 했다. 중풍이 온 반신이 매일 계속되는 불화와 갈등으로 속이 아파오더니 위암이라도 걸린 듯 이젠 숨쉬기도 거북살스럽게 쑤시기 시작했다. 이렇게 살 수는 없는 노릇이었다.

"어떻게 하면 좋겠니? 너희들 원하는 걸 말해보라."

"이 집을 팔아서 전세로 가면 저희들이 다시 비즈니스를 해서 일어날 것입니다."

"비즈니스라고? 넌 능력이 없다. 더구나 이런 며느리를 데리고 아무 일도 못한다. 오로지 돈 쓰는 일에만 길들여진 여자라 현금을 보이는 대로 다 써버릴 터이니 그건 안 된다. 이 집안이 이렇게 일어난 것도 내 손끝에서 모아진 재산이었다."

"그럼 어떡해요? 제 나이가 취직을 할 수도 없고 그렇다고 백수건달로 지낼 수는 없잖아요. 아이들은 이제 공부가 막바지에 이르러서 씀씀이하고 학비가 엄청나요."

"길바닥으로 나가 폐지를 주어서라도 매일 수고한 만큼 번 돈으로 살아라. 내가 살아온 인생의 경험으로는 나가는 돈이 들어오는 돈보다 적어야 재산이 불어나는 법이다. 이제 내가 너를 더 이상 도울 수가 없다. 네 아내도 음식점의 주방에 나가 하루 종일 일하면 백만 원은 벌어 올 것이다."

"어머니! 그게 말이 돼요. 그 사람이 그런 생활을 한 적이 없다니까요. 그런 일은 못해요."

"그럼 어쩐단 말이냐."

"글쎄 이 집을 팔자고요. 제게 기회를 주세요."

결국 경화가 살던 집은 급매로 팔려서 허름한 셋집으로 이사를 했다. 그것도 월세로 해서 돈은 곶감을 빼먹듯이 술술 나가고 비즈니스는 현상유지를 못하고 적자라 집 판 돈은 독수리의 날개를 타고 하늘로 치솟듯이 바로 사라져버렸다.

셋집도 줄이고 주려서 막판에 옮긴 곳이 반지하방이었다. 화장실 옆에 자리 잡은 경화의 방은 습기가 줄줄 흐르고 장마철이라 수채구멍에서 기어 나온 작은 벌레들이 수없이 등이나 어깨 밑으로 기어 들어와서 가려움증으로 잠을 이룰 수도 없었다. 이대로 나가다가는 제명에 죽을 수도 없을 절체절명의 위기였다. 몸은 점점 밑으로 가라앉아서 이제 화장실 출입도 힘겨웠다. 벌벌 기어서 화장실에 가야 하고 하루 두 끼를 찾아 먹기도 힘들었다. 중풍 맞은 손이 점점 굳어져서 물 한 잔을 손수 떠 마시기도 힘겨웠다. 감기라도 들어서 열이 오르면 갈증이 나고 물을 먹어야 하는데 일어날 수가 없어 바짝 탄 입술을 달싹거리고 하루를 보내야 했다. 경화는 이 집에서 이방인이었다. 곧 없어져야 할 귀찮은 존재였다.

그녀의 마지막 보루인 건물등기가 그대로 있나 확인했다. 손으로 더듬어보니 모두 제 자리에 있어서 경화는 안도의 숨을 내쉬었다. 어떻게 해서든지 야반도주를 해야 한다. 절대로 찾을 수 없는 곳으로 건물권리증과 인감도장만을 가지고 도망쳐야 한다. 이대로 있다가는 비참한 죽음을 맞을 것이란 무섬증으로 전신이 떨렸다. 그러나 어디로 가야 한단 말인가. 더구나 제대로 몸을 가누지 못하는 처지에 혼자 도망친다는 것은 불가능했다.

어떻게 알았는지 이웃집에 살던 영미 엄마가 경화를 찾아왔다. 거지꼴로 변해버린 경화의 손을 잡고 울음을 삼키다가 단호하게 입을 열었다.

"제 언니가 산청의 깊은 산속에서 요양원을 지어놓고 노인들을 돌보고 있어요. 30명 정도 할머니들만 모여 있는데 매일 예배도 드리고 있어 진짜 가정처럼 아주 아늑한 곳이더라고요. 제가 할머니 걱정이 돼서 큰 마음 먹고 거길 다녀왔어요. 그리로 무조건 옮깁시다."

"……"

"돈 걱정 마세요. 제가 잘 말해서 그냥 거기서 사시다 돌아가시게 할게요. 이건 아니에요. 여기서 이 몸으로 이렇게 사시는 것은 너무 비참해서 볼 수가 없네요."

"……"

"아들 며느리 몰래 어서 갑시다. 내일 이 시간대에 제가 올 터이니 입을 옷만 몇 벌 가지고 몸만 빠져 나오세요. 절대로 아들 며느리에게 할머니 가실 곳을 일러주지 마세요."

똑똑한 죽은 남편은 아들 며느리를 믿지 못하고 금 조각까지 생각해내서 아내인 경화를 보호하려 했지만 모두가 허사였다. 무슨 수를 써서라도 남편의 말처럼 경화 자신이 똑똑해져야 한다. 죽음의 현관문에 이르러 천국으로 한 발자국 들여놓기까지 자신의 일을 처리하고 가야 한다. 사회에 자신의 죽음이 도움이 될지언정 피해를 줘서는 안 된다. 얼마나 열심히 살아온 인생인가. 젊어서부터 사람들에게 폐가 되지 않는 삶을 살려고 얼마나 발버둥을 쳤단 말인가. 이 몸뚱이로 인해 이웃들에게 절대로 짐이 되어서는 안 될 일이다.

경화는 엉금엉금 기어서 겨우 움직일 수 있는 손으로 서랍의 옷가지를 챙겼다. 하루 밤만 여기서 자고 내일 영미 엄마를 따라 산청 산속으로 꽁꽁 숨어 사라져버리면 모든 일이 잘 끝나는 셈이다. 올무에 걸렸다가 풀려나는 순간에 이르렀으니 힘을 내야 한다. 경화는 진저리를 치면서 몸을 떨었다. 마치 끈끈한 점액이 있는 거미줄에 걸린 한 마리 풍뎅이처럼 힘차게 몸부림치면서 몸을 휘감고 있는 줄을 제거하려고 흔들어대면서 힘을 냈다.

깊숙이 감춰놓은 월세가 들어오는 통장과 문서를 찾았다. 어제까지만 해도 손의 감각으로 확인하지 않았던가. 여전히 도장과 통장과 건물등기권리증이 손에 감각으로 다가온다. 그래도 마지막으로 다시 확인을 하려고 싸놓은 보자기를 풀었다. 보자기 안의 것들이 와르르 방바닥 위로 쏟아졌다. 순간 벼락을 맞은 듯 경화는 숨을 쉴 수가 없었다. 목울대로 큰 덩어리가 올라와 숨통을 막았다. 세상에! 이럴 수가. 어찌 이런 일이! 없다. 손살을 빠져나간 물처럼 모든 것이 사라져버렸다. 마지막 소망으로 부둥켜안고 지켜온 건물문서와 통장이 독수리처럼 날아가버렸다. 두꺼운 종이로 가장을 한 허섭스레기가 손에 잡혔다. 아뿔싸! 벌써 훔쳐 가버렸단 말인가. 자신보다 똑똑한 며느리가 선수를 썼단 말인가.

이상한 나라의 엘리스처럼 경화는 아득히 좁은 굴속으로 몸이 떨어져 내렸다. 가물가물 사물들이 안개 속으로 희뿌옇게 사라지기 시작하더니 짙은 어둠으로 변했다. 쿵쿵쿵……. 거대한 발자국 소리가 그녀 위로 덮쳤다. 경화 자신은 밑으로 가라앉는 세대에 끼어 있으니 밑으로 꺼지고 있는 것일까. 먼저 가버린 그녀가 사랑했고 알고 지냈던 사람들에게 돌아가는 길이 이렇게 아득하단 말인가. 싱크 홀에 빠져들듯 밑으로 푹 몸이 꺼지기 시작했다. 정신을 차리고 위를 보니 싱싱한 젊음을 지닌 남녀들이 사막의 소 떼들처럼 밀려온다. 도움을 청하려 해도 그 많은 사람들 중 단 한 사람도 아는 이가 없이 낯설다. 안간힘을 쓰면서 아무리 정신을 가다듬고 봐도 모두가 모르는 얼굴들이다. 모두 타인들뿐이다. 무섭게 물결치면서 경화와는 관계가 없는 새 물결을 이루며 경화의 머리 위로 힘차게 지나간다. 싱크 홀에 빠져 땅속으로 꺼지면서 경화는 공포에 질린 눈으로 위를 올려다본다. 검은 세상인 밑보다는 빛이 있는 위로 올라가야 한다는 마음으로 굳어져가는 몸을 세우려고 허우적 거렸다. 단 한 사람도 아는 얼굴이 없는 저들을 뚫고 지나 위로 빛이 있는 곳으로 가야 한다. 빈손으로 맨몸으로 모든 걸 버리고 가야 한다. 그녀는 몸을 가늘게 떨면서 비상하려는 가녀린 새처럼 버둥거렸다.

마음 한구석에서는 불쌍한 아들을 이런 며느리에게 두고 가는 것이 안쓰러워서 자꾸 눈물이 났다. 그녀가 일생 육신을 맡겼던 이 세상에 미련이 없건만 오직 너무 착하게 길러낸 아들이 자꾸 그녀의 뒷머리채를 잡아당겼다. ✈

— 2015년 『들소리문학』 여름호

벌레의 애걸

과학의 지혜와 신화의 지혜가 분리되어 과학만능의 시대를 살고 있는 그가 현대사회의 아킬레스건이 된 죽음의 문제를 놓고 죽음의 강을 건너지 못하고 고민하고 있는 모양이다. 기다려야지.

벌레의 애걸

　한강을 건너야 한다. 그래야 학교에 가서 공부를 할 수 있다. 결사적으로 남학생들 틈에 끼어들어 달리고 있는 트럭 꽁무니에 근영은 대롱대롱 매달렸다. 책가방을 짐 트럭 안에 던져 넣은 상태라 포기하면 모든 걸 잃는 것이나 마찬가지다. 살짝 내린 눈길이라 바람을 따라 풀썩 휘날리는 흙먼지와 버무리가 된 눈가루가 머리와 어깨에 볼썽사납게 내려앉는다. 두 살 위인 이웃집 오빠가 그녀의 교복 목 언저리를 세차게 잡아 낚아줘서 간신히 트럭 위에 올라탔다. 남학생들의 몸이 닿는 걸 피해 운전석 뒤의 난간을 잡으려는 순간 트럭이 세차게 덜컹거려 그대로 바닥에 이마를 부딪치며 나동그라졌다. 끈적끈적한 피가 이마 위로 흘러내려 으윽 신음을 토하는 순간 잠에서 깨어났다.

　졸음이 잔뜩 어린 눈에 방 안의 희뿌연 정경이 차츰 또렷하

게 다가온다. 더위로 잠을 이루지 못하다가 창문을 활짝 열어
놓고 잔 탓에 스며들어오는 밤의 찬기가 목 언저리를 스친다.
무릎관절도 아프다. 초가을 찬 밤공기 탓이리라. 어머니의 놀
란 눈이 근영을 내려다보고 있다.

"어머나! 이 땀 좀 봐."

어머니의 거친 손이 이마를 스친다. 상상도 할 수 없는 어마
어마한 사건이 터진 요 삼사 년 사이 어머니의 머리는 빛바랜
명주 색으로 변해버렸다.

"아무 일도 아니야."

"그런데 마치 목숨이 끊어지는 사람처럼 악을 쓰고 있어. 도
대체 무슨 꿈을 꾸었니?"

근영은 어머니가 잡아주는 손에 힘을 주어 의지하고 일어나
앉았다. 이마 위로 흘러내린 땀이 눈썹 가를 스쳐 귀밑으로 흘
러내린다.

"달리는 트럭에 간신히 매달려서 막 올라탔는데 바닥에 얼굴
을 부딪치면서 쓰러졌어. 내 등 위로 검은 제복을 입은 남학생
들이 우르르 넘어지는 바람에 트럭 바닥에 부딪힌 이마에서 피
가 마구 흘러내리고 숨을 쉴 수가 없었어. 입안으로 스며든 피
가 비릿하고 남학생들의 무게가 장난이 아니더라고."

"어머머! 달리는 차를 타는 꿈을 꾸었으니 오늘 너 조심해야
한다. 아주 불길하다. 그 꿈은 오늘 네가 죽을 수도 있다는 뜻
이야. 너 그 못된 놈을 따라 죽으려고 그러니. 분명히 그 꿈속

에 그놈이 나타나서 널 끌고 갔을 거야. 어서 자거라. 다시 그 꿈을 계속 꾸어라. 그때는 그 자식의 머리를 방망이로 세차게 때려눕히고 달리는 트럭에서 뛰어내려야 한다. 어서 자거라. 내 말 명심해라. 너 죽으면 나도 따라 죽는다."

"하필이면 머리를 때리라고 그래. 그러잖아도 불쌍한데."

어머니는 근영의 이마를 뒤로 세차게 밀어 강제로 누이면서 벌써 눈물을 줄줄 흘리고 있다. 어머니는 어떻게 꿈에 나타나서 그녀를 도와 트럭을 탈 수 있도록 도와준 이웃집 오빠가 남편이란 걸 알았을까. 참으로 기이하다는 생각이 들어 머리를 갸웃거려본다. 순간 와락 몸 위로 내려앉는 어둠을 응시하면서 다시 잠을 청했다.

지금 이 시간에도 몸을 새우처럼 앙당그리고 요양원에 누워 있을 남편, 호식이 눈앞을 스친다. 식물인간으로 그러고 있은 지 벌써 3년이 넘었다. 이제 겨우 서른다섯의 젊은 나이에 그는 죽음의 언저리를 맴돌면서 영 깨어날 줄 모른다. 의사의 말로는 살아날 가망이 없지만 혹시 기적이 일어나면 소생할 수도 있겠다고 약간 민망스러운 미소를 흘리면서 말했다. 주치의의 얼굴에는 아내의 입장에서 안락사를 시키고 싶을 수도 있지만 법이 그걸 허락지 아니하고 있으니 죽을 때까지 기다리라는 암시를 담고 있었다. 그나마 생명줄을 놓지 않고 숨을 쉬고 있는데 어쩔 거냐는 투다. 깡통에 든 복합영양제를 한 끼에 두통씩 코를 통해 식도까지 넣어놓은 플라스틱 튜브밥줄을 타고 흐르는 음식을 먹고 남편은 매일 그 모습으로 목숨을 이어가고 있다. 팔에는 링거를 꽂고 소변 줄을 끼고 있다. 그야말로 겨울잠이 든 동물처럼 그렇게 누워 있다. 등창이 나지 않도록 요양사가 붙어서 한 시간 간격으로 몸을 뒤척여 주고 있는 형편이다.

남편은 저쪽 세상을 바라보면서 무섭게 파도치며 도도하게 흐르는 넓고 깊은 강가에 서서 너무 무서워 건너지 못하고 머무적거리고 있는 것일까. 그냥 강 속으로 뛰어들어 헤엄쳐 가든지 이생과 저생을 잇는 배를 불러 타고 가면 될 터인데 무슨 미련이 있어 그런 요상한 몰골로 망설이고 있단 말인가. 아내인 근영을 이생에 두고 가는 것이 마음 아파서 그러는 것일까?

죽음이란 무엇일까? 그동안 근영은 눈에 보이는 물질과 입증된 과학에만 정신을 쏟고 있었다. 인류의 역사가 계속되는 동안 눈에 보이지 않는 형태가 없는 죽음에 관한 정신문화가 없었단 말인가? 그럴 리가 없다. 그녀가 살고 있는 환경의 변화에 매우 약해 빠르게 상실된 것이 틀림없다. 이 세상을 떠나는 것은 남편 혼자만이 아니다. 누구나 다 죽게 되어 있다. 언젠가는 그녀도 죽어야 한다. 누구나 죽어야 할 운명임을 항상 상기하고 죽음을 두려워하지 않고 수용할 수 있는 마음을 강화해야 하는 지혜가 필요했다. 인간이 육체뿐인 존재라면 죽음은 그야말로 비극이다. 하지만 죽음에 상처도 받지 않고 계속 존재하는 무엇인가가 있다는 것을 알게 된다면 죽음이란 현관문이 될 것이다. 돈과 육체의 욕구를 좇아 신나게 호호거릴 서른을 갓 넘긴 나이에 서서 근영은 죽음을 앞에 놓고 몸살을 앓고 있었다.

근영은 처음 몇 달 매일 가서 근육이 죽어가는 남편의 팔과 다리를 주물러주었다. 요양비가 문제였다. 한 달에 이백만 원이 넘게 드는 병원비를 감당하려고 어머니가 마련한 집을 팔았고 이제 반지하의 눅눅하고 아침에만 동쪽을 향해 반쯤 뚫린 창문으로 햇살이 들어오고 정오가 지나면 어두운 셋방살이가 시작되었다. 어머니는 이제 허리가 아파 돈을 벌 수가 없다고 입만 살아서 근영을 들볶았다.

서른둘의 나이에 다시 옛날 직장으로 돌아갈 수는 없고 근영은 남편의 병원비를 조금이라도 충당하려고 음식점에서 막노동을 하고 있다. 하루 종일 주방과 손님 사이를 오가며 일하는 동안에도 근영의 마음은 병원에 가 있다. 병상에 개구리처럼 웅크리고 누워 있는 남편의 모습이 앞을 스친다. 뇌수술을 하여 박박 깎은 머리는 영양이 풍부한 메디 후드 탓인지 기름이 잘잘 흐른다. 자꾸 오그라드는 손에 지압을 넣는 밤송이처럼 오돌오돌한 운동기구를 쥐어주었다. 그렇게 하지 않으면 손이 말라 올라붙기 때문이다. 하아! 크게 딱 벌리고 있는 입속에서는 연신 침이 줄줄 입 가장자리를 타고 흐른다. 3년을 그러고 누워 있으니 이제 팔다리에 근육이 다 빠져나가 살갗이 꽉 끼는 옷처럼 뼈에 찰싹 달라붙었다. 근영이보다 키가 크고 우람했던 체격이 점점 쪼그라들어 칠팔 세 난 어린 소년의 몸 사이

즈가 되었다. 그는 언젠가 화면에서 본 이집트 박물관에 보관된 미라의 징그러운 모습으로 변해가고 있었다.

그는 살아날 것인가? 처음에는 희망을 가지고 어머니도 집을 팔아서라도 살리자고 했는데 이제 3년이 넘자 집도 날리고 빈손이 되어 원망만 집안에 가득하다.

"못 살아날 것이라면 그 자리에서 콱 죽어버릴 것이지 어쩌자고 명이 붙어 있어 우리 모녀를 말라 죽이려고 하는지 모르겠다. 죽으려고 작정한 사람이라면 한두 달 있다가 갔으면 피차 서로 좋을 터인데……. 언제까지 저러고 있을 거냐. 몰래 외진 산속이나 길거리에라도 내다 버려야 하는 것 아니냐. 아이쿠! 원수를 만났다, 원수를……."

어머니의 푸념은 매일 강도를 더해 갔다.

남편이 처음 식물인간이 되었을 적에는 불쌍하고 측은하고 어떻게 해서라도 살려내려는 마음이었으나 점점 이상한 몰골로 변해가면서 불러도 대답이 없는 무의식 상태가 계속되니 옆에서 재롱을 떠는 강아지만도 못한 남편이 아닌가. 처음 일을 당했을 적에는 가슴이 아팠으나 지금은 솔직히 말해서 골이 아프다. 마음이 아프지 않다는 뜻은 곰곰이 생각해보니 그를 마음속으로 받아들이지 않고 내던져버려 이제 더 이상 사랑하지 않는다는 뜻일 터이고 이렇게 골이 아픈 것은 그를 받아들이지 못하고 고생스러워 힘이 드는 근영 자신만을 생각하고 있는 현실 때문일 것이다.

그는 등산을 좋아했다. 먼 훗날 죽을 때는 깊은 골짜기나 산 정상에서 임종을 맞이하기를 바란다고 했다. 어떻게 멍청하게 침대에 누워 있다가 죽느냐고 말이다. 하긴 전체 인구의 90%가 침상에서 죽음을 맞이한다고 하는데 남편은 그런 식상한 죽음이 싫다고 입버릇처럼 말했는데 그도 역시 침대에서 죽어가고 있지 아니한가. 통계를 보면 매일 677명이 죽는다고 한다. 그중에 자살로 사망하는 자는 일 년에 15,431명이니 하루 42명꼴이다. 자살이 전체 사망원인의 4위에 달한다니 무서운 일이다. 남편도 그들 틈에 끼어서 죽음을 결심한 것이 분명하다. 죽음의 순간 그는 막연히 죽음의 장소만 생각했지 죽음이란 무엇인가 하는 근본적인 물음조차 해보지 못하고 목을 매단 것임에 틀림없다. 자신이 처한 억울한 처지에서 아마도 죽음이 곧 해방일 것이란 급한 결론을 내린 모양이다. 하지만 막상 죽음의 문턱에 서니 이 세상에 대한 미련과 집착이 살아나서 멈칫거리고 있는 몸짓이다.

　서른 초입에 접어든 근영은 남편의 돌발적인 자살미수에 하늘을 멍청히 바라보면서 한숨을 쉬고 신세한탄을 할 수밖에 없었다. 그제야 어머니가 처음에 어째서 그다지도 죽을 듯이 그녀의 결혼을 반대했는지 그 심정을 헤아리게 되었다.

　남편 호식은 그녀보다 세 살이 많은 바로 이웃집 소년이었다. 산골에서 살았기 때문에 고개를 넘는 울창한 산길로 그와 함께 초등학교를 다녀야 했다. 학생 수도 전교생이라야 30명인 오지의 학교라 그녀가 학교를 졸업하고 바로 문을 닫아서 지금은 이름이 알려진 어느 화가가 학교를 빌려서 화실로 삼아 그림을 그리고 있다.

근영의 아버지가 황소의 뿔에 받혀서 죽은 뒤 어머니는 뒤도 돌아보지 않고 산골을 떠났고 도시로 나온 어머니는 시골 식으로 맛을 낸 곤드레 밥집을 열어 돈을 벌었다. 근영도 대학을 나와서 작은 회사에 출근하고 있는 터라 둘이 살 수 있는 자그마한 도시 변두리의 집도 장만하고 아주 재미있게 생활하고 있는 시기에 이웃집 소년이었던 호식이 청년이 되어 나타났다. 그들은 바로 결혼에 뜻을 모았고 일은 급속도로 진행되었다. 저들이 초등학교 시절부터 가깝게 지내는 걸 이상할 정도로 역겨워했던 어머니는 결혼식 전날까지 눈물을 흘리며 만류했다.

"그 자식 성격이 나빠서 일찍 죽을 것이다."

"엄마는 멀쩡한 사람을 놓고 저주를 하는 거야?"

"그 애가 태어났을 적부터 내가 지켜봐서 잘 안다. 참을성이 없어 번갯불에 콩 구워먹으려고 하는 아주 나쁜 근성이 있어. 매사에 즉흥적인 성격은 인생을 괴롭게 살아간다는 뜻이다. 게다가 정에 약하고 사내답지 않게 눈물이 많아. 남자란 고집도 있고 뚝심이 있어야 하는데……. 나는 어쩐지 이 결혼이 께름칙하다."

어머니의 예언이 맞은 것일까. 어느 날 갑자기 남편은 식물인간이 되었다. 그 사연은 어머니가 예측했던 것처럼 남편의 참을성 없는 조급함과 즉흥적인 행동 때문이었다.

호식이 대학교 앞에 연 커피점이 얼마나 잘 되는지 돈이 술술 들어왔다. 지금처럼 커피점이 여기저기 문을 연 시기가 아닌 탓인지 빵과 빙수까지 팔면서 아주 짭짤한 수익을 올렸다. 근영도 직장을 그만 두고 남편의 커피점에 나가 일을 하면서 좋은 지역에 작은 아파트도 사고 주식도 사고 이제 아기를 낳자고 둘이 좋아하고 있었다. 자금이 돌자 여유가 있으니 호식은 도우미도 두고 학교가 문을 닫는 토요일과 일요일에는 골프도 쳤다.

골프를 치면서 만난 친구들이 점점 수가 늘어났다. 성격이 가랑잎에 불붙듯 빠르고 번갯불에 콩을 구워먹을 정도로 조급한 성격이라 그의 곁에 붙어 있는 친구들이 거의 없었는데 돈이 있으니 사람들이 꼬여들었다.

그런 사람들 중에 환호란 이름을 가진 친구는 남편에게 입의 혀처럼 아주 잘 했다. 간이라도 빼줄 정도로 너무 나긋나긋하게 잘 해주니 남편은 그에게 빠져서 그 친구가 팥으로 메주를 쑨다고 해도 믿을 정도였다.

"여보! 환호라는 친구를 조심하세요. 그런 친구는 무엇인가 노리는 것이 있다고요. 거죽으로 무뚝뚝해도 오래 가는 사이가 좋은 친구에요. 너무 아첨을 하니까 전 무서워요. 꼭 무슨 일을 저지를 것만 같다고요."

"걱정 말라고. 이런 친구는 세상에서 단 하나뿐이야. 나를 이해하고 평안하게 해주고 내 손발처럼 움직이거든."

환호라는 친구가 투자하는 곳에 커피점을 담보로 잡히고 집까지 담보로 내주고 난 직후 그 친구는 홀딱 사라져버렸다. 일순간에 빈손이 되어버린 셈이다. 어쩔 수 없이 친정어머니 집에 들어가서 살게 되어 데릴사위처럼 살아야 했다. 화가 치민 그는 제정신이 아니었다. 그 나쁜 친구를 찾겠다고 매일 전국을 헤매고 다니다가 술독에 빠졌고 급한 성격을 이기지 못해 하필이면 화장실에서 목을 맨 것이다. 유명 배우나 가수들이 화장실에서 목을 매어 자살했다는 뉴스가 그를 그런 식으로 죽도록 한 모양이다. 그나마 어머니가 시장을 봐가지고 들어와서 발견하여 목숨을 부지했지만 그게 어떻단 말인가. 10분만 일찍 와서 목을 맨 사위를 끌어내렸다면 살렸을 것이라고 어머니는 울어댔었다. 사위에게 주려고 갈치를 사면서 진짜 먹갈치냐고 다투고 값을 깎지만 않았어도 사위를 살려냈을 거라고 푸념을 하던 일도 이제 3년이 지나니 그것도 사라졌다.

지독히도 덥더니 처서가 지나자 아침저녁으로 선선해졌다. 어둠을 뚫고 귀뚜라미가 울어댄다. 한 마리가 아니고 두 마리가 우는지 점점 드세게 나대서 귀가 따가웠다. 어머니의 원대로 잠이 들어 그 꿈을 계속 꾸면서 남편을 뿌리치고 달리는 트럭에서 뛰어내려야 하는데 귀청이 찢어지게 울어대는 귀뚜라미 때문에 정신이 점점 더 맑아졌다. 달리는 차에 타면 죽는다는 속설을 어머니는 믿고 있어 어서 꿈속으로 들어가 트럭에서 뛰어내리라고 야단이다. 그런데 이놈들이 어디에서 이다지도 시끄럽게 나댄단 말인가. 근영은 귀뚜라미의 소재지를 찾느라고 신경을 곤두세웠다. 반지하방이라 눅눅해서 항상 퀴퀴한 냄새가 고여 있고 어제처럼 폭우가 내린 뒤끝에 음식이라도 흘리면 새까만 작은 벌레들이 우글거렸다. 좁쌀보다 더 작아서 꼭 검은 깨 가루처럼 보였다. 아마도 겨자씨가 그만한 크기일까. 벽시계가 네 시를 치는 걸 보면 곧 희미한 미명이 동쪽으로 뚫린 창문으로 스며들 것이고 그때 일어나서 돈 때문에 일을 하러 가야 한다. 지금부터 단 30분이라도 자야 한다. 일을 하려면 잠이 최고의 보약이었다. 이렇게 가난하게 된 지경에서는 건강한 육체가 재산이다. 잠을 청해보았다. 그런데 어쩔 거냐. 귀뚜라미 소리에 잠을 잘 수가 없었다. 이놈들이 내가 얼마나 거대하고 무시무시한 존재라는 걸 모르고 이 소동을 부리는 모양이다. 화가 잔뜩 난 근영은 불을 켰다. 불빛에 잠시 울음을 멈췄던 귀뚜라미들이 불빛에 익숙해지자 다시 목청껏 울어댔다. 눈에 보이지는 않지만 그들이 숨어 있는 곳은 현관 신발장 어디쯤이 분명했다.

"요것들이 내가 저들의 진짜 우두머리요, 저들의 생명을 좌우하는 존재라는 걸 잊었단 말인가. 날 이렇게 괴롭히면 너희들 죽여버린다. 이제 울지 않겠다고 애걸해도 난 너희들을 가만 놔두지 않을 거다. 죽여 버리고 말 거야."

　순간 남편의 무너져 내린 모습이 앞을 스친다. 그 사람처럼 서서히 죽어가게 할 것인가, 아니면 당장 죽여버릴 것인가. 파리약을 많이 뿌리면 직방으로 죽을 것이고 조금 뿌리면 남편처럼 서서히 애간장을 말리면서 죽을 것이다. 서서히 죽어가게 하는 일은 아무리 생명을 좌우하는 자리에 있지만 너무 잔인한 일이다. 죽이려면 한방에 즉사하도록 죽여버려야지. 그 결정이 생명을 좌우하는 자리에서 자비심을 가지고 상대방을 고려하는 사랑이 많은 자세가 아니겠는가. 근영은 홈 키퍼를 집어 들고 손가락이 젖도록 귀뚜라미가 있는 방향을 향해 쏘아대기 시작했다. 남편처럼 고통 받으면서 살아 있지 말고 그 자리에서 콱 죽어버리라는 심정에서였다. 귀뚜라미 소리는 이내 딱 그쳤다.

　하루 종일 몸이 찌뿌드드하고 기분이 착 가라앉는 것은 요양원에 누워 있는 남편 때문이 아니다. 이미 그 상황에 이력이 나서 극복했다고 믿고 있는 터이다. 그럼 무엇 때문일까? 아하! 귀뚜라미를 죽인 탓일 게다. 출근하면서 보니 귀뚜라미 두 마리가 부엌 마룻바닥까지 기어 나와 날개와 다리가 여기저기 흩어진 채 너부러져 있었다. 휴지로 주어서 쓰레기통에 버렸지만 마음이 흔쾌하지는 않았다. 벌레지만 죽음이란 아무래도 마음을 슬프게 하는 모양이다. 특히 삶과 죽음을 좌지우지하는 자리에 서 있으면서 저들을 무지막지하게 죽여 버렸으니 말이다.

그렇게도 날개가 닳아빠지게 비비면서 울어대는 것은 살고 싶다는 애절한 간구가 담겨있는 것일 터이니 말이다.

속보로 ○○○국회의원이 내란음모죄를 저질렀다고 야단이다. 무기도 준비하라고 했다나. 진짜로 빨갱이가 나온 것일까. 과거의 정권에서 숨도 못 쉬게 했던 무서운 죄를 억지로 덮어씌우는 것은 아닐까. 아니면 진짜일까. 근영은 화면을 가득 채운 남자가 자신에 가득차서 만면에 웃음을 터뜨리다 못해 너무 재미있어 죽겠다는 표정에서 숨기고 있는 깊은 슬픔을 읽었다. 그렇게 웃어대는 것은 무서워서 죽기 싫다는 속내를 감추기 위한 술책일 것이란 가면의 뒤를 꿰뚫어볼 수 있었기 때문이다. 그의 속내는 아마도 자신을 진짜로 주관하는 자에게 애걸하고 싶을 것이란 확신도 왔다. 그녀의 언저리에 무지근하게 고여 있는 죽음의 그늘이 예전과 달리 그렇게 생각하게 만든 모양이다.

하루 휴가를 받아 한 달 만에 남편이 누워 있는 요양원엘 갔다. 그는 여전히 어딘가를 헤매고 있었다. 눈을 허공에 대고 멀뚱거리고 입은 반쯤 열려 있다. 까까중처럼 밀어버린 머리에는 뇌수술을 한 수술 자국이 지렁이가 들러붙은 것처럼 길어 보인다. 오랜만에 찾아온 아내가 손을 잡아도 눈을 허공에 박고 무엇을 생각하는지 그저 맹한 얼굴이다. 하긴 인간이 산다는 것은 음식을 먹는 재미와 젊은 시절에는 서로 사랑하면서 육체를 섞는 일과 요즘처럼 영상문화가 발달한 시대에는 텔레비전의

화면에 빠져 있든지 아니면 스마트폰에 빠져서 미친 사람처럼
혼자 실실 웃어야 옳은 삶이 아닐까. 그는 벌써 3년째 먹는 재
미나 아내와 뒹구는 재미도 없고 영상문화에 빠지는 재미도 없
이 그다지도 좋아하는 골프도 치지 못하고 있다. 그저 콧구멍
으로 흘러들어오는 영양제로 위를 채워가면서도 무슨 재미로
생명을 포기하지 못하고 그러고 누워 있는지 모르겠다.

　이제 식당에서 일하는 것도 너무 지쳤고 울상을 하고 날마다
푸념을 늘어놓는 어머니의 한이 서린 흐느낌도 참아낼 기운이
없다. 남편은 저꼴로 누워서 언제까지 그녀의 등골을 빼먹어야
한단 말인가. 순간 번개처럼 스치는 생각. 그래 그 사람을 반지
하 방으로 옮겨가자. 그리고 콧구멍에 집어넣은 플라스틱 튜브
를 뽑아내버리자. 음식공급을 차단하자. 그러면 일주일에서 열
흘이 되면 굶어죽을 것이 아닌가. 그렇게 하자. 그녀가 시끄럽
게 울어서 잠을 잘 수 없게 하는 귀뚜라미를 홈 키퍼를 뿌려서
그 자리에서 죽이듯 그 플라스틱 음식 줄만 빼어내면 되는 것
이다. 남편에게도 그게 자비를 베푸는 아내의 사랑이 될 것이
다.

　어수선해진 마음을 결단으로 다짐하면서 근영은 병원비를
청산하고 요양원을 빠져 나왔다. 어디로 갈까? 한낮의 따사로
움에 젖어 추석을 앞두고 바쁘게 서두르는 사람들 사이로 끼어
들었다. 문득 남편과 연애시절 늘 들렀던 선릉이 떠올라서 무
조건 2호선을 탔다. 능이 세 개가 있는 곳이다. 도시에서 유일

하게 한 점 남아 있는 푸른 동산이다. 성종대왕의 능은 길가에 바짝 붙어 있어서 자동차의 소음과 빌딩숲이 뿜어내는 매캐한 냄새로 땅속에 묻힌 시신의 자리에서도 숨이 막힐 것처럼 보인다. 성종의 계비인 정현왕후 능은 그래도 몇 그루의 소나무들이 높이 자라서 하늘을 약간만이라고 가리고 있다. 근영은 정현왕후 능을 지나 완만한 산등성이를 타고 중종대왕의 능으로 뚫린 활엽수 길을 걸었다. 마지막 힘을 다해 울어대는 벌레들의 소리가 숲을 잡아 흔들었다. 결혼을 약속하면서 둘이 거닐다 함께 앉았던 등이 없는 의자에 앉았다. 발밑에는 질경이가 지천으로 자라있고 가을을 제일 먼저 알리는 벌개미취의 보라색 꽃이 만발해서 초록색 속의 고고함을 한껏 뿜어 올렸다.

근영은 깊은 숨을 몇 번 쉬고는 천천히 나지막한 산 가장자리에 나 있는 숲길을 걷기 시작했다. 흙길이라 발밑에 깔린 푹신한 양탄자라도 밟는 듯 느낌이 좋았다. 하긴 일 년 내내 시멘트만 밟아대는 발바닥이 흙을 밟으면서 민첩하게 감지한 느낌일 것이다. 내일 어머니의 동의를 구하지 말고 남편을 무조건 퇴원시키자. 그럼 열흘 후면 장례식을 치루고 모든 질고는 끝장이 나는 셈이다. 다부지게 이런 결심을 하고 나니 등에 진 짐을 내려놓은 것처럼 가뿐했다.

간밤에 내린 비와 아침이슬 탓일까. 숲속은 촉촉하게 젖어 있었다. 머리를 깊이 숙이고 발끝을 보면서 걷고 있는 근영의 눈에 지렁이 한 마리가 길 한가운데로 나와서 꿈틀거린다. 온

몸에 흙과 모래가 마치 인절미에 검은 깻가루를 무치는 듯 몸을 뒤척일 때마다 빈틈없이 범벅이 된다. 지렁이는 너무나 괴로운 듯 처음에는 격렬하게 꿈틀대다가는 나중에는 힘이 부치는지 축 늘어진다. 더러는 사람의 발밑에서 뭉그러져 반 토막이 났건만 아직도 생명을 포기하지 못하고 꿈틀거리는 놈도 있었다. 근영은 걸음을 멈추고 괴롭게 나뒹구는 지렁이를 물끄러미 내려다보았다. 이상하게도 어린 지렁이는 없었다. 전부 살이 통통하게 찐 굵은 놈들 그러니까 사람으로 치자면 중년이거나 청년, 배가 나온 돈 많은 노인들인 셈이다. 너무나 풍비한 흙속의 식상한 삶에 반발하여 보장된 거처를 뛰쳐나와 길 가운데로 나와서 죽음을 맞고 있는지 측은하다는 생각이 들었다. 저들도 창의적이고 기발한 저들 나름의 삶을 찾아 나섰다가 그렇게 된 것이 분명하다. 시선을 들어 멀리 보니 길 한가운데로 기어 나와 몸부림치는 지렁이들이 상당히 많았다. 지나치게 넘쳐나는 풍요로운 흙속에 사는 것이 재미없어서 다른 데로 탈출하여 딴 짓을 해보려고 길로 나왔다가 죽음을 맞고 있는 것이 분명했다. 남편 호식이 식물인간이 되어 병상에 누워 있는 모습이 길 한가운데 나와 전신에 검은 깻가루를 무치듯 흙모래를 뒤집어쓰고 누워 있는 지렁이의 몰골과 똑같다는 생각에 이르자 근영은 몸을 부르르 떨었다.

지렁이를 뒤로 하고 정문을 향해 걷는 동안 근영은 애써 시선을 길가에 싱싱하게 자라오른 소리쟁이와 미역취에 던졌다.

순간 지렁이를 살리고 싶다는 간절함이 솟구쳤다. 간밤에 귀뚜라미들을 죽인 것을 상쇄하는 방법으로 지렁이를 살리자는 생각이 스쳤다. 어떻게 지렁이를 살릴까. 근영은 잠시 멈춰 서서 머리를 쥐어짰다. 아하! 그런 방법이 있었구나. 지금 이 순간 근영은 지렁이들에게 생명을 좌지우지하는 자리에 서 있다는 확신이 오자 입가에 잔잔한 미소가 어렸다.

느릅나무 밑에 떨어져 바짝 말라 나뒹구는 지팡이 크기의 나뭇가지를 주어들고 남편이 늘 골프채를 휘두르며 연습하듯 몇 번 폼을 잡아가면서 흔들어보았다. 조심스럽게 길 가운데 축 늘어진 지렁이의 허리에 골프채처럼 단단한 나뭇가지를 대고 휙 풀밭으로 던졌다. 그게 그렇게 쉽지가 않아서 길 가장자리로 지렁이는 떨어져버렸다. 다시 가서 두 번을 지렁이허리에 나뭇가지를 대고 던지니 질척한 풀밭으로 툭 떨어졌다. 풀밭에 떨어진 지렁이는 몸을 뒤척이면서 검은 깻가루처럼 범벅이 된 흙을 모두 떨어버리고 흙속으로 파고들기 시작했다. 죽어가는 지렁이의 생명을 건진 셈이다. 근영은 정신없이 해가 지도록 길가에 나와 허우적거리는 지렁이들을 골프공을 치듯 풀밭으로 골인해주기 시작했다. 차츰 기술이 늘어서 단번에 홀인을 하듯 지렁이를 풀밭으로 휙휙 던져 넣었다. 지나가는 사람들이 신기한 듯 근영이 하는 짓을 바라보고 숨어서 킬킬 웃기도 하고 더러는 구경을 하려고 멈춰서기도 했다.

그 밤에는 일찍 잠자리에 들었다. 어머니는 근영에게 꿈속에

서지만 달리는 트럭에서 뛰어내렸느냐고 성화였고 근영은 그렇다고 머리를 크게 주억거렸다. 지렁이를 세어보지는 않았지만 아마도 오십 마리쯤 살려냈을 거란 생각에 이르자 자신이 지렁이의 생명을 좌지우지하는 거대한 신(神)이라는 생각이 들 정도로 마음이 즐겁고 흐뭇했다. 역시 살리는 일은 좋은 일이라고 생각했다. 생명을 쥔 높은 자리에서는 죽이는 일보다는 살리는 일이 더 즐거운 마음을 준다는 새로운 사실을 터득했다는 확신도 왔다.

한밤중 근영은 이상한 소리에 잠이 깨었다. 지렁이들이 고맙다고 한 마리씩 와서 인사를 하는 것일까. 귓속에서 이상한 소리가 났다. 오랜만에 더러운 공기만 마시다가 무성한 소나무와 참나무숲 속에서 수욕(樹浴)을 한 탓인지 잠이 몹시 달아서 눈을 뜨기도 힘들었다. 귓속엔 여전히 이상한 소리로 가득했다. 순간적으로 잘못 판단하여 흙모래 길로 나온 지렁이들이 어서 와서 살려달라고 애걸하는 소리가 이럴까. 요상한 소리가 귓속을 가득 채워서 근영은 눈을 비볐다. 정신이 돌아오자 귓속에서 발광하는 이상한 몸짓을 느낄 수 있었다. 아하! 이런 젠장! 귓속에 벌레가 들어간 모양이구나. 순간 근영은 이런 지하방에서 살게 만든 남편에 대한 미움으로 이맛살을 찌푸렸다. 문득 친구가 이집트에 여행 갔다가 하루살이 한 마리가 귓속으로 파고 들어갔다나. 그것이 귓구멍에서 내는 소리가 머리가 터질

듯 천둥치는 바람에 별짓을 다 했지만 꺼낼 수가 없었다. 너무나 큰 하루살이 울음소리로 인해 나중에는 몸이 으깨질 듯 괴로웠다고 한다. 귀이개로 쑤시고 불빛을 비치고 난리를 치면 칠수록 하루살이는 귓속으로 더 깊이 들어가서 결국 병원에 가서야 그 벌레를 꺼낼 수 있었다는 이야기를 들은 적이 있었다.

근영은 전등불을 켜서 어둔 귓구멍에 댔다. 빛을 따라 밖으로 나올 수 있도록 전구 밑에 귀를 바짝 대기도 했으나 잠깐 울기를 멈추었던 벌레는 다시 몸부림치기 시작했다. 기름을 귓속에 부을까 아니면 인터넷을 뒤져서 귓구멍에 들어간 벌레를 나오게 하는 방법을 검색할까 별별 생각이 다 스치고 지나갔다. 발버둥을 치던 벌레가 차츰 기력을 잃었는지 가는 소리로 울기 시작했다. 세상에! 이런 울음소리도 있는가. 정말 이런 간절한 가녀린 소리로 애걸하는 소리를 근영은 일생 들어본 적이 없었다. 그녀의 귓구멍을 파고 들어간 벌레는 지하방이라 눅눅한 데서 번식하는 깨알보다 더 작은 벌레가 분명했다. 세상에서 제일 작은 벌레로 새까만 놈이 손바람에도 휙휙 날아갈 정도로 바늘 끝보다 더 작은 크기였다. 그런 새까만 벌레들이 음식부스러기만 떨어져도 어디엔가 숨었다가 수십 마리가 꼬여들었는데 그런 놈들 중의 한 마리가 그녀의 귓구멍으로 들어가서 길을 잃은 모양이다.

시간이 흐를수록 지쳤는지 날갯짓도 하지 않고 그 벌레는 살살 울부짖기 시작했다. 이 세상의 어느 음악도 이런 소릴 절대로 낼 수 없을 정도로 가늘디가늘고 미세한 흐느낌이었다. 그녀가 태어나서 처음 들어보는 가늘고 가녀린 애걸이었다. 분명히 살려달라고 애청하는 절규임에 틀림없다. 지렁이를 오십 마리나 살린 지극히 높은 자리에 있으니 자기처럼 작을 벌레를 염두에 둘리 없지만 그래도 살려달라고 애걸하는 세미한 울음이었다. 그 울음도 시간이 흐를수록 힘이 진해 점점 약해져서 살살 애처로운 소리로 간구하고 있었다. 그 약하고 힘없이 두 손 들고 빌고 있는 벌레를 어떻게 죽일 수 있단 말인가. 귀지게나 솜귀이개로 그냥 돌진하여 뭉겨죽일 수 있는 자리에 자신이 있지 아니한가. 머리가 빠개질 듯 아우성을 치는 귀뚜라미와는 달리 이 작은 벌레는 살살 머리를 숙이고 살려달라고 읊조리는 가녀린 소리로 귓속을 채웠다. 머리가 빠개지도록 아픈 소리가 아니라 숲속의 여리게 이는 미풍처럼 마음을 안정시켜 주었고 이 정도면 참을만 했다. 더구나 이 세상에서 처음 들어보는 애처롭고 가녀린 가장 연약하고 작은 벌레의 애걸을 무시할 수가 없었다.

귓구멍에서 죽을 듯 흐느끼는 벌레의 애걸을 들어가면서 근영은 남편을 떠올렸다. 남편도 이렇게 귓구멍 속의 벌레처럼 살려달라고 빌면서 매달리느라고 죽지 못하고 저러고 있는 것일까. 그는 허리가 잘린 지렁이처럼 울고 있는 게 분명했다. 불쌍한 사람 같으니라고! 하지만 그 사람도 그녀의 귓구멍에서 애걸하는 벌레의 소리로 간구한다면 살아날 수도 있을 것이다.

마치 지렁이들이 길바닥 한가운데로 나와 전신에 흙모래를 뒤집어쓰고 몸부림치던지 귓속에나 들어가야 들을 수 있는 소리로 애걸하고 있는 걸 근영이 감지하는 것처럼 말이다. 문제는 귓속에 있는 벌레의 크기와 남편의 몸 크기였다. 남편이 들어갈 만한 귓구멍을 가진 존재는 얼마나 커야하는 것일까?

아침화장을 하는 동안에도 벌레는 귓구멍에서 나오지 못하고 그 가녀리고 애타는 소리로 애걸을 한다. 그 애절한 간구가 점점 심해져서 측은한 마음을 누를 수가 없었다. 근영은 하얀 휴지를 손바닥 위에 올려놓고 어린 시절 냇가에서 미역을 감고 나온 뒤 귀에 들어간 물을 햇살에 달궈진 조약돌을 대고 빼는 식으로 한쪽 다리를 들고 팔딱팔딱 뛰었다. 갑자기 깊은 적막이 내렸다. 손바닥 위 하얀 종이에 바늘 끝 크기의 새까만 벌레가 밝고 광활한 천지에 나온 것이 어지러운지 굼뜨게 움직인다. 근영은 자신의 몸의 몇 천만 분지 일도 되지 않는 벌레를 귀한 유리그릇을 다루듯 가만히 방구석에 내려놓았다.

자신의 그런 행동에 빙그레 웃음이 나왔다. 남편이 목을 매어 죽으려다가 식물인간이 된 뒤에 처음 느껴보는 느긋한 희열이었다. 식물인간인 남편과 맨드라미꽃에서 떨어지는 새까만 씨앗보다 더 작은 벌레가 엇갈린다. 어린 시절을 공유했고 짧긴 하지만 부부가 되어서 살았던 사람이다. 그녀의 귓속에 들어간 벌레처럼 인간의 생명을 주장하는 그의 몸의 몇 천만 배가 넘는 엄청난 크기의 귓속에 들어가서 가녀린 목소리로 애걸한다면 살아날 수도 있을 것이다. 그런 존재의 크기는 아마도 이 지구만 한 것이 아닐까. 아니 우주만 한 것일 수도 있다. 남편은 그런 존재의 귓구멍을 찾아가느라고 저런 꼴로 살아 있는 모양이다. 과학의 지혜와 신화의 지혜가 분리되어 과학만능의 시대를 살고 있는 그가 현대사회의 아킬레스건이 된 죽음의 문제를 놓고 죽음의 강을 건너지 못하고 고민하고 있는 모양이다. 기다려야지. 언젠가는 그런 문제의 해결책을 깨닫고 벌떡 일어날 것이니 기다려야지. ✈

— 2013년 『들소리문학』 가을호

나의 삶과 문학의 길

나의 삶과 문학의 길

　이번 소설집은 꼭 5년 만에 나오는 것이다. 그간 사랑하는 막내 남동생과 시어머니, 친정어머니의 죽음을 맞았던 탓인지 절반 가까운 단편들에서 죽음을 앞둔 주인공들이 등장한다. 내 나이도 이제 내일이면 팔순에 이르니 아무래도 죽음을 앞에 두고 있어 이런 주제를 다루지 않았나 생각된다.

　등단한 지 이제 3년이 모자란 40년이 되어간다. 그간 꾸준히 글을 쓴 것은 아니다. 아무래도 한 가정의 아내로, 어머니로 살아가자니 이런저런 일로 인해 조용히 글을 쓴다고 내 시간을 가지고 앉아본 기억이 없다. 언제나 청탁받는 글이나 연재에 허덕이면서 시간에 쫓겨 급하게 자판을 두드렸다고 생각된다. 이 나이에 이르러서야 내 등에 매달렸던 많은 짐들이 다 떨어져 나가 비상하려고 하니 날개가 굳어서 어린 새끼처럼 퍼푸덕

거리고 있다. 그래도 날아보려고 휘어진 날개를 파닥거려 나온 10편의 단편을 모으면서 나의 지내온 날들이 모두 투영되었다는 사실에 놀라게 된다. 고난과 고통으로 얼룩진 험난했던 날들이 이런 작품을 낳게 되었다는 감사함을 새삼 느꼈다.

　신춘문예로 등단한 1981년엔 나 자신도 글을 쓴다는 생각이 전혀 없었다. 그런데 왜 나는 신춘문예에 단편을 써낸 것일까? 지금 생각해 보니 그건 내 속에서 곪아 흘러넘치는 신음이었다고 생각한다. 어려서부터 책으로 집을 가득 채운 환경에서 자랐다. 아버지 서재는 사면이 책으로 바닥부터 천정까지 꽉 차 있었고 어머니는 유난히 읽기를 좋아해서 책을 끼고 사는 분이었다. 검사인 아버지는 악필이라 어머니가 아버지의 재판에 필요한 서류를 모두 대필해주었던 걸로 기억하고 있다. 오빠가 고등고시를 치를 적에 국제법에 관한 책이 없던 시절이라 일본 책을 어머니가 직접 번역하여 아들의 손에 쥐어준 것이 직방으로 맞아떨어져 20대 초반 대학시절의 아들을 판사로 만든 놀라운 어머니의 모정도 생생하다. 어머니가 조반이나 저녁을 지을 적에 부엌 한구석에 나를 앉히고 그날 신문의 사설을 꼭 큰소리로 읽으라고 주문했다. 그 당시 사설은 한문을 많이 섞어 썼다. 내게 한문을 가르치려는 어머니의 숨겨진 속셈이었다.
　어릴 적부터 내 나이에 맞는 많은 책들로 내 방은 넘쳐났다. 『피터 팬』을 읽고 며칠 잠을 자지 못하고 밤에 창문을 열어놓고 그를 기다렸던 추억도 지금 생각하면 웃음이 난다. 그림자를 두르르 말아 칼로 잘라먹는다는 마귀할멈 이야기는 얼마나 공포심을 안겨주었던지 길을 가다가 내 그림자를 확인하느라고 어릿거렸던 유년시절의 기막힌 무섬증도 아직 또렷하다. 그 탓인지 이 나이에 이르러서도 내 그림자에 대한 걱정을 가끔 하고 어둔 밤에는 그 마귀할멈이 내 뒤를 따라오는 착각으로 인해 두려움을 느끼기도 한다.

　중고등학교 시절에는 한국동란의 참담한 시기라 밥을 제대로 먹을 수 없는 가난으로 허덕였다. 내가 다니던 학교의 도서실에서 아르바이트를 하던 친구와 나는 아주 절친했다. 그런 연고로 서가의 책들을 마음대로 읽을 수 있었다. 내 기억으로는 서가에 꽂힌 책을 한 권도 빠짐없이 몽땅 읽었다. 특히 비가 오는 날, 운동장에서 체육을 할 수 없어 교실에서 체육선생님이 수업을 할 적에는 정말 재미없었다. 그땐 소설을 책상 밑에 넣고 읽곤 했다. 한번은 상록수를 읽다가 터져 나오는 울음을 참지 못하고 책상 위에 엎드려 소리를 죽이지 못하고 흐느끼고 말았다. 놀란 선생님은 왜 그러느냐고 당황해 하고 내가 소설을 읽다가 들킬 것을 두려워한 친구들은 배가 아파 운다고 둘러대서 양호실로 쫓겨난 적도 있었다. 동란 직후라서 저명한 소설가인 최정희나 박목월 같은 시인, 안형일 교수처럼 나중에 유명해진 성악가들이 우리를 가르쳤다. 이분들이 내가 쓴 작문을 읽고 잘 썼다고 칭찬을 해준 것이 나중에 글을 쓰게 되지 않왔나 생각도 해본다.

최근 10대를 보낸 학교의 도서관에 들렀다. 50년대 교지들이 있어 들쳐보니 어설프게 쓴 나의 단편이 실려 있고 시도 몇 편 있는 것을 보고 깜짝 놀랐다. 그 시절 글 쓰는 걸 무척 좋아했던 모양이다.

남녀 공학인 대학시절은 정말 재미없었다. 50년대 말에서 60년대 초의 황량했던 전후의 가난은 유명한 대학이지만 한 겨울에도 난로를 피워주지 못했다. 너무 추워서 교수님은 학생들을 다방으로 데리고 가서 빙 둘러앉아 수업을 한 적이 많았다. 오후 3시쯤 수업이 끝나면 모두가 가정교사를 하느라고 바쁘게 교정을 떠났다. 배고픔을 채우기 위해 너도나도 돈을 벌어야 하는 시절이어서 사춘기도 없고 자살도 없었다. 그저 부모에게 어떻게 하면 효도할까 하는 궁리 끝에 돈을 벌려고 부잣집의 문제아를 가르치려고 뛰었다.

그 시절 읽고 싶은 책이 너무 많았으나 도서관 서가는 폐쇄되어 있어 마음대로 책을 고를 수도 없었고 그렇다고 책을 사 보기도 힘들었다. 교수들의 강의도 진짜로 지지부진했었다고 기억된다. 여학교라면 달랐을 터인데 남녀공학에서 여자 수가 적어 학교에 가면 남자들 틈에 끼어 숨을 자유롭게 쉬기도 힘들었다.

솔직히 고백하자면 내 꿈은 여의사가 되는 것이었다. 의대에서는 독일어가 필수라 미리 공부를 한다고 '황태자의 첫사랑'

이나 '호반' 같은 소설을 이미 원문으로 읽어내고 있었다. 이런 나의 기를 꺾은 것은 오빠와 어머니였다. 여자 팔자 드세게 무슨 의사공부를 한다고 하느냐 지금 형편에 비싼 의대 공부를 시킬 수도 없으니 일반대학에 들어가 공부해 보고 2학년에 편입하자고 우겨서 어쩔 수 없이 영문과로 지원했다가 독문과가 새로 생긴다는 바람에 시험보기 전날 원서를 써낸 것이 독일어 전공이 되었다. 가슴에 가득 고인 반항으로 대학에 다니는 일이 별로였다. 독일어 사전을 끼고 읽어가는 원서들이 너무 싫었다. 독일 유학파 교수들의 강의도 시원찮았다. 그 시절에 장편을 쓴다고 혼자 밤에 끄적거렸던 노트들이 있는 걸 보면 글을 쓰고픈 욕구는 엄청났던 모양이다.

7년간의 고등학교 교사 시절에는 아주 소녀다웠나 보다. 그 당시 내가 맡은 고등학교 학생들은 나와는 겨우 서너 살 차이였다. 충청도에 배치되었던 시절이라 학교가 끝나면 수십 명의 학생들을 꼬리처럼 달고 앵두와 딸기밭에 가느라고 산야를 헤맸다. 논둑에 담임한 학생들과 자운영으로 꽃바다를 이룬 들판을 향해 나란히 앉아 목이 터져라 어린 시절 불렀던 동요를 합창했다. 그 시절의 제자들이 지금도 나처럼 늙어서 찾아온다.

신학생인 남편을 만나 결혼하여 그때부터 고난의 연속이었다. 아주 고통스러웠다고 표현하는 것이 맞을 것이다. 미국으로 가서 그곳 바닥생활에서 돈을 벌었고 아이들을 둘 기르면서 정말 힘든 생활을 했다. 그 시절 밤에 양로원에서 일한 경험을 살려 쓴 단편 '양로원'이 신춘문예에 당선된 것이다. 40세까지 공부만 한 남편을 따라 귀국하니 줄줄이 시동생들과 시누이, 시부모 뒷바라지로 정신이 휘둘릴 지경이었다. 미국유학에서 돌아와 연탄을 갈면서 가난한 전도사 남편을 따라 우글거리는 시댁 식구들 거느리고 살 적에 신춘문예에 당선되었다. 순전히 돈이 필요해서 글을 쓴 것이지 내가 소설가가 된다는 생각은 없었다. 내가 교만해서 그런 것이 아니고 소설가는 위대하고 굉장한 사람들이라 나 같은 사람은 감히 그 근처도 못 간다고 생각했고 나와는 아주 다른 계층의 사람들로 경외할 정도였다. 게다가 나는 남편과 함께 교회생활에 빠져 있어서 아는 문인도 단 한 사람 없었다. 그런데 자꾸 인터뷰가 있고 써놓은 소설을 내놓으라고 했다. 누구에게 사사 받았느냐고 하고 작품을 놓고 플롯이니 주제니 등장인물이 어떻고……. 나는 당황해서 어떨 떨했다. 그리곤 속으로 종알댔다. 나는 소설을 쓸 것도 아니니 그냥 피하면 되겠지 하는 안이한 생각을 했다.

아무튼 내가 소설가가 된 것은 기적이었다. 소설을 쓰기 시작한 계기는 아주 놀라웠다. 지금에야 나를 강제로 등단시킨 하나님의 섭리라고 나는 고백한다. 나를 고등학교 시절 가르쳤던 이상보 선생님은 수필가로 알려진 분인데 마침 남편이 나가는 대학교에서 함께 교수를 하고 있었다. 이분이 나와 남편을 초청하여 식사대접을 했다. 아무튼 그분을 만난 일이 내게는 첫 번째 기적이었다. 그 자리에서 그는 남편을 마구 야단치는 것이 아닌가.

그때까지 남편은 신춘문예에 내가 당선한 것은 황소가 뒷걸음질치다가 쥐를 밟은 격이다. 목사의 아내가 무슨 글을 쓴다고 하느냐 하고 쥐어박았고 사실적으로 내가 전혀 글 쓰는 일에는 무능하다고 믿고 있는 듯했다.

나의 제복시절 스승은 그런 남편을 앞에 놓고 아무나 신춘문예에 당선되는 것이 아니다. 이건 고등고시 합격보다 더 어려운 문을 통과한 것이다. 재능 있는 사람을 얼마나 가두어놨으면 이 늦은 나이 40이 넘어 등단하였겠느냐 하면서 내 스승님은 일장 연설을 하였다. 집에 돌아오는 길에 남편은 내가 하고 싶으면 글을 써보라고 허락을 했다. 그러나 실제로 글을 쓸 수 없을 것이라고 믿는 눈치였다.

두 번째 기적은 이제는 고인이 된 윤남경 소설가를 만난 일이었다. 당시 권사님이셨던 그분이 신문의 당선소감을 읽어보니 크리스천이 분명하다고 만나자고 했다. 저는 그 자리에서 당신이 누군데 나를 보자고 하느냐고 반박했다. 그러자 그 당시 단편작가로 널리 알려진 윤남경 소설가는 한참 침묵하다가 그래도 만나자고 자기 집 주소와 위치를 상세히 알려주었다. 그녀를 만난 자리에서 나는 건방지게 이렇게 말했던 것으로 기억된다. 성경에 모든 것이 있는데 무슨 글을 쓰라고 하느냐 하는 식으로 말이다. 놀란 그녀는 도대체 써놓은 단편이 몇 편이 있느냐고 물었다. 하나도 없다고 했더니 눈을 동그랗게 뜨고 놀라움을 감추지 못했다. 그리고는 성경이 사람들에게 너무 어려우니 풀어쓰는 역할을 하면 안 되겠느냐고 나를 달랬다. 나를 신춘문예에 당선시킨 분은 하나님이고 필요해서 강제로 끌어냈다고 강한 주장을 폈다. 지금부터 늦지 않았으니 몇 년은 가르침을 받아야 하고 써놓은 단편이 적어도 열 편은 되어야 한다고 다그치기 시작했다. 자신은 오영수 소설가에게 몇 년 가르침을 받고 등단했으니 우선 오영수 단편집을 읽자고 서둘렀다. 그 집을 두어 달 드나들면서 매주 단편을 써 가지고 갔었다.

세 번째 기적은 '문맥동인'이다. 40대에 등단한 늦깎이들 7명이 모였다. 정건영, 신상성, 류순하, 김용철이 창립멤버였고 나중 강난경, 황광남이 들어왔다. 단편을 써 들고 주기적으로 모여 토론했고 각 가정을 돌면서 모이기도 했다. 얼마나 작품 비평이 거셌는지 어떤 때는 화가 나기도 했으나 배우는 것이 많았다. 저들은 내 생활이 너무 치우쳐 있다고 인사동에 모일 적에는 주점으로 데리고 들어갔다. 나는 안 들어가겠다고 머리를 흔들었고 저들은 나를 강제로 밀어 넣고는 주점 안을 한 바퀴 빙 돌면서 구경시키고 이런 데도 알아야 글을 쓴다고 킥킥거리면서 훈시를 했다. 어쩌다 모이면 돌아가면서 노래를 시켰는데 교회 울타리 안에 갇혀 지낸 나는 한 곡도 아는 것이 없어서 어쩔 수 없이 저들이 찬송가라도 부르라고 해서 내가 좋아하는 '하늘가는 밝은 길이'를 불렀더니 모두 배꼽을 잡고 웃은 적도 있었다. 문단과 거리가 먼 나를 위해 단편을 쓰면 잡지사에 다리를 놔주는 역할도 저들이 해주었다. 지면이 아주 귀했던 시절이라 저들이 없었다면 아마도 문예지에 얼굴도 못 내밀었을 것이다. 지금은 폐간 되었지만 소설문학 등 여러 곳을 기웃거렸다. 지금 되돌아보니 문맥동인은 내게 큰 힘을 실어주었다. 안타깝게도 내가 미국으로 간 뒤에 흐지부지 흩어져버렸다.

네 번째 기적은 내가 등단한 때부터 기독교계의 잡지들이 쏟아져 나와 지면이 풍성했다. 목사들의 월간지로 유명한 '월간목회'에서는 매달 칼럼이나 수필 연재를 10년 이상 했던 걸로 기억된다. 남자들만 읽던 잡지였으나 내 글이 실리자 여자들이 읽기 시작해서 잡지 부수를 많이 찍고 있다는 행복한 비명도 들었다. 내가 끼친 영향은 꽁꽁 숨어 있던 목사의 아내들이 모두 펜을 들고 얼굴을 내밀게 하는 역할을 한 셈이다. 목사의 아내가 글을 쓴다고 대전 목회시절에는 많은 사모들이 기차를 타고 가다 일부러 내려서 나를 멀리서라도 보고 가려고 모여들었다. 거기서 사모들의 핸드북인 『사모가 선 자리는 아름답다』가 책으로 출판되었다. 이 책은 굉장히 많이 팔려 출판사의 효자였다고 한다. '이런 때 사모는 어떻게 말할까' '이런 때 성도는 어떻게 말할까'를 연재하여 신망애 출판사에서 냈고 홍성사에서 『엄마, 난 하나님의 선물이에요』 『꼴찌의 간증』 등 수필집이 10권 넘게 나왔다. 이렇게 하나님은 나를 강하게 하려고 산문

훈련을 힘차게 시키셨다. 남편이 목회 지역을 미국으로 옮길 적에는 『새가정』사에서 펜을 놓지 말고 쓰라고 장편 연재를 부탁해서 '장대 위에 달린 여자'를 집필했다. 나중에 『사람의 딸』로 문학나무에서 출판하여 기독교계에선 가장 권위 있는 창조문예문학상을 받았다.

글 쓸 시간이 없어 언제나 새벽기도회에 나가서 성도들이 다 간 뒤에까지 남아 기도하다가 구상을 했다. 지금까지 쓴 70편이 넘는 단편 구상은 거의가 그렇게 나온 것들이다. 최근 『예수씨의 별』을 전작 장편으로 쓰고 나서 탈진도 했으나 잘 팔리지 않아 이런 글을 내가 왜 써야하나 낙심하고 있을 적에 부활절 새벽기도에 나갔더니 '순교자의 아들'과 '죽어가는 남자'라는 단편의 강렬한 구상과 주제가 떠올라 집에 와서 단숨에 두 편을 집필했다. 아무래도 새벽기도 시간 작품구상이 습관이 된 모양이다.

문학이란 엄청난 바다를 앞에 놓고 나는 그저 감격할 따름이다. 나를 강제로 끌어다가 내 손에 펜을 쥐어주면서 글을 쓰게 하신 분의 놀라운 소명에 그저 놀라서 요즘 글쓰기 전 묵상 기도할 적마다 눈물이 날 지경이다. 내 인생을 뒤돌아보니 아마도 작가가 되지 않았다면 나는 벌써 죽었거나 병들어 쓰러졌을 것이다. 험난한 목회생활이며 복잡하고 감당하기 벅찼던 미묘한 대가족생활, 이제까지 앓고 있는 아들을 돌보기 위해 주기

적으로 미국을 가야 하는 내 인생길이 평탄하지 않았지만 글을
쓰기 때문에 위로를 받고 내 할 일이 있기 때문에 젊음을 유지
하고 있다.

　요즘은 대학시절에 완독하지 못했던 작품들을 읽고 있다. 눈
이 아파 30분마다 쉬었다가 읽지만 내가 좋아했던 카프카의
작품이나 헤르만 헷세의 『유리알 유희』『싯다르타』교수들이
늘 들먹였던 니체의 『차라투스트라는 이렇게 말했다』 등을 읽
는다. 헌책방 순회하는 것도 큰 낙이다. 우리 집 한 길 건너에
헌책방이 있는데 오래 된 서점으로 아주 책이 많다. 어제는 거
기 갔다가 『양들의 침묵』을 2000원에 샀다. 그 당시 영화로도
나오고 베스트셀러로 모두 읽어 보라고 야단이었다. 그 책을
너무 읽고 싶었으나 생활에 밀려 읽지 못했던 소설이다. 꿀밤
을 먹듯이 어제는 그 책에 빠져들어 자정까지 앉아 있었다. 팔
순에 가까운 나이이지만 이렇게 책을 좋아하니 얼마나 신이 나
는지 너무 행복하고 기쁘고 즐겁다. 하나님은 내게 이런 편안
과 기쁨을 주시려고 강제로 펜을 내 손에 쥐어준 것을 이 나이
에 이르러서야 감사하고 있으니 나는 정말로 형광등이다.

　글쟁이란 자신을 꾸준히 가꿔야 한다는 점도 최근에 깨닫기
시작했다. 올바른 진리 위에 굳건히 자리 잡은 가치관과 인격
이 기반이 되어 글이 나와야 한다. 작가란 꾸준한 인격도야가
뒤따라야 된다는 생각이다. 사람은 그릇과 같아서 그 속에 무
엇이 담겼느냐에 따라 글이 나오기 때문이다. 사랑이 가득하면

사랑의 글이 나오고 노여움과 미움이 가득하면 그런 글들이 나오게 마련이다. 글이란 그 사람의 가치관, 신앙, 인격, 지식 등 모든 것이 녹아든 그릇에서 우러나오는 개성적이고 독창적인 예술이기 때문이다.

이따금 10년만 내게 이런 시간적 여유가 주어졌다면 얼마나 좋을까 하는 아쉬움도 있으나 앞으로 죽는 순간까지 읽고 쓰기를 멈추지 않을 것이다.

문학이란 광대한 바다 앞에 나는 그저 멍하게 홀려서 발을 담그고 있다. 소설을 경시하는 시대에 살고 있으나 그래도 나는 달려가려고 한다. 열심히 목표를 향해서 꾸준히 앞으로 앞으로 정진할 결심을 해본다.

2018년 7월
이건숙

그림

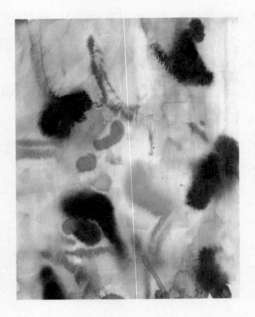

신인수

1993년 『자유문학』 청소년시 신인상 등단. 한국 저서 『사랑만들기』 『꽃이 지고 있다』. 미국 이름 Philip Shin. 미국 저서 paperback 『The flying flower(ID)』 『My poem connection』 외 4권. Ebook 『The god』 『Physics in love』 외 8권.

순교장 아들

1쇄 발행일 | 2018년 07월 20일

지은이 | 이건숙
펴낸이 | 윤영수
펴낸곳 | 문학나무

편집 · 기획실 | 03085 서울 종로구 동승4나길 28-1 예일하우스 301호
이메일 | mhnmoo@hanmail.net

출판등록 | 제312-2011-000064호 1991. 1. 5.
영업 마케팅부 | 전화 | 02-302-1250, 팩스 | 02-302-1251
ⓒ이건숙, 2018

ISBN 979-11-5629-075-9 03810